D1437907

SUR LES PAS
DE GERONIMO

CORINE SOMBRUN ET HARLYN GERONIMO

SUR LES PAS DE GERONIMO

Albin Michel

« Terre indienne »
Collection dirigée par Francis Geffard

© Éditions Albin Michel, 2008

À Brigitte. À ma Yourte.
À Guu ji ya, l'astucieux, et à ses descendants.

« Je sais que si mon peuple était placé
dans cette région montagneuse en amont
de la rivière Gila, il vivrait en paix et se
comporterait selon la volonté du Président
des États-Unis. Il serait prospère et heureux en cultivant la terre et en apprenant
la civilisation des hommes blancs qu'il res-
pecte maintenant. Si seulement je pouvais
voir cela se réaliser, je pense que je pourrais oublier toutes les injustices que j'ai
toujours subies et mourir en vieil homme
heureux »

GERONIMO

INTRODUCTION

J'ai rencontré Harlyn Geronimo, *medicine-man* et arrière-petit-fils de Geronimo, le célèbre guerrier apache, en juillet 2005 au Nouveau-Mexique, où il habite aujourd'hui. Ensemble nous avons fait un pèlerinage aux sources de la Gila, le lieu de naissance de Geronimo, et avons partagé jusqu'en 2007 des mois de complicité au cours desquels nous avons pu échanger et comparer nos passions respectives pour les traditions apaches et mongoles dont les origines, selon une légende apache, seraient communes.

Harlyn Geronimo m'a ainsi initiée aux vertus des plantes médicinales, à la survie dans le désert du Nouveau-Mexique, aux principaux rituels de la *medicine* apache. Et j'ai révélé à Harlyn Geronimo les mystères des traditions chamaniques mongoles.

Grâce à cette collaboration tout à fait passionnante, à l'envie de la faire partager, et surtout, grâce au témoignage exceptionnel d'Harlyn Geronimo, qu'il m'a autorisée, je l'en remercie encore, à enregistrer et à traduire, j'ai pu écrire ce livre.

L'intérêt d'y présenter un parallèle entre le passé et le présent m'a conduite à le construire à « deux voix ». Un chapitre sur deux est ainsi consacré à la vie de Geronimo, racontée pour la première fois, et telle qu'elle n'a jamais été révélée, par son arrière-petit-fils. Tandis qu'en alter-

13

nance je fais le récit de ma rencontre avec Harlyn Geronimo et de notre voyage jusqu'aux sources de la Gila. Dans
cette partie contemporaine, trois thèmes sont essentiellement développés. Tout d'abord, le regard d'Harlyn Geronimo sur la condition politique et sociale d'un Apache au
XXIᵉ siècle. Mais aussi une analyse inédite des traditions
apaches comparées aux traditions mongoles dans l'hypothèse d'une origine commune. Et enfin, la vie d'Harlyn
Geronimo, avec son engagement au Vietnam, son combat
en tant que *medicine-man* pour préserver l'environnement
et les traditions au sein de sa communauté, ses choix poli-
tiques, culturels, spirituels. Puis son investissement dans
l'enquête pour établir la vérité sur l'affaire des *Skull and
Bones*, révélant que Prescott Bush, le Grand-père de George
W. Bush, aurait pris part à la profanation de la tombe de
Geronimo pour en voler le crâne et les fémurs.

Il est bien entendu que les facettes de la vie de Geronimo présentées tout au long de ce livre ne prétendent
pas avoir de valeur historique, ni rétablir une quelconque
vérité sur sa biographie. Le témoignage d'Harlyn Geronimo, son descendant direct, ne peut en effet être exempt
d'une certaine subjectivité, et ses souvenirs, bien évidemment, ne peuvent être assez précis pour restituer tous les
détails du quotidien de Geronimo au XIXᵉ siècle. Afin de
les reconstituer dans ce récit, j'ai donc travaillé, entre
autres documentations, à partir des thèses scientifiques
présentées dans le livre de Morris Edward Opler, professeur émérite d'anthropologie à l'université de l'Oklahoma
et référence en la matière : *An Apache life-way – The
economic, social, and religious institutions of the Chiricahua
Indians*.
J'ai également travaillé à partir du témoignage de Karen
Geronimo, *medicine-woman* et épouse d'Harlyn Geronimo,
qui a fait ce voyage avec nous jusqu'aux sources de la Gila,
mais a préféré ne pas figurer dans ce récit. « Je voudrais,
m'a-t-elle précisé, que ce témoignage reste celui d'Harlyn.

Pas le mien. » Je tiens néanmoins à lui rendre un hommage tout particulier. Son engagement dans la préservation des traditions de son peuple et sa connaissance de la culture apache (Karen Geronimo est l'arrière-petite-fille d'Apache Kid[1]) m'ont permis de compléter le témoignage d'Harlyn Geronimo.

En présentant pour la première fois ici, ces « Mémoires » apaches, Harlyn Geronimo, Karen et moi-même espérons donc tout simplement pouvoir inviter les lecteurs à faire ce voyage extraordinaire aux sources des traditions chiricahuas et à accomplir, sur les pas symboliques de son arrière-petit-fils, l'une des dernières volontés de Geronimo pour lui-même et son peuple.

C. S.

---

1. Élevé sur la réserve de San Carlos au Nouveau-Mexique, Apache Kid a été le premier éclaireur apache promu au grade de sergent. Après avoir injustement été condamné pour tentative de meurtre, il s'est évadé et, comme Geronimo, est devenu un renégat. L'État d'Arizona a offert 5 000 $ de récompense pour sa capture, mort ou vif, mais il n'a jamais été fait prisonnier.

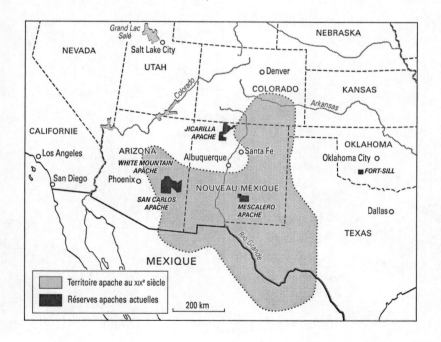

La terre des Apaches hier et aujourd'hui.

La querelle entre le vent et le tonnerre

CONTE APACHE

K'adi díídíí łigo 'ánángóót'į́į́ 'iłk'idą́ ndii 'ágojiládą́.

Ńłch'i'í 'Iihndiideíbił dáłe'naa'jiziiná'a.'Áí dáhágoohndii 'iłch'įįgołgóót ǫǫ ná'a.'Ákoo 'iłk'ájałghoná'a. Íquot;Iyáabąą 'iłk'ájałghóó'í 'iłch'įįgołgóót ǫǫ í 'Iihndiideí Ńłch'i'í 'áyiiłndí: Íquot;Shíná sheegózhǫ́ ndí doojoń ndeedeeda.Íquot;Ńłch'i'í biłjindíná'a. Íquot;Iyáabąą 'iłk'ájałghóó'í 'iłch'įįgołgóót ǫǫ í 'Iihndiideí Ńłch'i'í 'áyiiłndí: Íquot;Shíná sheegózhǫ́ ndí doojoń ndeedeeda.Íquot;Ńłch'i'í biłjindíná'a. 'Ákoo Nłchi'í 'ágoołndíná'a:Íquot;nDíná neegózhǫ́ ń ndí hį́į́yąąda, ńza'yá nch'ą́nádéshdzá.Íquot;Ńłch'i'í 'Iihndiideí yiiłndíná'a. 'Ákoo Ńch'i'í ńza'yá nii'gáshbąąyá goch'ą́'inóódzáná'a. Nágo doońłch'i'daná'a.Dágoosdo náánóółt'eená'a. 'Ákoo 'Iihndiideń, Íquot;Shíná sheegózhǫ́,Íquot; ndínń, łą́go naagołtįgo 'ágósį ndah dágoosdo náánóółt'eená'a. Doo'nt'ą́daná'a Doogózhǫ́daná'a. Ńłch'i'ń doohaaeeda Nágo 'Iihndiideń doobiłgózhǫ́dána'a. Nágo 'its'os 'ináitsiná'a. 'Its'osí bikázhį Ńłch'i'í ch'édaháshdees'į́ná'a. Nágo doogołgózhǫ́daná'a. Ńłch'i'í bichįį'i'jóół'a'ná'a.'Áałjindíná'a: Íquot;Shik'isé, ndídoohaaeeda nágo doogózhǫ́da. Doo'nt''ą́da. Dágoosdo'égoosdo. Hį́į́yąąda, nooshkąą shanáńndá. 'Įįshį́ndáse, dánahiłk'eh ndiibikáee naheegózhǫ́daał. Dáłe'naa'iidziidaał. Dáłe'hoot'ashdaał. Nahk'ehgo, ná'nt'į́daał.Íquot;'iihndiideí goołndígo, gooskąąná'a. 'Ákoo Nłch'i'í kaanájáná'a. Gojoonáánásndeená'a.

'Áíbee, naagołtįgo, daa'dihndígo ńłch'i'bił. Dáłe'ja'ash náánóółt'ee.

19

Maintenant, voici une histoire qui est arrivée il y a longtemps, quand la Terre fut créée.

Le Vent et le Tonnerre, alors, travaillaient ensemble. Mais soudain, ils furent en colère l'un contre l'autre. Et ils se séparèrent. La raison pour laquelle ils se séparèrent est que le Tonnerre a dit au Vent : « Moi seul agis bien, même sans ton aide. » Alors le vent lui parla ainsi : « Parce que tu as dit cela, je vais m'éloigner de toi. » Puis le Vent partit vivre très loin du Tonnerre, à la fin des terres. Il n'y eut plus de vent. Il fit très très chaud. Alors le Tonnerre, qui avait dit au Vent « Moi seul, agis bien », provoqua plus de pluie, mais il fit toujours très chaud. Il n'y eut plus de cultures. Ce n'était pas bien. Le Vent n'était plus nulle part et le Tonnerre n'aima pas cela. Alors il utilisa des plumes. Mais il attendit le Vent en vain, sur ces plumes. Et il ne se sentit pas bien à cause de cela. Il se décida enfin à aller chercher le Vent. Il lui parla ainsi : « Mon frère, tu es nulle part et ce n'est pas bien. Il n'y a plus de cultures, il fait très très chaud. À cause de cela je te supplie de revenir vivre avec moi. À partir de maintenant, nous ferons tous les deux le bien à la surface de la Terre. Nous travaillerons ensemble. Grâce à nous, il y aura de bonnes récoltes. » Ainsi le Tonnerre supplia le Vent. Alors le Vent revint vivre auprès du Tonnerre. Et il redevint son ami.

C'est pourquoi, quand il pleut, il y a le tonnerre en même temps que le vent. Ils sont ensemble pour toujours.

Prologue

Paris, février 2005

Madame, faisant suite à votre demande, j'ai contacté Harlyn Geronimo, l'un des deux arrière-petits-fils de Geronimo et, sans doute, le plus investi dans la transmission de sa mémoire. Je lui ai parlé de votre projet de livre et ai le plaisir de vous annoncer qu'il m'a donné l'autorisation de vous donner ses coordonnées. Je vous les transmets ci-joint, vous pouvez bien évidemment l'appeler de ma part.

Je vous souhaite toute la réussite possible dans la réalisation de votre projet.
Cordialement,

René R.

Je me lève. Fais un tour sur moi-même. Une habitude quand la joie me saute dessus. À haute voix je répète les mots de ce journaliste d'Albuquerque. « Vous pouvez l'appeler de ma part ! Vous pouvez l'appeler de ma part ! » Je me rassois. Comment va être la voix d'Harlyn Geronimo ? Elle ressemble à celle de son arrière-grand-père ? Je relis le mail une bonne dizaine de fois. Peut-être pour me donner le temps de croire qu'il est bien réel, puis je remercie son

21

auteur de son aide et de sa confiance, en l'assurant de le tenir au courant de la suite de cette démarche. Je clique sur « envoyer ».

Et je sens le trac monter dans mon ventre.

Dans mon enfance, je dévorais tous les films d'Indiens, *Bronco Apache, La Flèche brisée, Le Jour des Apaches* et en particulier *Geronimo !* Au fil du temps et au même titre que Superman, Peter Pan ou Mickey, il est devenu un habitant de mon imaginaire, un héros de ce continent intérieur. Mais un compagnon sans chair, sans corps, juste une idée façonnée pour se battre contre l'injustice. Alors appeler son descendant est soudain pour moi aussi impressionnant que d'avoir en ligne le petit-fils de Peter Pan. Inspiration. Expiration. J'attrape mon téléphone, je regarde le clavier, mon index. Sourire. Pas si compliqué finalement de faire passer l'imaginaire dans le réel. Je compose les trois premiers chiffres du numéro. J'arrête. Quelle heure est-il ? Seize heures. Sept heures de décalage entre la France et le Nouveau-Mexique, j'ai vérifié. En plus ou en moins ? Merde, je ne sais jamais. Pas question de réveiller Harlyn en pleine nuit. Bon. Les États-Unis sont à l'ouest de la France. Donc le soleil se lève plus tard là-bas. Donc il faut enlever sept heures. Il doit être, je compte sur mes doigts, neuf heures du matin. Correct, je peux l'appeler. Appeler le descendant de Geronimo ! J'ai vraiment du mal à m'y faire. Bon. Inspiration. Je compose le numéro. Bip-bip-bip-bip-bip. La tonalité, comme la mèche d'un vieux souvenir, vient de s'allumer pour traverser le temps. Inexorablement elle lance ses étincelles vers moi en traçant un chemin de lumière jusqu'à l'instant présent, là, dans mon oreille. Première sonnerie. Il n'est peut-être pas chez lui ? Deuxième sonnerie. « Hello ? » Une voix d'homme, grave, vient de répondre. C'est lui ? Je sens mon ventre gargouiller. Je bloque. L'émotion sans doute. Je ne sais plus quoi lui dire. La voix s'impatiente « *Hello ? Who's speaking ?* » Allez ma vieille, courage, Harlyn est juste un humain, comme toi…

– Euh… Bonjour, je m'appelle Corine Sombrun, je voudrais parler à Harlyn Geronimo…

– Oui, c'est moi ! Content de t'entendre, Corine, j'attendais ton appel…

Ces simples mots de bienvenue me font du bien. Harlyn a l'air sympathique. Et le journaliste l'a bien prévenu de mon appel. Je me lance, je lui explique mon désir d'écrire un livre sur son arrière-grand-père. Et d'en parler avec lui pour tenter d'éclaircir certains points développés dans *Geronimo, His Own Story,* le seul récit de sa vie, raconté par lui-même et recueilli par le colonel Barrett.

Harlyn est tout de suite d'accord. Il me dit que j'ai bien fait de l'appeler. En plus il est *medicine-man,* comme son illustre ancêtre. Il pourra ainsi me parler de cet aspect de la vie de Geronimo mieux que personne. Je fronce les sourcils.

– *Medicine-man* ? Vraiment ?

Harlyn confirme. Je défronce. Et moi qui ai été initiée au chamanisme, en Mongolie. Drôle de coïncidence quand même. Une de plus, dans le parcours qui m'a conduite jusqu'à cet instant. Huit ans déjà. La personne dont je partageais alors la vie venait de décéder. Un cancer. J'ai tout plaqué pour aller me réfugier en Angleterre, puis au Pérou, chez un chamane[1]. Sans doute le besoin et l'espoir de trouver une réponse à la question de la mort. Pendant quelques mois dans la jungle amazonienne, ce chamane m'a appris des chants magiques appelés *Icaros,* pour entrer en contact avec certaines plantes censées transmettre aux humains la connaissance des rêves, des bruits et de tout ce dont ils ont besoin pour accéder au monde des esprits. Au début je trouvais ces prières ridicules. Et moi en train de les chanter encore plus. C'est pourtant bien après avoir chanté son Icaro à l'Ajosacha, la

---

1. Cf. *Journal d'une apprentie chamane,* Albin Michel, 2002, Pocket, 2004.

plante « enseignant » les rêves et après en avoir bu une décoction selon un rituel très précis que j'ai fait ce rêve où il était question d'une piste à suivre. En Mongolie. Tellement anachronique en pleine Amazonie que j'ai décidé d'y aller. De toute façon je n'avais plus rien à perdre, plus d'attaches, plus de responsabilités. En 2001 j'ai obtenu de BBC World Service, la radio pour laquelle j'avais déjà fait ce reportage en Amazonie, d'aller en faire un autre sur les chamanes de Mongolie[1]. Je ne savais pas encore que ce voyage allait bouleverser ma vie…

Les chamanes là-bas m'ont dit que j'avais été désignée par les esprits. J'étais moi aussi chamane. Dois-je le dire à Harlyn ? Non ! Mais pourquoi pas ? Harlyn ne me laisse pas le temps d'y réfléchir davantage, il me demande si je sais ce qu'est un *medicine-man*.

– Euh… Oui…

Et là, je ne sais pas pourquoi, mes réticences s'envolent. Je ne peux m'empêcher de tout lui raconter. L'Amazonie. La Mongolie. Sur place, Naraa, une amie, avait accepté de me guider pour entrer en contact avec des chamanes. Grâce à elle j'avais pu assister à une cérémonie. Les chamanes là-bas entrent en transe en jouant du tambour. Le problème est que le son de ce tambour m'avait fait un effet vraiment inattendu pour une Occidentale. Il s'était propagé dans mon corps comme un immense frisson. Mon cœur avait changé de rythme, mes yeux s'étaient mis à tourner, mes bras à battre, mes jambes à sauter, mon corps à faire des bonds, des images de loup avaient squatté mon cerveau, mon nez s'était mis à renifler, j'avais vraiment eu l'impression de devenir un loup et je m'étais sentie glisser jusqu'à une sorte de porte dans le son du tambour. Curieux, oui, mais le plus extraordinaire c'est que j'avais conscience de ce que j'étais en train de vivre. Je ne pouvais

---

1. Cf. *Mon initiation chez les chamanes*, Albin Michel, 2004, Pocket, 2006.

juste plus le contrôler. J'avais continué de glisser vers la porte. Puis le battement du tambour s'était arrêté. Juste à temps. Juste au moment où j'allais la franchir. On m'avait secouée. J'avais fini par ouvrir les yeux. Le chamane était devant moi. L'air inquiet, il avait dit « Pourquoi ne m'as-tu pas dit que tu étais chamane ! » Cette remarque avait fini d'ouvrir mes paupières. Pour moi, il se trompait, je n'étais pas et ne voulais pas être chamane. Mais il n'avait pas tenu compte de ma remarque. « Si le tambour peut provoquer en toi une telle réaction c'est que tu es chamane. Les esprits t'ont désignée. Tu dois suivre l'enseignement secret réservé aux seuls chamanes. » Ce qui voulait dire passer trois ans au fin fond de la Mongolie avec un maître chamane. Et si je refusais ? Sa réponse avait été claire, les esprits allaient me causer de sérieux problèmes. D'après lui, mon rêve en Amazonie n'était donc pas un hasard, mais un message de ces esprits pour m'indiquer le lieu où devait s'accomplir mon « destin » de chamane. Depuis, c'était en 2001, je passais plusieurs mois par an à la frontière de la Sibérie pour suivre l'enseignement d'une femme chamane. Enkhetuya. Elle m'avait fait fabriquer un costume, un tambour, m'avait appris à parcourir, grâce à lui, le monde de la transe, à en interpréter les sensations, les messages, les visions…

Mon récit terminé, j'attends la réaction d'Harlyn. Mais il reste silencieux. Le trac revient dans mon ventre. Je regrette. Je n'aurais jamais dû lui raconter tout ça. Heureusement, je ne lui ai pas avoué le plus étrange. C'est pendant une de ces transes que le nom de Geronimo s'est imposé à moi[1]. Il revenait sans cesse. Tellement réel. Je me suis dit que ce « message », aussi fort que le rêve en Amazonie, avait sans doute une signification. Mais laquelle ? J'ai cherché à le savoir en écrivant un mail à ce journaliste spécialiste de l'épopée apache. Je lui avais alors parlé de

---

1. Cf. *Les Tribulations d'une chamane à Paris*, Albin Michel, 2007.

mon désir d'écrire un livre sur Geronimo. De rencontrer l'un de ses descendants. Sans évidemment avoir dévoilé l'origine de ma motivation. Il m'aurait sans doute prise pour une dingue et il aurait eu raison. Une Occidentale normale ne suit pas les pistes débusquées dans ses « transes ». La voix d'Harlyn s'élève enfin. Révélant ce que je n'aurais jamais pu imaginer…

– Ton histoire ne m'étonne pas vraiment…

Il se tait, j'attends, loin de comprendre ce peu d'étonnement.

– Selon une de nos légendes, finit-il par reprendre, les Apaches seraient les descendants des Mongols. Nos enfants ont d'ailleurs, comme les jeunes Mongols, la « tache bleue » de naissance, au bas du dos. Malheureusement nous avons perdu de vue ces origines et leurs traditions. Mais je savais que, un jour, une personne viendrait pour nous faire renouer avec elles. Et aujourd'hui tu m'appelles. Alors pour moi, c'est tout sauf un hasard…

À mon tour de rester sans voix. Dans mon cerveau, toutes les pièces du puzzle se mettent à tourner. À s'assembler. Étais-je donc ce lien attendu par Harlyn, pour reconnecter l'actuelle tradition apache à l'ancienne tradition mongole ? Était-ce la raison de ma vision de Geronimo pendant la transe ? Mais pourquoi moi ? Harlyn a peut-être la réponse ? Non. Je ne dois pas lui poser la question. Pas au téléphone. Et puis j'ai besoin de réfléchir. De laisser à ma raison le temps d'accepter ce que je viens d'entendre. Tellement au-delà de toute logique…

– Corine ? Tu es toujours là ?

– Euh, oui, pardon, je… Je repensais à ce que vous veniez de me dire. C'est étrange n'est-ce pas ? !

J'entends un petit éclat de rire. Puis de nouveau sa voix. Harlyn me propose de nous rencontrer au Nouveau-Mexique, pour voir, tout simplement, où cette « étrange » histoire va nous conduire et où elle a pu commencer…

'Íłtséshį́ Bik'ehgo'iindáń gólį́ná'a.
Dájík'eh bédaagojísį.
'Ákoo Isdzánádleeshé 'iłdǫ́ gólį́ná'a.

Bik'éshį́go Tóbájiishchinéń gooslį́ná'a.
Naaghéé'neesgháné 'iłdǫ́ gooslį́ná'a.

'Ákoo dį́į' jiłt'égo gojílį́ná'a, dá'íłtségodeeyáshį́.

'Ákoo 'Isdzáńaádleeshéń Tóbájiishchinéń bizhaaná'a.
'Ákoo Naaghéé'neesghánéń ndé doonzhǫ́dashégo ndé 'át'į́ná'a.

Ghéé'ye hooghéń 'iłdǫ́ gólį́ná'a.
nDéí doobáńgólaadaná'a.
Isdzánádleeshéń bizhaa goyaleełná'a.
Isdzánádleeshéń bizhaań 'it'a bizą́ą́yégo, Ghéé'ye hooghéń
kaayinłndéná'a.

Au début le Créateur exista.
Tout le monde le sait.
Puis Femme Peinte en Blanc exista.

Plus tard, Enfant de l'Eau naquit
Tueur d'Ennemis aussi.

Ainsi ils furent quatre au tout début.

Et Enfant de l'Eau était le fils de Femme Peinte en Blanc.
Et Tueur d'Ennemis était celui du mal.

Celui qu'on appelle Géant existait aussi.
Il ne permit pas aux êtres humains de vivre.
Quand les enfants de Femme Peinte en Blanc furent nés,
Celui qu'on appelle Géant voulut les manger.

À l'origine...

À l'origine tout n'était qu'obscurité. Il n'y avait pas de soleil, pas d'étoiles, pas de lune. Alors le soleil, les étoiles et la lune sont nés, et ils ont monté la garde...

Ainsi commence notre légende, Grand-père. Celle des Apaches. Et celle de notre famille, dont Lana, ta fille, m'a raconté l'histoire. Sur toi, Geronimo, beaucoup de choses ont été avancées. Les meilleures comme les pires. Mais jamais ta vérité. Celle que tu avais racontée à Lana, et que, tout au long de mon enfance, à son tour elle m'a transmise. Alors aujourd'hui, Grand-père, comme pour la première fois ici, on m'en donne l'occasion, moi, Harlyn Geronimo, ton arrière-petit-fils, je voudrais enfin rapporter cet héritage si cher à mon cœur et ainsi révéler le sort qui a été réservé à notre peuple.

Il y a très longtemps donc, le vent, le tonnerre, les éclairs et les autres pouvoirs sont arrivés. En tout, trente-deux éléments puissants. Ils ont créé la Terre. Au début, elle était toute petite, et puis elle a grossi, grossi, dans une spirale. Des rubans de fer se sont enfoncés jusqu'en son centre, pour la maintenir en place. Après, tout s'est mélangé et c'est pour cette raison que l'on trouve du fer partout sur terre.

Le monde, en ce temps-là, était dominé par deux tribus. Les créatures à plumes, les oiseaux, et les créatures à poils, les animaux. Le chef de la tribu des oiseaux était l'aigle. Le monde était toujours plongé dans les ténèbres et les oiseaux voulurent y admettre la lumière. Mais les animaux s'y opposèrent. Alors ils se firent la guerre. L'aigle était le seul à connaître l'usage de l'arc et des flèches. Il l'enseigna à ceux de sa tribu et ils gagnèrent la guerre contre les créatures à poils.

Ainsi la lumière fut admise sur la Terre. Le soleil apporta la chaleur. Elle faisait des vagues qui frémissaient dans l'air. Grâce à elle, les Apaches furent créés et l'humanité put se développer. Mais en hommage à l'aigle, à l'origine de cette victoire, les hommes portèrent ses plumes comme emblème de la justice, du pouvoir et de la sagesse…

Il y a des millions d'années, celui que nous appelons *Yusn* créa une fille appelée par mon peuple *Femme Peinte en Blanc*. Elle était immergée dans l'océan et, selon la tradition, ceci s'est passé au large des côtes de San Diego en Californie. Quelques instants après, *Yusn* l'a attrapée par les plumes et l'a mise sur la plage. Là, il lui a dit : « *Femme Peinte en Blanc*, tu seras le précurseur de la nation apache. Tu donneras naissance à deux garçons. *Tueur d'Ennemis* et *Enfant de l'Eau*. Ce dernier sera le fils de *Pluie de l'Orage*. Il devra marcher jusqu'à l'endroit où le soleil se lève, puis se marier et se multiplier pour donner naissance à la nation apache. »

Mais après que *Yusn* eut laissé sa fille sur la plage, celui que l'on appelle *Géant* – il vivait alors sous un grand coquillage – est venu la voir et lui a dit : « *Femme Peinte en Blanc*, tu peux rester là un moment mais personne d'autre que toi ne doit vivre ici. Si je vois un seul humain autour de toi, je devrai le tuer et le manger… »

Quelques mois plus tard, pourtant, les deux garçons naquirent. Se souvenant de la menace de *Géant*, *Femme Peinte en Blanc* creusa un souterrain pour cacher ses fils et plusieurs années passèrent ainsi. *Yusn* avait donné aux garçons des arcs et des flèches. Il leur avait aussi appris comment s'en servir pour chasser et ils étaient très doués.

Mais un jour, accidentellement, *Géant* découvrit la vérité. Il dit à la mère : « Je t'avais interdit d'avoir des enfants. Je vais devoir les tuer et les manger. » Mais avant qu'il ait pu faire quoi que ce soit, *Tueur d'Ennemis* tira une flèche, droit dans le cœur de *Géant*. La flèche ne le tua pas sur le coup. Alors *Enfant de l'Eau* tira une autre flèche dans son cœur, puis une autre, puis une autre. La quatrième flèche le tua.

Enfant de l'Eau se mit en marche pour trouver l'endroit où s'établir. *Yusn* lui enseigna comment préparer les herbes qui guérissent et comment combattre ses ennemis. Il fut le premier chef indien et porta les plumes de l'aigle, en hommage à celui qui avait aidé les oiseaux à introduire la lumière sur la Terre…

1.

Levier de vitesse en position « D ». Accélérer ou freiner, c'est tout ce qu'il y a à faire dans ces voitures à boîte automatique. Je bâille. Pas aux corneilles, je n'en vois pas ici. Seuls des aigles rayent le ciel de leur bec. Celui-là trace un sillon autour du soleil. Je voudrais tant qu'il me prenne dans ses serres, juste histoire d'aller explorer le ciel avec lui. Le paysage est trop ennuyeux ici. À la sortie d'El Paso, Texas, j'ai traversé des kilomètres de champs de maisons plantées au milieu du désert et alignées les unes à côté des autres le long de routes en quadrillage parfait. J'avais l'impression de me promener dans un circuit électronique. D'être nulle part. *Nowhere.* Et le pire après ça : le cube gris. D'abord tout petit au loin dans le ciel bleu foncé, perdu entre les cailloux, les cactus surmontés de longs plumeaux blancs et la terre ocre, ce cube gris a lentement poussé sur l'horizon, s'installant confortablement dans l'idée la plus flippante de la solitude. Puis il est devenu un énorme bâtiment entouré de plusieurs épaisseurs de fils barbelés…

Quand j'ai compris qu'il s'agissait d'une prison de haute sécurité, j'ai détourné le regard, en prononçant un « merde » comme on le ferait devant une scène obscène aperçue involontairement. J'ai compté les cactus, les cailloux, les arbustes, les pneus éclatés posés comme autant de carcasses noires le long de la route, absolument rectiligne, monotone, sans jamais un virage, une rondeur, une douceur. Mais je n'ai pu cesser d'imaginer les couloirs de la mort. La chaise électrique. La terreur, juste avant. Les humains sont plus barbares que ce désert soi-disant inhumain. Je mets la clim à fond. L'air glacé caresse mon visage. Je pense à Harlyn. Aux Apaches[1]. Soumis eux aussi à la loi du plus fort. La réserve sur laquelle on les a placés est-elle à l'image de ce désert ?

Je n'ai pas osé demander à Harlyn dans quel genre d'habitation il vivait. Certainement pas dans un tipi. J'ai téléphoné chez lui sur une ligne fixe. Ou alors il vit dans un mobile home ? J'en ai vu plein à la sortie d'El Paso. Encore des cubes, mais en carton avec des roues, cette fois. Très laids. Et sans climatisation, je parie. Mon été s'annonce caniculaire. Dire que j'ai apporté des pulls et mon sac de couchage en plumes de canard. Entre moins quarante en Mongolie et le grill ici, j'ai vraiment le chic pour dénicher les chamanes extrêmes. Bon. Ton sort vaut toujours mieux que celui des habitants du cube gris dans les barbelés, juste là, à seulement quelques lieues de toi. Un panneau clignote à ma droite. « *Speed limit 70 mph* ». Ça fait quoi en kilomètres-heure ? Aucune idée et pas l'intention de convertir. Coup d'œil au compteur. *80 mph*. On accélère sans s'en rendre compte sur ces routes infiniment rectilignes. Mon pied droit recule illico. Vraiment pas envie de me frotter à la police de ce pays. Le soleil tape sur le capot rouge de la voiture. Pas un nuage dans le ciel. Et l'eau sur le goudron au loin s'amuse à disparaître dès que j'approche d'elle. Mirage. Le seul jeu possible dans cette immense plaine de chaleur tremblotante.

Je tourne la tête pour vérifier si ma gourde bleue est bien à côté de moi. Oui. Sans lâcher le volant, je l'attrape et la cale entre mes cuisses pour en dévisser le bouchon.

---

1. Voir présentation p. 305.

Une gorgée. Voilà petite eau, le seul moyen de t'attraper ici. Un coup de klaxon me fait sursauter. Coup d'œil au rétroviseur. Un énorme camion est derrière moi. Cabine rouge avec des cheminées argent, ma voiture se reflète dedans tellement il est astiqué. Pourquoi il klaxonne ? Je regarde mon compteur. *70 mph*, pile. Ben alors, t'as qu'à doubler si tu veux aller plus vite ! Pas question pour moi, en tout cas, d'accélérer d'un poil. Je me range juste un peu à droite pour le laisser passer. Il s'approche. Une grosse ombre avale peu à peu ma voiture. La cabine est maintenant à mon niveau. Je fixe la route, bien droit devant. Pas envie de voir la tête en colère du chauffeur. Voilà, le mastodonte a doublé. Je vois son cul maintenant. Avec un gros autocollant en forme de ruban, aux couleurs du drapeau américain. Je plisse les yeux pour lire. *Support Our Troops.* C'est vrai que ce pays est en guerre. Pas l'impression, vu d'ici. Aucun tir, pas de combats. J'ai juste eu un rappel à l'aéroport d'Atlanta, quand dans un hall j'ai entendu des applaudissements. Des gens tenaient des banderoles à bout de bras, « *Welcome To Our Heroes* ». Les héros, en tenue militaire de camouflage, sac à dos assorti et *rangers* aux pieds sortaient de l'avion, sourire aux lèvres. Deux d'entre eux sont passés près de moi. J'ai pu voir les dessins sur leur uniforme, ils étaient pixélisés. Des milliers de petits carrés, dans des tons verts et beiges, formaient l'ensemble de l'aspect camouflage. Sans doute pour en accentuer l'effet de loin ? Je repose ma gourde.

Plus rien dans le rétro ? Non. Si ? Un cylindre gris semble tomber du ciel, là-bas à l'horizon. Je me retourne. On dirait une tornade ? Je ralentis, m'arrête sur le bas-côté, ouvre la fenêtre. La chaleur s'engouffre. Oui, c'en est une ! Je la vois avancer, tourner, se tordre. Elle est vraiment loin ? Difficile à dire dans cette immense étendue. Elle paraît petite, vue d'ici. J'espère qu'elle ne va pas arriver sur moi. On fait quoi quand on est au centre d'une tornade ? On commence par essayer de ne pas s'y trouver…

Je redémarre. C'est peut-être pour ça que le camion était pressé ? Il a juste klaxonné pour me prévenir de déguerpir ! J'accélère. On a certainement le droit aux excès de vitesse en cas de tornade. *80 mph. 85, 90.* Je pourrai toujours dire ça au flic qui va m'arrêter. Elle approche ou pas ? Coup d'œil au rétroviseur. Toujours aussi petite. Bon. Je relève mon pied de l'accélérateur. *85, 80, 70 mph.* Le paysage ralentit avec moi. Cactus, cailloux, arbustes, cailloux, terre ocre…

La montre sur le tableau de bord indique 14 h 30. Si la tornade reste à sa place et si mes calculs sont bons, la *Mescalero Apache Indian Reservation* ne devrait pas être à plus de deux heures. Harlyn m'a dit que les Apaches étaient aujourd'hui tous répartis sur différentes réserves du sud-ouest des États-Unis. Deux ici, au Nouveau-Mexique, deux en Arizona et une en Oklahoma. Ils seraient environ cinquante mille. Je ne sais pas si je vais dormir chez lui, mais il m'a dit de l'appeler en arrivant. De toute façon j'ai mon matériel de camping. Tente, lampe frontale, torche électrique, couteau suisse (le gros modèle multi-outils), deux couvertures de survie, abricots secs, boîtes de vitamines. Chez Enkhetuya en Mongolie, il n'y a que de la viande séchée et de la farine pour se nourrir, alors je me méfie maintenant.

J'ai aussi apporté une bouteille de vin pour Harlyn. Un Grave. Il n'a jamais dû boire de vin. Enkhetuya a fait une grimace la première fois qu'elle en a goûté. La deuxième et la troisième fois aussi. Elle préfère vraiment la vodka. J'espère que je n'ai pas oublié mes deux jerricans en plastique ? Non. Je me vois en train de les ranger. Ils ont l'avantage de se plier en accordéon, pour s'aplatir dans les bagages et de se déplier en forme d'outre dès qu'on les remplit d'eau. Je les utilise beaucoup en Mongolie. Il n'y a pas d'eau courante, sinon celle des ruisseaux ou du lac auprès duquel nous nous installons pour faire paître les rennes et les yaks. Ce sera certainement très utile sur la réserve. J'espère qu'il y aura au moins un point d'eau pas trop loin de chez Harlyn. Dans ce désert, il doit pleuvoir une fois tous les trois ans, et à tous les coups je vais tomber sur une année de sécheresse. Enkhetuya m'a bien appris un rituel pour trouver de l'eau dans le sol, mais pas pour la faire tomber du ciel. Elle ne sait pas. De toute façon elle n'en a pas besoin, il pleut, là où elle vit. Et j'ai remarqué, après toutes ces années passées auprès de chamanes, que chaque peuple développait surtout les rituels dont il avait besoin.

Le chamanisme c'est un peu ça aussi. Un ensemble de recettes pour survivre dans un environnement hostile. Une astuce permettant de rassurer les humains en leur donnant l'illusion de contrôler ce qui risque de leur tomber sur la tête. D'ailleurs les psys appellent ça un mécanisme d'illusion de contrôle. Donc ici, vu le manque de pluie, les Apaches ont certainement imaginé un rituel pour la provoquer. Ne pas oublier de demander à Harlyn...

Une maison, deux maisons. Tiens ! Un champ de *school buses* sur ma gauche. Il doit bien y en avoir une centaine, jaune et noir, garés les uns à côté des autres. Peut-être leur cimetière. Et une station-service. Coup d'œil à la jauge. À moitié pleine. Tout va bien. Ah ! un croisement. Le premier depuis trois heures. J'espère que je ne vais pas devoir aller tout droit. Tourner le volant dégourdirait enfin mes bras. Je regarde les panneaux. Albuquerque, Alamogordo... Tularosa, à gauche ! Je tourne. Et de nouveau une immense ligne droite. Bon. Au moins le paysage a changé. Des stations-service alternent avec des champs de carcasses de voiture, des maisons en bois sans jamais de clôtures et maintenant un immense panneau annonçant la vente de pistaches. Je ne savais pas que cette région en produisait. Mais elles sont où ? Je n'ai vu aucun champ. Et ça pousse sur quoi, d'ailleurs, les pistaches ? Un autre panneau à droite indique la même chose. Cette fois, je mets mon clignotant et lance un coup d'œil au rétroviseur. Par pur réflexe, parce que, depuis le camion rouge, j'ai seulement croisé un pick-up avec un type à l'arrière en train de dormir sous un sombrero, les bras en croix.

Je m'engage sur un chemin, conduisant à un parking au centre duquel se trouve un bâtiment. Le magasin apparemment. Je gare la voiture, ouvre ma porte. La chaleur me tombe dessus. En respirant l'air brûlant, j'ai soudain l'impression d'être un aliment surgelé qu'on mettrait directement dans un four. Désagréable. Je secoue mes jambes engourdies, détends mon dos. Il y a des champs d'arbres derrière le bâtiment. On dirait des arbres fruitiers, taille moyenne, feuilles bien vertes. Je vais voir. Le soleil tape sur mon crâne. Je lui fais de l'ombre en plaçant une main juste au-dessus. Elle chauffe immédiatement. J'arrive devant une clôture en bois blanc. Les arbres sont là. Des grappes semblent partir de grosses feuilles qui ressemblent à celles d'un chêne. Moins ciselées. J'enjambe la clôture. Je m'approche. Ce sont bien des pistaches, dans une coque de velours vert clair. Je les touche. C'est doux. Mais pas le temps de m'attarder, le soleil tape trop fort. Retour immédiat à la glacière. Dire que j'ai des pulls et pas une seule casquette. J'ai hésité pourtant, mais elles me font une tête de tortue. Rédhibitoire. Si je trouve une boutique dans ce trou, j'achète un chapeau de cow-boy.

La route monte depuis environ une demi-heure. Elle serpente maintenant au milieu de grosses collines recouvertes de pins. Pas trouvé un seul magasin de chapeaux mais plusieurs boutiques d'antiquités. Je me demande bien de quoi il pouvait s'agir, mais la chaleur a été plus forte que ma curiosité, je ne me suis pas arrêtée. La circulation a un peu augmenté. J'ai croisé plusieurs pick-ups et un camion blanc siglé Wal-Mart, une chaîne de supermarchés. Tiens, au milieu des pins j'aperçois des sapins ! Ou des mélèzes, je n'ai jamais su faire la différence. Si au moins Harlyn pouvait habiter par là ! Mon regard s'arrête sur une peinture le long de la route. Des tags ? J'ouvre la fenêtre pour passer mon nez dehors. Il fait nettement plus frais ici. Oui, ce sont des tags sur un mur. Je ralentis en arrivant à leur niveau. Noir sur fond blanc, un grand Indien est dessiné. Trois plumes partent de sa coiffe. Il y a aussi une lune dans un ciel noir, des tipis, des conifères. On dirait que mon vœu se réalise, j'entre bien sur le territoire des Indiens...

Je coupe la clim et laisse la fenêtre ouverte. L'odeur des pins imprègne mes narines. Inspiration. Je ferme les yeux. Je les rouvre. Juste à temps pour voir le panneau : WELCOME TO MESCALERO.

Des picotements de joie m'envahissent. J'y suis ! Harlyn m'a dit de continuer jusqu'au panneau « Ruidoso » puis de m'arrêter pour lui téléphoner. Où est mon téléphone ? J'ai bien le numéro ? Oui. Programmé. J'ai bien fait pour les pulls, finalement. Un tipi ! Là, à droite, dans une clairière au milieu de la forêt. Et des chevaux en train de brouter, à côté d'une maison en bois. Peinture vert amande. Très jolie. Peut-être qu'Harlyn n'habite pas dans un mobile home, après tout ? La route à quatre voies passe au milieu d'un champ de chardons mauves. Toujours pas de Ruidoso en vue. J'ai peut-être loupé un croisement ? De gros 4×4 me doublent. J'aperçois un panneau *Apache fry-bread* devant une baraque en bois. Du pain frit ? Je mets mon clignotant et me gare sur le parking. Quelqu'un pourra peut-être me renseigner. J'entre dans le bâtiment bleu ciel, une sorte d'épicerie avec des attrape-rêves et des photos d'Indiens accrochés aux murs. Une dame obèse aux longs cheveux bruns, en jean et tee-shirt rose, apparaît derrière un comptoir. Elle me demande en souriant si elle peut m'aider. Je la regarde, émue.

– Vous êtes apache ?

Elle rit.

– Bien sûr ! Mais vous risquez d'en croiser beaucoup ici, vous savez !

Je m'excuse en lui expliquant que j'habite en France. Elle n'a pas l'air de savoir où se trouve ce pays, mais me souhaite la bienvenue...

– Qu'est-ce que vous venez faire ici ?

– Je viens voir Harlyn Geronimo, vous le connaissez ?
Elle réfléchit.
– Non…

Sa réponse me déçoit un peu. Pour moi il devait être une sorte de star ici. Apparemment pas.
– Vous allez rester longtemps parmi nous ?
– Un mois…
Ses sourcils remontent.
– Un mois ? À Mescalero ?
Elle semble vraiment surprise. Mais j'évite de lui demander pourquoi. Pas vraiment envie de le découvrir. De toute façon elle enchaîne :
– Vous voulez goûter notre spécialité ?
Elle me montre un grand plat rempli de sortes de beignets.
– C'est du *fry-bread* ?
– Oui, nous faisons frire la pâte à pain dans une grande bassine, je vous en mets combien ?
Coup d'œil d'évaluation. Chacun a la taille d'une assiette.
– Euh… Un seul suffira, merci…
Elle me scrute de la tête aux pieds, genre : C'est pas avec un seul de ces beignets que vous allez me remplumer tout ça, mademoiselle. Mais elle ne joint pas la parole au regard, et se contente de me montrer les murs de la boutique.
– Je vends des attrape-rêves aussi. Le filet au centre du cercle attrape les mauvais rêves pour ne laisser passer que les bons. Vous avez ça dans votre pays ?
– Non, on a des somnifères.
Haussement d'épaules.
– Nous aussi, mais moi je préfère les attrape-rêves, vous en voulez un ?
– Je ne fais pas de cauchemars.
– Ici c'est un cauchemar, vous verrez…
Comment dois-je interpréter cette phrase ? Une menace, un avertissement, ou simplement un triste constat ? Une fois encore, je préfère ne pas insister.

– O.K. ! j'en prends un…

Elle me demande d'aller le décrocher, elle a trop de mal à se déplacer. J'en choisis un violet, d'une dizaine de centimètres de diamètre, avec trois lanières en peau ornées de plumes et de perles, que je dépose sur le comptoir. Le sourire enfin revenu sur son visage tanné par le soleil, la dame me montre alors une vitrine à sa droite.

– Je vends aussi de l'artisanat apache. Colliers, bracelets et ceintures brodées de perles…

Je m'approche, en espérant qu'elle ne m'oblige pas à acheter tout son stock avant de me laisser sortir, mais ce que je vois est très beau. Je repère même une large ceinture aux motifs géométriques rouges et bleus. Pas de boucle en guise de fermeture, mais deux lanières de peau. J'adore. Je lui demande le prix. Elle sort la ceinture de la vitrine, tourne une étiquette.

– Soixante-six dollars…

Je fais une grimace en m'excusant. Un peu trop cher pour moi. Elle semble désolée, mais n'insiste pas. Je jette un dernier coup d'œil à la ceinture, hésite un instant. Je la prends ? Non ! répond ma raison. Bon. Je règle donc seize dollars pour tout le reste.

– Je suis bien sur la route de Ruidoso ?

– Oui, tout droit.

Elle me souhaite bonne chance et un bon séjour chez les Apaches. Je la remercie puis je m'en vais, mon pain frit tenu du bout des doigts.

Un quart de *fry-bread* plus tard, j'ai l'impression d'avoir avalé une pierre. Comment font-ils pour en manger plusieurs ? Je repose délicatement le pain sur son papier, essaie d'y essuyer mes doigts huileux. J'ai bien fait d'apporter mes abricots secs finalement. Toujours pas de Ruidoso en vue. Mais de plus en plus de sapins le long de la route. L'air est carrément frais maintenant. Ambiance vosgienne avec des pins en plus des sapins. J'ai vraiment été injuste avec les Américains, cette réserve a l'air agréable et mon séjour devrait même ressembler à un parcours de santé. Ah, un énorme panneau en forme de sucette là-bas. Ça clignote. De la pub ? J'approche. Mes yeux s'arrondissent en découvrant un écran digital d'au moins cinq mètres de haut indiquant « *At Casino Apache. Cash back for slot. Table Games Play…* » Je ferme les yeux, les rouvre. « *Big Jackpot today !* » Non je ne rêve pas. Toutes les parties du jour et les gains possibles sont même indiqués…

Derrière la sucette se trouve un immense parking, sans beaucoup de voitures, et un grand bâtiment rectangulaire bicolore, beige et vert, sur lequel une énorme enseigne *Casino Apache* brille de tous ses néons. Je souris. Moi qui m'attendais à trois mobile homes, deux tipis et des chevaux crinière au vent, je dois reconnaître que mon imaginaire de Française moyenne est quelque peu bousculé. Les Apaches n'ont décidément pas l'air d'avoir suivi l'exemple de leurs ancêtres d'Asie, toujours sous des tipis, à la farine et à l'eau…

Et je ne suis pas encore au bout de mes surprises. Quelques kilomètres plus loin, la route s'habille de fast-foods, motels, hôtels, banques, boutiques de téléphonie mobile. J'ai soudain l'impression de me trouver dans la Z.A.C. d'une petite ville française. À la différence qu'il y a Dollars et Wal-Mart, à la place de Leclerc ou Carrefour, Motel 6 à la place de Formule 1, et des signes distinctifs marquant l'appartenance de la ville aux Indiens. Ainsi, *Lincoln Rent A Car*, un loueur de voitures, a un tipi dessiné sur son panneau, le magasin d'une station-service s'appelle *Big Chief Store* et j'ai croisé un motel au nom évocateur d'*Arrow Head*, Pointe de Flèche…

J'ai pas l'air con avec ma tente, mon matériel de survie et mes vitamines. Quand je pense qu'il m'aurait suffi de taper sur Google « *Mescalero reservation* » pour avoir toutes ces infos. Mais voilà, Madame ne veut jamais savoir avant de partir. Elle préfère avoir la surprise. Ressentir en plein dans les tripes, dans le nez, dans les yeux, le « choc »

41

des cultures. Eh bien, là, c'est râté. C'est juste le choc de
ma bêtise, qui se révèle à la culture des autres. Ah ! Voilà
enfin le panneau « Ruidoso ». Et un feu de circulation, le
premier depuis Tularosa, à quelques centaines de mètres.
Rouge. Je m'arrête à côté d'un 4×4 noir. Il n'y a que ça ici.
Tous plus énormes les uns que les autres. Je regarde la tête
du type au volant. C'est sûr, il ressemble à un Indien. Mais
son visage est enveloppé de graisse. Le feu passe au vert. Je
suis la flèche indiquant de tourner à gauche pour m'engager dans l'agglomération. First City Bank, Wells Fargo,
Best Western, ah ! Lincoln Hospital, ça c'est utile et une
clinique vétérinaire, mouais. Encore un McDo et un…
Apache Motel ! Le nom idéal pour ma première pause. Je
vais profiter du parking attenant pour appeler Harlyn. Clignotant. La voiture sur la file de droite s'arrête pour me
laisser passer. Les gens sont cool par ici. À Paris, on aurait
déjà défoncé ma portière. Après avoir remercié le chauffeur d'un petit signe de main, je m'engage sur le parking.

Le motel est un bâtiment de plain-pied en forme de
U. La porte de chaque chambre donne sur une place de
parking. Je me gare devant la réception pour mettre mon
portable en marche. Code Pin. Les petites barres en haut
à gauche de l'écran semblent bouger. Comment va s'appeler le réseau, ici, *Apachetélécom* ? Non. Rien ne s'affiche. Pas
de réseau ? Manquerait plus que ça. Allez téléphone,
connecte-toi. Toujours zéro barre. Ça marchait pourtant, à
El Paso. À Atlanta aussi. Nouvelle vérification, ça met du
temps parfois. Non. Toujours rien. Soupir. Re-soupir.
Même au fin fond de la Mongolie, désormais il y a un
réseau ! Je suis aux États-Unis, ça devrait marcher, non ? Je
sors de la voiture pour aller obtenir des infos à la réception.

Derrière un comptoir en bois, un jeune homme de type
indien, à queue-de-cheval noire, tout maigre, me souhaite
la bienvenue. « *May I help you ?* » Oh yes ! Je lui explique
mon problème. « C'est normal », me dit-il dans un grand
sourire laissant apparaître une ligne verte sur ses dents, « Il

y a un réseau spécial sur la réserve. Mais vous pouvez acheter un autre téléphone dans un des magasins de la ville. »
Il sourit de nouveau. Je fixe sa bouche, intriguée. En fait,
il a un appareil orthodontique et la ligne verte est l'élastique reliant les braquettes. Moi j'en ai porté, mais *full*
métal, nettement moins drôle. Ne semblant pas prêter
attention à mon regard, il continue son explication.

— Vous avez un magasin *Altell* à deux minutes d'ici, mais
il sera fermé...

— Fermé ?

Je regarde ma montre. Il est à peine cinq heures !

Le jeune homme confirme, c'est bien l'heure de fermeture aux États-Unis. Bon. Pas d'affolement. J'irai demain
matin. Je lui demande à quelle heure le magasin sera
ouvert. Moue gênée.

— Demain c'est le Quatre Juillet, notre fête nationale.
Mais dans deux jours il sera ouvert !

Devant mon air dépité, il prononce un « *Sorry* » en haus-
sant les épaules. Je le remercie quand même pour ses
renseignements. Le sourire revient sur son visage. Il me
demande d'où je viens.

— De France.

— De France ? C'est cool, mon Grand-père était français !
Il a épousé une Apache...

Le temps de me remettre de mon étonnement, je lui
réponds que je viens justement voir un Apache. Mais sans
intention de l'épouser...

Il éclate de rire.

— Et vous comptez rester longtemps ici ?

— Un mois...

Il ouvre de grands yeux. Un mois ? À Ruidoso ?

Je le regarde. Une pointe d'inquiétude commence à
sourdre dans mon cerveau fatigué par le décalage
horaire...

— Mais qu'est-ce que vous avez tous à me demander ça !
C'est pas normal de rester un mois ici ?

– C'est qu'il y a pas grand-chose à faire en été… À part les casinos…

Je fronce les sourcils. LES casinos ? Je n'en ai vu qu'un, il y en a donc plusieurs ?

– Deux pour être précis. L'un sur la route principale, vous êtes passée devant, et l'autre à cinq kilomètres. Il est plus grand, avec un golf, vous jouez au golf ?

Je reste bouche bée. Deux casinos, un golf ? Tenant à en terminer avec les surprises, je lui demande de bien vouloir m'indiquer les autres lieux où décidément, je vais pouvoir passer d'agréables vacances…

– En hiver, on vient skier ici. C'est la spécialité de la région. Il y a une station à une vingtaine de miles. Vous n'avez pas vu dans la ville ? Plein de *cabins* à louer…

– Des *cabins* ?

– Oui, des petits chalets en bois. Une pièce avec cheminée, en pleine forêt. C'est très agréable. Mais là, en juillet, vous comprenez, pas de neige, pas de ski, la station est fermée ! Vous pouvez quand même aller y faire un tour. C'est une jolie balade. Mais au fait, c'est qui votre ami apache ?

– Mon ami ? Ah oui, Harlyn. Harlyn Geronimo, vous le connaissez peut-être ?

Moue dubitative. Décidément personne n'a entendu parler de lui ici.

– Je dois l'appeler, vous avez un téléphone ?

– Appel local ?

– Oui, enfin, j'espère…

Je lui montre le numéro. Il confirme. Ouf. Je commençais à avoir un doute sur son existence dans la région. Le jeune homme me désigne l'appareil, derrière le comptoir. Je décroche. Une sonnerie, deux, trois, quatre, cinq, je regarde ma montre. 17 h 15. Il n'est peut-être pas encore rentré chez lui ? Une voix enfin. « Vous êtes bien chez Harlyn Geronimo… » Merde, le répondeur. « … Je suis absent, laissez un message. Biiiiip. » À moi de parler. « Euh… Bonjour Harlyn, c'est Corine, je suis à Ruidoso,

44

mais mon portable ne marche pas. Je te rappellerai plus tard ou tu peux laisser un message à la réception de l'*Apache Motel*, le numéro est le… » Je regarde le réceptionniste, qui me tend une carte en désignant six chiffres. Je les lis à haute voix puis raccroche. Harlyn ne m'a pas donné d'autre numéro où le joindre. Mais vu le niveau de vie sur cette réserve, il a sûrement un téléphone portable…

Je demande au réceptionniste s'il a une chambre pour la nuit, bien contente de ne pas avoir à utiliser ma tente. Pas de problème, me dit-il en riant, il n'y a pas de touristes l'été. Oui, ça va, j'ai compris ! Il me propose de m'en montrer une. Je le suis jusqu'à une porte en bois. Après l'avoir ouverte il m'invite à entrer dans la chambre. Il y fait chaud, mais elle est spacieuse, avec un grand lit, une table en bois blanc, une chaise et une kitchenette équipée d'un micro-onde, une cafetière électrique, un évier en inox posé sur un petit placard et un frigo. La moquette est marron, un peu râpée mais assortie au couvre-lit en tissu-éponge. Derrière une porte, le jeune homme me montre la salle de bains. Lavabo, douche et WC. Dire que j'ai apporté mes jerricans pour aller chercher de l'eau. Je le remercie. « *You are welcome !* » répond-il en me donnant un tipi en métal doré, auquel la clé est accrochée. Numéro neuf. Il se dirige ensuite vers la sortie, en me montrant la clim. La clim ? « Ben oui », opine-t-il, surpris de mon étonnement. Avec cette chaleur il y en a partout. Il s'approche de l'appareil. Le talon de ses santiags en croûte de cuir fait chuinter la moquette. « Je vous la mets en marche ? » Avec plaisir. Il pousse un gros bouton gris. Le moteur démarre. Pas vraiment silencieux, mais du grand luxe à côté de ce à quoi je m'attendais.

Avant de sortir, il me dit de ne pas hésiter à venir à la réception pour téléphoner à mon ami. Je le remercie encore. À peine la porte fermée, je saute sur le lit. Un plaisir que je ne peux m'accorder en Mongolie, vu que, dans le tipi, je dors sur un sol gelé. Deux boiing, boiing plus tard, je me relève, le sourire aux lèvres, pour faire une petite inspection. J'ouvre le frigo, il est frais, j'ouvre le compartiment à glace. Pas de bac à glaçons. J'en demanderai un. J'ouvre le placard sous l'évier. Deux mugs, deux verres, deux assiettes, quatre couverts. Je vais remplir ma gourde au robinet. Je suppose que l'eau est bonne ici. En Mongolie, je dois la faire bouillir, on la puise dans le lac ou les ruisseaux. J'ai une petite casserole en métal pour ça, posée en permanence sur le poêle à bois. Les Mongols la boivent direct. Heureusement, parce que ma seule eau bouillie consomme plus de bois que toute une famille pour se chauffer. Autour du lac, on commence d'ailleurs à voir les effets de la sédentarisation de ces peuples nomades. Les forêts, petit à petit, font place à de grandes clairières parsemées de troncs coupés.

Il me reste à aller chercher mes bagages dans le coffre de la voiture. Juste deux gros sacs à roulettes. Oui, j'ai toujours eu le sens du confort. Même en pleine steppe, pour entrer dans le tipi, je les fais rouler. Ça fait rire Doudgi, le mari d'Enkhetuya. Qui préfère toujours me les porter. Pas une femmelette, lui. Ho hisse. Les voilà sortis du coffre. Je roule, je roule. Jusqu'à la chambre. L'un d'eux ne me servira à rien, il contient uniquement le matériel de camping. Je vais chercher mon tambour de chamane. Un monstre d'un mètre de diamètre sur vingt centimètres de côté. Sans roulettes, je n'ai jamais pu trouver de caisses de transport à sa taille. En voyage, il ne quitte donc jamais mon épaule.

Ici, je ne devrais pas beaucoup m'en servir, mais j'ai pensé qu'Harlyn serait content de découvrir les traditions chamaniques de ses « cousins ». Je lui ai aussi apporté mon costume, avec le chapeau à plumes de Soïr, un oiseau mongol. Je pose le tambour sur la table. Enkhetuya m'a toujours recommandé de le mettre en hauteur. Je ne sais pas pourquoi, mais j'exécute. Les esprits, paraît-il, se vexent assez vite…

Plus qu'à aller prendre une douche et faire une sieste. J'ai vraiment sommeil, en France il est huit heures de plus, donc deux heures du mat. Je règle l'alarme de mon portable à vingt heures, Harlyn devrait être rentré chez lui, j'irai à la réception pour l'appeler. Et si je n'arrivais pas à le joindre ? Mouais, je vais déjà installer mon attrape-rêves sur la table de nuit. Ça m'évitera peut-être de faire ce cauchemar...

'Iłk'idą́, inndaaí 'it'ago hąhé łą́ daolaahát'édadą́,
nDéí 'ił'ango 'ádaahooghéí díík'eh joogobago daahindáná'a.

'Íyąądа k'adi, Chidikáágo hooghéí 'ásht'į́.
Shinndéí, biłnndénshłį́í, dásídá'át'égo 'iłk'idą́ daahindáná'aí
baanałdaagoshndi.

Daanahitsóyéí dáłeezhíighe'yá daahindáná'a.
Dátł'ohná beekooghąshį́ dá'ádaa'ílaa.
Tł'oh bégoos'eelyá naasjé.

Ch'ide yá'édį.
Beekooghaní yá'édį.
Dooha'shį́ ła'jóláhát'éda.
'Iban 'ádaat'éí gotł'aazhį k'édaadeesdizná'a.

Naagołtįgo, tóí gok'izhį nkeedanlį́.
Zas naałtįgo, zasí gokázhį naadaałtį.
Hago, dák ǫǫ ná daagoch'ide.

Góghégo nDé gólį́ná'a.
Díík'ehí yá'édįná'a.
Béésh yá'édįná'a.
Bee'itseełntsaaí yá'édįná'a.
Bee'itseełbizą́ą́yéí yá'édįná'a.
Dátsédeendíná gobeedaa'itseełná'a.

Il y a longtemps, bien avant qu'il y ait des hommes blancs,
Tous ceux qu'on appelle Indiens vivaient pauvrement, ils disent.

Je suis l'un de ceux qu'on appelle Chiricahuas.
Mon peuple, ces gens auprès desquels je vis, je vais vous raconter ce
qu'on disait de leurs coutumes, autrefois.

Nos ancêtres vivaient dans la saleté, ils disent.
Leurs maisons étaient faites seulement d'herbe, ils disent.
Ils s'allongeaient sur de l'herbe.

Il n'y avait pas de couvertures.
Il n'y avait pas de tentes.
Personne ne pouvait être en sécurité nulle part.
Des peaux de cerf étaient enroulées autour d'eux, ils disent.

Quand il pleuvait, l'eau coulait sur eux.
Quand il neigeait, la neige tombait sur eux.
En hiver, seul le feu était leur couverture.

Les Indiens avaient une vie dure, ils disent.
Ils manquaient de tout, ils disent.
Il n'y avait pas de métal, ils disent.
Il n'y avait pas de grandes haches, ils disent.
Il n'y avait pas de petites haches, ils disent.
Seulement des pierres taillées étaient leurs haches, ils disent.

Le jour où tu es né…

La Gila, notre rivière, fait une fourche à l'endroit où tu es né, Grand-père. Tu ne savais pas, alors, que ce signe serait le symbole de ta vie. Toujours entre deux attitudes, l'amour et la haine. Son eau claire, insaisissable, sort de six beaux rochers rouges, écartés comme les mailles d'un attrape-rêves. Tu aimais par-dessus tout regarder cette eau jaillir en gargouillis joyeux. Tu y as tant de fois abreuvé tes désirs. Et encore plus souvent noyé tes cauchemars…

Depuis les monts Mogollon à la frontière de l'Arizona, la Gila a mis des millénaires pour creuser son chemin jusqu'à cette terre de notre peuple, les Apaches Chiricahuas. Les pentes qui la surplombent sont recouvertes d'un fouillis d'arbustes. Ils rendent la marche lente et laborieuse, mais tu adorais y entraîner tes jambes. Ton père, *Taa di tlish hn*, te disait toujours : « Face à l'ennemi, seules tes jambes sont tes amies ! » Il avait raison. Elles t'ont souvent sauvé la vie et, chaque fois, tu as pensé à lui. Ton père était un homme juste. Son nom apache était d'ailleurs celui d'un personnage de notre mythologie, utilisé pour tenir en respect les enfants indisciplinés. « Si tu n'es pas sage, on appelle *Taa di tlish hn* ! » Cela suffisait à calmer le plus indiscipliné d'entre eux.

Ton premier nom, Grand-père, fut *Guu yuu le n*, le tendon arrière d'un cerf, celui avec lequel nous fabriquons la corde de nos arcs, mais ton père, quelques mois après ta naissance, t'a aussi appelé *Guu ji ya*, l'astucieux. Un Apache Chiricahua pouvait ainsi avoir plusieurs noms, en fonction de sa personnalité ou des évènements marquants de sa vie. Ce nom de Geronimo n'était pas le tien. Il t'a été donné bien plus tard par les Mexicains, tes pires ennemis. Mais j'en parlerai en temps voulu. Pas de la façon chronologique chère aux Blancs, mais comme le font les Indiens, selon ce qui leur semble important.

Je vais donc commencer par raconter le temps où ce territoire appartenait encore aux Be-don-ko-hé, notre bande, issue de l'une des trois principales bandes des Apaches Chiricahuas. Il y en avait six en tout, définies par le territoire qu'elles occupaient, de l'extrême sud-est de l'Arizona au fleuve Rio Grande au Nouveau-Mexique, jusqu'au nord des États de Sonora et de Chihuahua au Mexique.

À l'époque pour les Apaches, ces frontières n'existaient pas. Les Blancs les ont définies plus tard, sans leur demander leur avis. Ton territoire, Grand-père, celui des Be-don-ko-hé, s'est ainsi retrouvé à l'ouest du Nouveau-Mexique, s'étendant autour de ce qui est devenu aujourd'hui la *Gila National Forest*.

Le jour de ta naissance, ta mère, *Gha den dini*, te l'a souvent raconté, la lumière et l'air étaient impitoyablement clairs, les ombres profondes et précises comme des fils de rasoir. C'était la saison des *Petits aigles*. L'année des Chiricahuas était ainsi divisée en six périodes, de la repousse au repos de la nature. *Petits aigles* correspondant au début du printemps, elle était suivie de *Beaucoup de feuilles, Grandes feuilles, Gros fruits, Nature rouge-marron* et *Face de fantôme*, le plus froid de l'hiver. Les Blancs ont dit que tu étais né en « juin » de l'année appelée 1823. Ou peut-être 1829, ta mère ne s'est jamais très bien souvenue. Mais de cela elle était certaine, les baies commençaient à mûrir sur le sumac, l'arbuste dans les branches duquel l'accoucheuse, une femme de votre tribu, avait placé ton cordon ombilical, bien entouré de la peau de cerf sur laquelle tu avais vu le jour. Chaque nouveau-né avait ainsi son arbre fruitier. L'arbre revenait à la vie chaque année et les Chiricahuas, par ce geste, faisaient le vœu que la vie de l'enfant se renouvellerait comme la sienne. On n'enterrait jamais ce cordon, car des bêtes sauvages auraient pu le déterrer, le manger, et ainsi porter malheur au bébé.

Après l'avoir déposé sur une branche, l'accoucheuse a béni ton cordon avec du pollen, une poudre jaune récoltée dans les fleurs de joncs, puis a dit à l'arbre : « Puisse cet enfant grandir et vivre assez longtemps pour voir tes fruits de nombreuses fois... » Ce jour-là, ce lieu est devenu sacré pour toi. Tu devrais absolument y revenir pour mourir, afin que le cycle du grand cercle de ta vie puisse s'achever.

Quand ta mère a su qu'elle était enceinte, comme toutes les femmes chiricahuas elle a dû respecter les restrictions dues à son état. Ne plus avoir de relations sexuelles, ne plus monter à cheval et ne pas s'asseoir trop longtemps. Surtout après le cinquième mois, car cela t'aurait empêché de te mettre dans la bonne position. Elle a aussi éliminé toute nourriture à base d'intestins d'animaux, pour ne pas risquer que tu t'étrangles avec ton cordon ombilical, et a évité de manger du gras de viande. Tu ne devais pas être trop gros pour faciliter l'accouchement.

Certains disaient que des chamanes étaient capables de déterminer le sexe de l'enfant. Ta mère n'y a jamais cru. Pour elle, seul *Yusn*, le Créateur, avait ce pouvoir. Mais elle savait que tu serais un garçon, Grand-père. Tu bougeais plus qu'une fille dans son ventre ! Elle a eu huit enfants en tout. Quatre garçons et quatre filles. Tu as été le quatrième...

Juste avant l'accouchement, ta mère a avalé quatre feuilles de yucca, la partie tendre au centre de ce cactus, avec du sel, pour accélérer ton passage et réduire le temps de souffrance. Le moment venu, ton père et les hommes de la tribu se sont éloignés. L'accoucheuse a accompagné ta mère devant un piquet en chêne auquel elle allait pouvoir se tenir. Elle s'est agenouillée sur une peau de cerf, les cuisses écartées au-dessus d'un récipient rempli d'une décoction de racines pilées d'une petite plante à fleurs blanches de la famille des xanthum, que tu as plus tard appris à récolter et dans laquelle ta mère devait tremper ses parties génitales. Puis l'accoucheuse lui a massé le ventre, de haut en bas. Jusqu'à ce que tu sortes.

Comme tu n'as pas crié très fort, elle a dit que tu allais devenir robuste. Elle ne savait pas à quel point, Grand-père ! Elle a coupé ton cordon ombilical avec un long silex noir et a enroulé une nervure de feuille de yucca autour de ton nombril. Après avoir vérifié que l'utérus de ta mère était bien revenu à sa place normale, elle t'a lavé à l'eau tiède et posé sur une peau de cerf. Puis elle a enduit ton corps de graisse et d'ocre rouge, une terre argileuse, pour éviter l'apparition de plaies. Tout en priant, elle a ensuite lancé du pollen vers les quatre points cardinaux, en commençant par l'est, puis elle t'a soulevé et a offert ton corps à ces quatre directions.

Pour aider ta mère à récupérer, elle lui a fait boire une décoction de racines et a attaché une corde autour de sa taille. Ainsi son ventre ne s'affaisserait pas. Le lendemain, ta mère est restée allongée quelques heures. Le jour suivant un peu moins. Une semaine plus tard elle a repris ses activités de femme apache. Mais pour que son lait soit abondant et de bonne qualité, elle a fait bouillir des os, dont elle a fait des soupes. Elle te donnait le sein dès que tu criais. Mais comme tu avais déjà un appétit d'ogre, tu criais beaucoup.

La fabrication de ton berceau a été confiée à un chamane. Tes parents lui avaient donné un cheval et une peau de cerf, ornée d'une turquoise. Il a utilisé des morceaux de frêne pour façonner la charpente et a entrecroisé des tiges de yucca pour l'arrière du berceau. Au niveau de l'emplacement de la tête, pour protéger tes yeux du soleil, il a fixé une sorte d'auvent de tiges de *plumes d'Apache,* une petite plante à fleurs blanches, dont les graines se développent en faisceaux très doux au toucher. Il a ensuite habillé l'intérieur du berceau de feuilles de moutarde sauvage et d'écorce pilée, pour absorber tes défécations, puis, en guise d'oreiller, il a garni la partie supérieure de feuilles d'*Ombre de la nuit*, une plante de la famille des pommes de terre.

Il a finalement placé les amulettes. Un sac de pollen, des perles de turquoise et une patte de blaireau pour te prévenir des peurs, qui, chez les Chiricahuas, sont la racine de nombreuses maladies. Pour te protéger des mauvais sorts, il a aussi suspendu une pousse de créosote, un petit résineux à fleur jaune, poussant dans les endroits désertiques. Puis il a psalmodié des prières au berceau, afin qu'il te porte chance et t'assure une longue vie…

Le quatrième jour après ta naissance, le chamane a fait la cérémonie pour ton entrée dans ce berceau. Très tôt le matin, il a lancé du pollen dans les quatre directions, en a marqué ton visage de quatre points, puis a soulevé ton berceau quatre fois d'est en ouest, l'a posé face à l'est, t'a placé dedans et, enfin, a lacé les liens, bien serrés pour t'empêcher de tomber. Ta mère ne t'en sortirait que pour changer l'écorce pilée et te laver. Même pas pour prendre le sein.

À l'âge de deux mois, on t'a percé les oreilles. Cette tradition était censée te permettre de grandir plus vite, mais aussi d'améliorer ton audition dans le but de mieux obéir. Tu n'as pourtant jamais obéi à personne, Grand-père. Et tu n'as pas davantage été très grand. Mais les traditions restent sacrées. Ta mère a donc appliqué quelque chose de chaud sur chacun de tes lobes et les a transpercés d'un coup sec avec la pointe d'un os bien effilé. Tu as hurlé, bien sûr. Mais ta mère a soufflé sur tes oreilles pour apaiser la douleur, les Apaches sont très doux avec leurs enfants. Elle t'a ensuite chuchoté la première règle enseignée aux petits garçons : « Un futur guerrier apache domine ses douleurs. » Je ne sais pas comment si tôt, Grand-père, tu as pu comprendre ses paroles, mais paraît-il, tu as immédiatement cessé de hurler. Et tu n'as plus jamais pleuré. Plus jamais de ta vie.

Quand tu as commencé à moins dormir, on a suspendu des perles de turquoise au-dessus de ta tête. Ceci pour éveiller ton attention. Ta mère te chantait aussi une berceuse. Une toute petite chanson dont tu t'es toujours souvenu parce que ta première femme la fredonnait à tes enfants. Longtemps après, même pendant ta captivité, tu as continué de la chanter. Elle courait sur trois notes toutes simples. Chuchotées dans un sourire. « Mon petit bébé, dors encore un peu, tu es mon petit bébé, tu es mon petit bébé... »

À sept mois, on t'a sorti du berceau. Tu étais déjà très curieux et tu n'avais de cesse d'aller explorer tous les recoins de votre wickiup. À quatre pattes tu passais ta tête sous la peau servant de porte, juste pour jouer à cache-cache avec le soleil. Tu grimpais sur ta couche de branchages et tu regardais la fumée du feu s'élever comme par magie par le trou ouvert au sommet du wickiup. Tu adorais aussi mettre ton nez dans les grands feuillages d'herbe-à-ours qui le recouvraient. L'odeur de ces fagots est toujours restée dans ta mémoire. Tu imaginais encore les sentir quand les murs de ta prison te renvoyaient leur odeur fade. Écœurante. Cela t'empêchait de les frapper.

C'est ta mère qui remplaçait ces branchages quand ils avaient séché. Elle les reliait avec des nervures de yucca. C'était le travail des femmes de construire le wickiup. Il leur fallait environ trois jours. Les hommes parfois les aidaient à porter les poteaux de saule dont l'armature était constituée, mais ce n'était pas leur rôle. Eux chassaient, faisaient la guerre aux tribus rivales, ou allaient faire des raids au Mexique pour voler du bétail.

Le wickiup était votre habitation la plus confortable. Le tipi, plutôt utilisé quand vous n'aviez pas le temps de vous installer longtemps, était constitué de trois perches de chêne, reliées au sommet par une nervure de yucca. Vous l'habilliez ensuite comme le wickiup, de branchages en couches plus ou moins épaisses selon la saison. Et de peaux, parfois. Ainsi, chacune de ces habitations restait fraîche en été et chaude en hiver. C'était très agréable, mais cela ne t'incitait pas pour autant à y rester, Grand-père.

Toujours à quatre pattes, tu ne cessais d'aller explorer votre camp. Tu étais déjà très rapide, disait ta mère, obligée de te surveiller tout le temps. Elle faisait surtout très attention à ce que des chiens ne passent pas près de toi. Bien sûr, ils auraient pu te mordre, tu aimais leur tirer les poils, mais ce danger pour les Chiricahuas n'était pas le plus grave. Si l'un d'eux, d'après nos croyances, t'avait fait peur, cette peur, en pénétrant en toi, aurait risqué d'affaiblir ton cœur. C'était la principale raison pour laquelle les Chiricahuas évitaient les chiens.

À l'âge où ta première dent a poussé, le sevrage a commencé. Mais comme tu continuais de réclamer le sein, ta mère a mis du piment, juste à l'endroit où tu posais les lèvres. Tu n'as plus jamais réclamé ! Elle était maligne, ta mère. D'ailleurs son nom, *Gha den dini,* voulait dire *Celle qui est traversée par la lumière.* Et certainement, elle t'a transmis ce trait de caractère.

Il fallait compter environ trois ans entre le moment de la grossesse et celui du sevrage. Les couples pendant cette période étaient censés rester chastes. Tu as compris en devenant adulte à quel point cette règle était sévère. Mais tu ne l'as jamais enfreinte. En véritable guerrier apache, ton esprit savait dominer ton corps. Certains hommes pourtant, pas la majorité, allaient voir des femmes faciles en cachette. Ceux-là n'avaient pas de volonté. Ce sont eux qui se sont rendus les premiers aux Blancs. Eux, qui d'après toi, Grand-père, ont causé votre perte en s'engageant comme éclaireurs dans l'armée américaine. Ces hommes-là allaient subir ta colère. Connaissant ton inflexibilité, ils te craindraient plus que tout…

2.

Je n'ai pas pu appeler Harlyn hier soir. Une fois la tête posée sur l'oreiller, j'ai dormi d'un trait jusqu'à ce matin. Le problème est qu'à huit heures trente, quand je suis allée à la réception, il n'y avait toujours pas de message pour moi. J'ai donc essayé de téléphoner à Harlyn, mais une voix d'homme, pas la sienne, m'a répondu : « Il est sorti pour la journée. » J'ai expliqué que nous devions nous rencontrer. Il n'avait pas l'air au courant, il m'a juste recommandé d'aller aux « cérémonies », Harlyn y serait. J'ai alors demandé où elles se déroulaient, mais il n'a sans doute pas entendu, il a raccroché. J'ai un peu flippé. Harlyn avait-il changé d'avis quant à notre rencontre ? Ou alors il avait laissé un message sur mon portable ? Je lui avais pourtant bien précisé de me joindre au motel parce qu'il ne fonctionnait pas. Peut-être n'avait-il pas écouté son répondeur ?

J'ai donc décidé de suivre le conseil de mon interlocuteur et d'aller aux « cérémonies ». Alfred, le réceptionniste, m'a expliqué qu'il s'agissait d'une grande fête apache de quatre jours, organisée chaque année pour *Independence Day*. Elle se déroulait juste à quelques kilomètres d'ici. Il m'a montré sur un plan comment m'y rendre. Il m'a aussi dit que je pourrai remplir mon frigo au Wal-Mart. Ce supermarché était ouvert tous les jours, sauf le jour de Noël…

À l'ouverture, neuf heures pile, je poussais donc un énorme caddy au milieu de dizaines de rayons gorgés de produits de consommation allant de l'aspirine à la perceuse, en passant par les sous-vêtements, les armes à feu, les télévisions, la papeterie, les articles de sport, de camping, les produits de beauté, et les vins de Californie, du Chili ou de France. Moi qui croyais faire une surprise à Harlyn en lui apportant une bouteille, il avait certainement déjà goûté aux mystères des vignobles bordelais et était peut-être même bien plus calé que moi en la matière.

J'ai donc acheté tout ce dont j'avais besoin et après avoir déposé les provisions dans ma chambre, m'être fait un café et avoir mangé deux muffins à la banane, me revoilà dans la voiture, sur la piste d'Harlyn. Le plan d'Alfred m'a conduit sur un immense talus au-dessus de la route par laquelle je suis arrivée hier. Une jeune Indienne dirige les voitures dans un parking. Elle porte un jean, un tee-shirt blanc col en « V », et un gilet orange avec une bande jaune fluo au niveau de la ceinture. Arrivée à son niveau, j'ouvre ma fenêtre pour lui demander si les *cérémonies* sont bien à cet endroit. Sans répondre, elle me fait signe de me garer un peu plus loin, sur la droite.

Une fois sortie de la voiture, je suis un flot d'Indiens qui s'engagent sur un chemin de terre au sommet du parking. Au bout, sur la gauche, est érigé un tipi, pas tout à fait le même que le « mien » en Mongolie. Celui-là semble sortir d'une machine à laver. Il est d'un blanc nickel avec, dessinées du sommet à la base, deux bandes de triangles bleus face à face comme des dents de requins. Une porte en toile cache l'intérieur. J'ai envie d'aller la soulever pour voir si, comme en Mongolie, il y a un poêle au centre, des peaux, des marmites, de l'huile en bouteille, des sacs de farine, de pâtes, des morceaux de viande séchée sur des fils tendus entre les poteaux d'armature, et des sacs en peau tout autour, contenant les vêtements et les couvertures.

Mais je n'ose pas, pas question de me faire remarquer. Il y a aussi des sortes de dômes recouverts de branchages,

avec une ouverture sans porte cette fois. J'y jette un œil.
Juste deux bancs. Je continue de suivre le flot jusqu'à un
espace entouré de clôtures, avec une entrée précédée de
deux sortes de guichets. C'est là ? On dirait. Une pancarte
en carton indique « *Adults 5$* ». Je m'approche, une dame
assez forte, avec un œil bleu et un marron, cheveux noirs,
courts, me demande combien je veux de tickets. Un. Elle
prend mon billet de dix dollars, me rend la monnaie, en
disant que je peux utiliser mon billet toute la journée, les
cérémonies s'arrêtent à minuit, et j'ai droit à un repas. Elle
me tend un programme à couverture bleu ciel sur laquelle
est imprimé en noir le nom de la manifestation. *Mescalero
Apache Ceremonial* avec un dessin d'Apache en tenue traditionnelle. Je lui demande si, par hasard, elle connaît Harlyn Geronimo. Là encore, j'obtiens un non. Il y a quatre
mille Apaches sur la réserve ! Soupir. Je n'ai donc aucune
chance de le retrouver. Je la remercie et m'éloigne pour
me présenter à l'entrée. Un homme à gilet orange et
bande jaune fluo vérifie mon ticket. Pas souriant. Mais il
me laisse passer.

Une odeur de vieille friture attaque mes narines. Mon
regard découvre alors des baraques à frites, à hot-dog et
corn-dog, des sortes de saucisses recouvertes d'une pâte à
beignet enduite de ketchup, alignées devant une foule de
jeunes Indiens obèses en tee-shirt XXL et jean baggy. Pas
de panique. Pour consulter mon programme, je me dirige
vers un étal de ceintures, lunettes de soleil et artisanat apache, un coin apparemment plus calme. Il se compose de
quatre pages photocopiées avec le nom des sponsors en
première page. Je parcours la liste, espérant y trouver celui
d'Harlyn. Sans succès. Mais je vois une Inez Cochise. Une
descendante de l'autre célèbre guerrier ? Mes yeux se tour-
nent vers le ciel. Comme sur une toile à fond bleu je vois
défiler les images des films de mon enfance. Geronimo,
Cochise. Et je réalise soudain ma chance d'être là, entourée de leurs descendants. Je peux les toucher, leur parler.
Plus qu'à trouver Harlyn...

Les autres pages du programme indiquent les différentes manifestations prévues. 10 h : *Mescalero Parade*. 10 h 30 : *Navajo Dinah Dancers*. Il n'y a donc pas que des Apaches ? 11 h 30 : *Buffalo/Eagle Dancer*. 12 h 30 : *Apache War Dancers*. 16 heures : *Comanche Youth Group*. 21 heures : *Dance of the Mountain Gods*. Et à partir de minuit, dans le grand tipi, la *Ceremonial Maiden Dance*. Je ne sais pas du tout de quoi il s'agit, le mot *Maiden* est juste un terme un peu ancien pour dire jeune fille. Peu importe, au moins je vais pouvoir assister à une cérémonie. Oh non ! Il y a un avertissement : « Couvre-feu à minuit pour les non-Indiens… » Et vu mon profil, je ne risque pas de pouvoir y assister. Décidément pas de chance avec les Apaches, moi. Je regarde ma montre. 12 h 45. Coup d'œil alentour. La foule est de plus en plus dense. Je ne vais quand même pas demander à chaque Indien s'il connaît Harlyn ! Je l'appellerai ce soir de nouveau. J'espère qu'il sera moins difficile à attraper que son arrière-grand-père, les soldats américains ont mis plus de dix ans…

En zigzaguant entre les baraquements, j'aperçois un immense tipi. Sans doute le « grand tipi » dont parle le programme. Il est entouré d'une sorte d'enclos de branchages. Je n'essaye même pas d'y entrer, la non-Indienne, un peu vexée, préfère passer son chemin pour aller rejoindre un ensemble de gradins. Certainement le lieu devant lequel se déroulent les danses ? Tout juste. Ils sont installés devant une sorte de piste recouverte de sable. Vide pour l'instant. Je monte les gradins. Pouf, pouf. Manque de souffle évident. Enfin le sommet. Harlyn va peut-être me repérer vue d'ici ? La seule « maigre » de toutes les rangées.

Je m'installe à côté d'une petite fille de dix, douze ans, en tee-shirt turquoise. Elle tient un gâteau de frites recouvert de ketchup, de la taille d'une charlotte aux fraises pour six personnes. Elle se pousse un peu. Je m'asseois, découvrant d'un seul regard toute l'aire occupée par la manifestation. On dirait un radeau de terre ocre recouvert de voitures, de tipis, de fumée de fritures, flottant au milieu d'une immense forêt. Et moi, soudain propulsée dans ce présent, sans vraiment comprendre pourquoi. Comment une vision a-t-elle pu me conduire sur ce radeau ? De quel mouvement des énergies de ce monde vais-je encore être le témoin ? Ma mission est-elle vraiment de *reconnecter* cette tradition apache à ses racines asiatiques ? Un coup de pied dans le dos fait dérailler le disque de mes pensées. Je me retourne. Un Indien, visiblement gêné par sa masse, me regarde en s'excusant. Dans sa main gauche, il tient un grand gobelet de glace pilée rouge et bleu. Des gouttes de transpiration coulent le long de ses tempes. Elles attendent, bien alignées à l'angle de ses mâchoires, le premier mouvement de tête pour sauter sur son tee-shirt kaki. Il est tout mouillé aux endroits où elles tombent, ne laissant qu'une auréole pour preuve de leur suicide. Peut-être connaît-il Harlyn ? Une rumeur dans la foule me fait tourner la tête vers la piste. Des hommes équipés de tambours cylindriques, dont le fond semble être en argile, s'installent en cercle. Et si Harlyn était parmi eux ? Non, ils ont l'air trop jeunes, sa voix était celle d'un homme mûr. Mais je peux me tromper ? Petit calcul. Geronimo est mort en 1909, à l'âge de quatre-vingts ans environ. Ses descendants sont Lana Geronimo, sa fille et Juanito Via, son petit-fils et père d'Harlyn. Vingt ans entre chaque génération en moyenne. Il devrait donc avoir dans les soixante ans. Donc il ne fait pas non plus partie des danseurs qui arrivent maintenant sur la piste. Leurs ventres énormes passent par-dessus leurs ceintures. Ça n'a pas l'air de les gêner. À la queue leu leu, ils entament une ronde en poussant des cris et en tirant des coups de fusil. Des petites filles vêtues de longues robes de daim avec des franges, jusque-là assises au bord de la piste, vont se joindre à eux. Les percussions soudain m'emmènent loin dans les films de mon enfance. Je suis émue, vraiment, de voir renaître ce monde sous mes yeux. Geronimo serait-il fier de son peuple aujourd'hui ?

Quand les tambours s'arrêtent, le jour est déjà en train de décliner. Je descends les gradins au milieu de la foule, retrouvant le sol, le présent. Harlyn a peut-être laissé un message au motel ?

Alfred m'accueille avec son large sourire barré de fil vert. Je l'aime bien, toujours de bonne humeur. Un message pour moi ?

– Ton ami a appelé, il sera là dans pas longtemps !

Mon cœur fait une pirouette. Je regarde ma montre. 19 h 40. Je regarde Alfred.

– Pas longtemps, ça veut dire quoi ?

La bouche soudain tendue vers le bout de son menton, il hausse les épaules.

– J'en sais rien, moi ! Il a juste dit *dans pas longtemps...*

En Mongolie, cette expression peut vouloir dire dans trois jours, une heure ou douze lunes. Donc pas d'affolement, je demande à Alfred de bien vouloir indiquer à Harlyn le numéro de ma chambre. Je l'y attendrai. Il me répond par un « O.K. ! cousine ! » qui me fait éclater de rire. Puis, il sort deux gobelets en plastique de derrière le comptoir, et se dirige vers une machine, à gauche de l'entrée. Les talons de ses santiags en peau d'autruche raclent le sol de planches grises. Boum, boum, boum. Il marche toujours en faisant traîner ses pieds. Comme s'il devait les pousser pour avancer. Ça donne à sa silhouette un air de drapeau, flottant mollement au vent.

– Si tu as besoin de glaçons, tu en as dans cette machine, tu viens en chercher quand tu veux...

Je comprends soudain pourquoi il n'y avait pas de bac à glaçons dans le réfrigérateur de ma chambre. Il remplit aux trois quarts les deux gobelets.

– Tu veux un Coca dedans ?

– De l'eau plutôt...

Il retourne derrière le comptoir. Sa queue-de-cheval suit le mouvement de ses talons. Je souris. Alfred a une énergie en forme de plumeau. Dur au fond et super-diffus en surface. Il doit avoir beaucoup de mal à se centrer. Voilà, ça recommence. Avant je ne ressentais pas ce genre de choses. C'est depuis que je pratique le tambour. La chamane m'avait dit que ça développerait des « pouvoirs » en moi. Quand je lui avais demandé de me les révéler, espérant, je l'avoue, qu'ils ressembleraient un peu à ceux de Samantha dans *Ma sorcière bien-aimée*, elle m'avait juste répondu : « Joue du tambour, et comme on arrose des graines dans la terre, tu connaîtras le nom de ces pouvoirs quand ils auront fleuri. Mais attention, il te faudra des années de pratique pour vraiment les développer ! »

Pendant les trois ans de mon apprentissage, je n'ai pourtant rien vu fleurir. Mais un jour, effectivement, j'ai commencé à ressentir de drôles de choses chez les gens. Une sorte de musique, plus ou moins aiguë, grave, douce ou ronde, vraiment propre à chaque personne. Comme une carte d'identité vibratoire. Le problème est que je ne sais pas du tout comment interpréter ces informations, même si elles s'affinent de plus en plus. Aujourd'hui, par exemple, je ressens une sorte de blocage au niveau de l'estomac d'Alfred, en plus de cette énergie en forme de plumeau. Quelque chose comme une barre. Peut-être due à un ancien traumatisme ? Ou autre chose, je ne sais pas. Mais il y a un truc, j'en suis certaine.

Pour les scientifiques avec qui je travaille en France et au Canada, et pour lesquels j'ai accepté d'être un sujet d'études, la pratique de la transe, ou de la méditation, plongerait notre cerveau dans un « état modifié de conscience », qui « éveillerait » certaines de ses capacités, plus ou moins en sommeil dans un état normal. Physiologiquement, cet état serait dû à une surexcitation de l'organe vestibulaire, une partie de l'oreille interne responsable de l'équilibre. L'hyperventilation provoquée par les techniques pouvant entraîner ces états modifiés de conscience, comme le son du tambour dans mon cas, aurait donc pour conséquence une diminution du taux de gaz carbonique et une augmentation de celui d'oxygène dans le cerveau. Le tout accompagné d'une vasoconstriction cérébrale entraînant une diminution de la quantité d'oxygène dans les tissus. Or, cette diminution du taux d'oxygène serait mieux tolérée par les parties du cerveau les plus anciennes, comme les zones émotionnelles et instinctives. Du coup, ces zones « moins » privées d'oxygène que les autres seraient plus actives. Mettant ainsi en évidence des capacités auxquelles nous n'avons pas accès, ou peu, dans un état normal. Le cas de force « surhumaine », par exemple, a déjà été étudié et classé comme une des caractéristiques des états modifiés de conscience. Il a même été prouvé que la force développée n'était pas proportionnelle à la masse musculaire. J'en ai fait l'expérience avec mon tambour de chamane.

Il pèse environ huit kilos et je ne peux normalement pas m'en servir plus de dix minutes sans avoir très mal aux bras. Eh bien, pendant la transe, je peux le tenir pendant des heures sans jamais ressentir son poids. Il serait également démontré que, dans cet état, la résistance à la douleur serait plus grande. Il m'est ainsi arrivé de me cogner, de tomber ou de prendre des coups de tambour dans le nez, sans rien ressentir ou presque. Comme si la douleur faisait moins souffrir.

Ces phénomènes sembleraient bien venir du fait que dans cet état le mental étant moins « présent », à cause de la diminution du taux d'oxygène, il ne peut plus amplifier la douleur, ou envoyer les messages du genre « Je suis incapable de, je n'ai pas la force de… » Ce qui laisserait tout simplement la possibilité à nos véritables capacités physiques de s'exprimer.

En décembre, je pars à Edmonton au Canada où le professeur Flor-Henry, un neuropsychiatre de l'Alberta Hospital, directeur du centre de Diagnostique et Recherche clinique, va faire plusieurs électroencéphalogrammes de mon cerveau en état de transe. Je vais peut-être enfin savoir si physiologiquement, il est normal, ou s'il a un bug qui pourrait expliquer ma transformation en « loup » dès que je joue du tambour. Et puis cet état intéresse d'autant plus certains scientifiques qu'ils auraient la possibilité, s'ils arrivaient par exemple à en comprendre les mécanismes, de l'utiliser comme un moyen de contrôler la douleur. Alfred me tend un gobelet de glaçons.

– Tu ne veux vraiment pas de Coca dedans ?

Je décline. Il le remplit d'eau minérale et remplit le sien de Coca. Nous buvons en silence. Je me demande comment aborder la question de son estomac. Je lui demande son âge. Dix-neuf ans. S'il a toujours vécu à Ruidoso…

– Oui, mes parents… Enfin… Mon père a une maison…

– Ton père ? Tu vis avec lui ?

– Oui…

Sa main droite fait tourner le reste de Coca dans son gobelet. Les glaçons font un bruit sourd.

– Et ta mère vit aussi à Ruidoso ?

Il renverse sa tête en arrière pour boire les dernières gouttes de Coca. Des glaçons touchent son nez. Il remet le gobelet à l'endroit. Essuie son nez et sa bouche d'un revers de main. Puis me regarde droit dans les yeux, comme pour me barrer l'accès à son intimité…

– Ma mère n'est plus ici…

Je n'ose pas insister, mais là est peut-être la raison de ce que j'ai ressenti ? D'un geste, je termine mon verre d'eau. Au moment où je le pose sur le comptoir, un homme entre dans la pièce. Harlyn ?…

Non, il demande une chambre. Je décide de rejoindre la mienne. Petit salut de la main à Alfred. Besoin d'une douche avant l'arrivée d'Harlyn, ma tunique bleu marine est blanche de poussière et l'odeur de graillon est restée collée à mes narines.

22 h 30. Mes oreilles à l'affût d'Harlyn ne cessent de capter tous les sons de voiture autour du motel. Quatre se sont garées, trois ont démarré, une a redémarré et si je connais-

sais le nom des moteurs, je pourrais les débiter dans l'ordre. Ça m'énerve. Mais j'ai beau me dire de ne pas attendre, je n'arrive pas à faire autre chose. Ce voyage va finir par s'appeler « En attendant Harlyn ». Bon. Et si j'ouvrais ma porte ? Au moins mon rythme cardiaque n'accélérerait pas à chaque nouveau pas sur la coursive en bois. Je pourrais aussi accepter le Coca d'Alfred ? Il doit s'ennuyer. De toute façon Harlyn ne viendra plus, il est bien trop tard. « Toc toc ». On frappe ? Je me lève, direction la porte. C'est certainement lui. Je sens le trac monter. Tellement émue de voir un peu des yeux de Geronimo dans ceux de son arrière-petit-fils. Notre regard, nos gestes, nos voix portent les traces de nos ancêtres. Là est la véritable machine à remonter le temps. J'ouvre la porte. Un homme mince, la cinquantaine, le regard droit, environ ma taille, en jeans, chemise bleu turquoise et Stetson blanc sur la tête, apparaît dans l'encadrement. Un cowboy ? Je m'apprête à lui dire qu'il s'est trompé de chambre, quand je découvre sous le chapeau un visage en lame de couteau avec' ce nez fort et droit caractéristique des Indiens. « *Are you Harlyn ?* » Il sourit en hochant la tête. Sa queue-de-cheval fait « oui-oui » et des petites rides se forment autour de ses yeux noirs. « *Hi Corine !* » me répond-il en avançant sa main droite. J'ai envie de lui sauter au cou, mais je me contente de lui serrer la main. Le bout de ses doigts est un peu rêche dans ma paume. Ceux de Geronimo devaient l'être encore plus, mais la forme de la main, large et ferme, était sans doute la même. Je sens des larmes grimper dans mes yeux.

Harlyn me demande s'il peut entrer. Je suis bête. Je m'excuse, en l'invitant à aller s'asseoir sur la seule chaise de la chambre. Il passe devant moi. Un cercle de turquoise oscille à son oreille droite, entraîné par une démarche un peu raide. Comme si l'air autour de lui serrait son corps. Les talons de ses santiags noires ne font même pas chuinter la moquette. Rien à voir avec ceux d'Alfred qui font éclater l'air autour de lui, donnant à sa démarche cette

66

impression de ne pas être maintenue. Avant de s'asseoir, Harlyn observe sa chaise, la soulève. Elle a un problème ? Non. Il la repose délicatement et s'asseoit en souriant. On ne se méfie jamais assez des chaises, n'est-ce pas ? J'opine. Cet homme semble décidément très prudent. Vous voulez un Coca ? Non. Il préférerait un thé. Ouf j'en ai. Il en boit beaucoup, précise-t-il. Avec du miel. C'est bon pour la gorge et ça soigne les allergies. Je sors les deux mugs du petit placard sous l'évier, les remplis d'eau et les mets au micro-onde. Bouton de mise en marche. Hop, une minute. Le son de l'appareil remplit le silence de la chambre. Le souligne. Je ne sais plus quoi dire. Tellement de questions pourtant se bousculent dans mon cerveau. Aphone. Harlyn racle sa gorge. Croise ses jambes. Les décroise. Son jean est bleu foncé, pas délavé comme le mien. La sonnerie retentit. J'ouvre la porte du micro-onde, mets un sachet de thé dans chaque tasse. C'est prêt. Je lui apporte le sien. Sa silhouette trapue dégage une certaine force. Un certain calme aussi. Il me remercie pour le thé. Sa voix se voile un peu quand il ne parle pas fort. Ça la rend chaude. « C'est du thé mongol, je lui dis, du thé vert, j'en ai toujours dans mes bagages. » Je vais m'asseoir sur le lit. Il décroise ses jambes, pose la tasse sur sa cuisse droite. Me regarde en souriant. J'aime bien ses yeux. Brillants de malice, directs, mais avec en plus, dans l'expression, cette pointe de douceur et de lassitude peut-être, caractéristique des gens que la vie n'a pas épargnés. Je me demande quel genre d'épreuves il a bien pu traverser. Mais je me contente de lui poser la question la plus bête du monde. « Geronimo buvait du thé aussi ? » Il me regarde, l'air amusé.

– Tu veux dire du thé en sachet ?

Il éclate de rire. Un rire drôle, un peu comme un son d'appeau à canard dont la cadence serait celle d'une arme automatique. Je lui demande si Geronimo avait le même sens de l'humour que lui. Il laisse son rire freiner doucement, avant de reprendre la parole, l'air sérieux de nouveau.

– Ma grand-mère Lana, la fille de Geronimo, me disait qu'il faisait souvent des blagues. Il aimait par exemple se cacher pour faire peur à sa mère. Un jour, malheureusement, il s'est endormi dans sa cachette et comme il était trop jeune pour retrouver son chemin dans l'obscurité, il a dû passer la nuit dehors, il n'a plus jamais recommencé !

Nous rions tous les deux. Puis il boit une gorgée de thé. Je remarque un collier à son cou. Une turquoise, une graine rouge, une turquoise, une graine rouge. Un truc semble y être accroché, mais le bout disparaît sous sa chemise bleue. Il repose délicatement la tasse sur sa cuisse. Ses gestes sont méticuleux. Presque précieux. Un peu comme s'il s'appliquait à bien les faire.

– Il est bon ! Chez nous, les Apaches, il y a aussi une sorte de thé, fait à partir d'une petite plante du désert. Si ça t'intéresse, je te la montrerai.

Cette offre me paraît le plus beau des cadeaux. J'accepte avec joie. Et me souviens soudain de la bouteille de vin. Je me lève pour aller la chercher, elle est sous la fenêtre à côté de la clim. Harlyn ouvre des yeux de plaisir quand il voit la bouteille arriver dans ses mains.

– C'est une de mes boissons préférées ! Je ne te l'ai pas encore dit mais mon père, Juanito, a participé au débarquement en Normandie. Du coup il a vécu un peu en France et m'a appris à apprécier le vin. Quand j'en bois, je pense toujours à la façon dont il me parlait des cépages, Cabernet, Pinot...

Sa voix reste en suspens. Il regarde la bouteille, la tourne un peu pour lire l'étiquette. Il a l'air ému. Je me tais, incapable de l'accompagner dans ses souvenirs. Ses yeux reviennent enfin vers moi, dans un mouvement très doux.

– Il a débarqué à Omaha Beach. Tu connais ?

– Bien sûr...

– Son unité a grimpé les falaises, rejoint Saint-Lô et traversé ton pays jusqu'en Allemagne, où il est resté quelques mois. Tu sais quel était le cri de guerre des parachutistes américains alors ?

– Non...

Ses yeux lancent soudain des éclats de joie.

– Ils sautaient de l'avion en criant « *Geronimo !* »

Les miens s'arrondissent.

– Ah bon ?

– On ne l'a pas traité en star pour autant. Il n'était qu'un simple soldat américain et les combats étaient si violents, disait-il, qu'il a souvent eu l'impression d'être au milieu d'un feu d'artifice d'*Independence Day* !

Il baisse la voix.

– Son meilleur ami est d'ailleurs mort à côté de lui pendant un bombardement.

– Ton père a été blessé ?

Avant de répondre, Harlyn pose délicatement la bouteille par terre. Sa tasse de thé est toujours en équilibre sur sa cuisse droite.

– Il n'a pas été blessé une seule fois, non, il est pourtant resté là-bas jusqu'à la capitulation des Allemands en 1945. Ça paraît incroyable, n'est-ce pas ?

J'opine en relevant les sourcils.

– Mais il avait un secret. Tu vois ce que je veux dire ?

– Euh... Non...

– La *medicine*, la force du « pouvoir » apache, l'a protégé !

– Il était *medicine-man*, comme toi ?

– Non, mais Lana, sa mère, l'était. Elle avait fait des rituels magiques pour lui. La *medicine* apache est assez puissante pour protéger à distance ! Il a même été reconnu comme un héros. Le père de ma femme, aussi, d'ailleurs. Lui était en Afrique à la poursuite de Rommel. Tu connais ?

J'opine, la bouche béate d'étonnement.

– C'est Lana qui m'a transmis le don, la *medicine* apache. Mais toi alors, si j'ai bien compris, tu travailles avec une chamane en Mongolie ?

– Oui, depuis sept ans maintenant. Mais avant de développer, j'aimerais bien que tu m'expliques si tu fais une différence entre un chamane et un *medicine-man* ?

– Pas vraiment, non. Les deux termes signifient la même chose pour nous. Quoique je ne connaisse pas vraiment l'origine du mot chamane...

– Tout ce que je sais, c'est qu'il viendrait de *saman,* un mot utilisé chez les Tongouse de Sibérie pour désigner une sorte de sorcier. À l'origine il représentait donc uniquement le chamanisme sibérien et central asiatique...

Sa tête opine doucement, puis il prononce un « hun, hun », comme pour marquer son intérêt.

– Et elle vit où exactement, ta chamane ?

– Au nord de la Mongolie, juste à la frontière de la Sibérie. Elle s'appelle Enkhetuya. Le plus drôle est qu'elle ne vit pas dans une yourte, l'habitat traditionnel des Mongols avec une armature circulaire en bois recouverte de feutre blanc, mais dans un tipi.

Ses sourcils remontent.

– Un tipi comme celui des Indiens ?

– Oui. Le même.

– Tu vois qu'ils sont bien nos ancêtres ! D'après Lana, ma grand-mère, la branche d'une des tribus nomades, qui occupaient autrefois ce territoire où ta chamane habite, aurait migré jusqu'en Alaska par les terres de Béring. À l'époque, le niveau des mers était bien plus bas qu'aujourd'hui, le détroit n'existait pas et les populations pouvaient passer de l'Asie à l'Amérique sans se mouiller les pieds !

– À quelle époque exactement ?

– Celle de Gengis Khan. Tu connais ?

– Bien sûr. Mais ça voudrait dire que les ancêtres des Apaches seraient arrivés en Alaska, il y a environ huit cents ans ?

– Oui...

– Pourtant la montée du niveau des mers a inondé les terres de Béring, il y a au moins dix mille ans. Ils seraient passés comment d'un continent à l'autre ? À la nage ? En radeau ?

– Je ne sais pas, notre tradition orale ne le dit pas. Mais ils seraient ensuite allés au Canada, où ils auraient fondé la tribu des Athabaskans, dont le dialecte est la racine de notre langue apache. Puis au milieu du XIVe siècle, une branche de ces Athabaskans a migré jusqu'ici, dans le sud-ouest des États-Unis. Les Navajos et les quatre tribus apaches des Mescaleros, Lipans, Jicarillas et Chiricahuas sont issues de cette seconde migration...

Je bois une gorgée de thé, le temps d'assimiler ces informations et d'apprécier la confiance qu'il semble me faire, en m'embarquant déjà dans son univers.

– Tu m'as dit au téléphone que les bébés apaches naissaient avec la tache bleue caractéristique des bébés mongols, mais les Navajos et les Athabaskans l'auraient aussi, alors ?

– Oui. Comme toutes les tribus issues de cette branche arrivée en Alaska depuis le pays de Gengis Khan.

– Et aucune autre tribu indienne ne porte cette marque de naissance ?

– Non.

Il boit à son tour une gorgée de thé, puis repose délicatement le mug sur sa cuisse.

– Ta chamane sait que certains Indiens d'Amérique du Nord vivent comme elle, dans un tipi ?

Je me tais un instant, pour rassembler les éléments de ma réponse. Quand j'ai rencontré Enkhetuya, elle vivait dans son tipi, sans électricité et sans eau courante, sa connaissance du monde se limitant à l'horizon de son regard et aux légendes racontées par ses parents. Pour elle, cet habitat était simplement celui de ses ancêtres. Une toute petite population d'éleveurs de rennes, originaires de Sibérie, appelés Tsaatans. Elle n'avait donc jamais entendu parler des Indiens. Mais depuis deux ans environ, grâce au boom touristique en Mongolie, elle avait pu vendre son artisanat, essentiellement des objets de bois de

71

renne taillé et s'offrir une télé, un chargeur solaire et une antenne satellite.

— Quand je suis arrivée en avril dernier, elle m'a tout de suite dit : « J'ai vu les Indiens en Amérique et les tipis dont tu m'avais parlé ! »

Harlyn se met à rire. Louant les bienfaits de la télévision.

— Mais alors, toi aussi tu vis dans son tipi quand tu vas la voir ?

Je confirme. En précisant que lors de mon premier voyage, en le découvrant, je n'avais pu retenir un cri de joie. J'avais déguisé ma chambre en tipi quand j'étais petite. C'était mon domaine. Celui dans lequel je rejouais la vie des Apaches, découverte dans les films où le personnage de Geronimo, déjà, était mon préféré. Alors quand, à quatre pattes devant le tipi d'Enkhetuya, j'avais poussé la porte en toile, quand, une fois à l'intérieur, j'avais découvert le poêle à bois au centre, le trou à fumée au sommet, les peaux sur le sol, j'avais vraiment eu l'impression et l'émotion de pénétrer de nouveau dans mon imaginaire d'enfant.

— La réalité m'a vite rattrapée. Vivre dans un tipi par moins quarante, sans eau, sans électricité et sans autre isolant au sol que des peaux de yak en guise de matelas, était beaucoup moins drôle que prévu. Mais je n'avais pas le choix !

Il fait un grand sourire, découvrant ses dents blanches, bien alignées. Il a l'air vraiment amusé par mes aventures de Tintin en Mongolie.

— Tu es plus apache que moi finalement ! Nous, on ne se sert d'un tipi que pour certaines cérémonies. Et pour rien au monde, je ne l'échangerais contre ma maison !

En riant, il termine sa tasse de thé. Je lui raconte ma journée au *Mescalero Ceremonial* et lui demande le nom des maisons rondes recouvertes de branchages. Des wicki-ups, me répond-il, mais on dit aussi wigwam. Je lui dis que j'ai parlé de lui aux Apaches, pour essayer de le retrouver, mais personne n'avait l'air de le connaître. Il sourit. Normal, finit-il par avouer. C'est une sorte de code entre Apaches. Ne rien dire et ne rien savoir, quand un étranger pose des questions. Il plisse légèrement les yeux, comme pour concentrer son regard droit dans le mien.

– C'est une réminiscence des périodes de persécution, tu vois ce que je veux dire ?

Je ne peux qu'opiner, oui, sous la force de ce coup d'œil dans lequel Harlyn vient de me livrer toute sa détermination à faire reconnaître les souffrances infligées à son peuple. Si Geronimo réservait le même à ses adversaires, je comprends qu'ils aient eu envie de fuir. Bon. Et si je posais une autre question ? La signification de la cérémonie des *Maiden* par exemple. Le sourire revient sur le visage d'Harlyn. Ouf.

– C'est très simple, quand une jeune fille a ses premières règles, on organise une cérémonie pendant laquelle on la prépare à sa future vie de femme. Quatre jours durant, selon un rituel particulier, elle est préparée et informée, les chamanes chantent des prières, elle doit danser, mais c'est malheureusement la seule cérémonie de notre tradition encore vraiment pratiquée. Et seuls les Indiens sont autorisés à y assister…

Ça je sais. Je lui propose un autre thé. Il semble réfléchir, regarde sa montre, me regarde, les petites rides autour de ses yeux commencent à apparaître, je me demande quelle pensée est en train de faire naître ce sourire, mais n'ose le lui demander. Il finit par ouvrir la bouche…

– Non merci, je vais y aller. Et puis demain tu vas devoir te lever tôt, on part en voyage…

– En voyage ? Longtemps ? Je dois emporter mon sac de couchage et ma tente ?

Il sourit.

– Pas de panique tu n'es pas en Mongolie, il y a des motels partout ici ! Prends juste de quoi te changer…

– Mais on va où ? Loin ?

Sa tête dodeline.

– Oui et non...

Mes sourcils se mettent en position de réflexion, légèrement froncés. Il reste un moment silencieux, puis comme s'il avait senti la tempête en train de naître sous mon crâne, il consent enfin à me donner quelques indices supplémentaires.

– Tu es bien ici pour écrire un livre ?

– Euh... Oui, bien sûr.

Ses yeux me scannent soudain. J'ai l'impression qu'il devine que j'ai encore quelque chose à lui dire. Le livre oui. Mais ma vision de Geronimo. Dois-je lui en parler ? Le petit cercle de turquoise à son oreille se remet à osciller, il enchaîne :

– Pour que tu puisses écrire ce livre, je dois t'emmener sur les traces de mon peuple et...

Sa voix reste en suspens, il a l'air de chercher les mots les plus justes.

– Dans un endroit, disons, où le passé pourrait rencontrer le présent...

Regard malicieux.

– Sois prête demain à six heures et fais-moi confiance, c'est tout ce que tu dois savoir...

Mes yeux continuent pourtant de lui poser des questions, mais il conclut par un « hun, hun » apparemment non négociable, puis se lève, pose en douceur sa tasse sur la table, me remercie pour le thé, il aime décidément beaucoup ce thé mongol, tourne les talons, marche jusqu'à la porte sans faire traîner ses pieds, l'ouvre et la referme délicatement. Sans même un petit clic.

Je reste sans voix, le cerveau plein de points d'interrogation. Et très émue décidément, de la confiance qu'il me témoigne. Nous nous connaissons à peine et, d'emblée, il m'ouvre la voie de ses traditions. Bien sûr, il y a ce livre à écrire. Ou alors le *medicine-man* en lui a vraiment « vu » que j'étais là à cause de cette vision de Geronimo ? Non. Là tu délires, ma fille. Mais quand même, il n'était pas obligé de m'emmener dans ce voyage sur les traces de son peuple. Bon. Tout ça va sans doute s'éclaircir lors de ce périple. Harlyn a raison, j'ai juste à lui faire confiance...

'Ádą 'iłk'idą, joogobago daajindáná'a.
Ndah nDéí 'isdzą́ą́yóí biche'shkéne gózhǫ́go yaahihndíná'a.

Biche'shkénéí ndédaahaleeł ndah,
keekę́yóí 'isdzáńdaahaleeł ndah,
díík'eh bik'ehnaakaná'a.

Íquot;Shishke'é, doo'jódzįda.
Doháń k'eshíndiida.
Doháń bich'įįlójigoda.
Doháń baajadloda.
Dohyáabaajó'įįlee'át'édań goshinsį́.
Yóósń Tóbájiishchinéń bichįį'itédahdlii.
'Áń dá'gobiłk'eh gok'ehgodaanndá.
Niigosjáńí yáí 'ágoił'į́.Íquot;
daayiiłndíná'a.Íquot;

'Indaanałį́í, dákogo,
díídíí 'iłk'idą ndé doo'ikóńzįdaí gólį́ ndah,
dá'át'égo kooghą gótǫ́ǫ́yéí goos'ą́í bighe'yá
dá'át'égo gózhǫ́go biche'shkéne yaahihndíí,
nahí doobégonasįda.

Yóósń Tóbájiishchinéń goche'shkénéí beebich'įįyájiłti.

Bikooghą́í baajoogobááyéégo naagoos'ą́ ndah,
bighe'shį́ saanzhóní híndínzhóní yeeyádaałti.

76

En ce temps, il y a très longtemps, les Indiens vivaient pauvrement.
Mais les femmes apaches s'occupaient bien de leurs enfants, ils disent.

Même quand leurs enfants devenaient des hommes,
Même quand leurs petites filles devenaient des femmes,
Tous restaient obéissants, ils disent.

« Mon enfant, on ne doit pas maudire.
On ne doit haïr personne.
On ne doit pas se comporter de façon délirante envers quelqu'un.
On ne doit rire de personne.
On doit traiter avec respect ceux pour lesquels on ne peut rien faire.
Prier notre dieu et Enfant de l'Eau.
Nous vivons grâce à ces deux-là.
Ils ont créé la terre et le ciel »,
Les femmes enseignaient à leurs enfants, ils disent.

Vous les Blancs, alors,
Ne réalisez pas que,
Même si nos anciens ne savaient rien,
Ils apprenaient le bien à leurs enfants,
À l'intérieur de leurs pauvres camps.

Ils parlaient de notre dieu et d'Enfant de l'Eau à leurs enfants.

Même si leurs camps étaient pauvres partout,
Du plus profond d'eux-mêmes, ils parlaient avec des mots bons
et de bonnes pensées.

Les beaux jours...

Au coucher du soleil, Grand-père, la terre de la Gila prend, par endroits, la couleur d'une vieille tache de sang. Tout petit déjà, tu venais t'asseoir dans ces flaques rougeâtres. La terre y sentait le chaud, l'herbe sèche, la crotte de lapin, elle avait un peu le goût des bourgeons de peuplier que vous mâchiez pendant des heures. Dans ces sensations éternelles, allongé sur le dos, les yeux perchés dans le ciel, tu avais parfois l'impression d'être dans le moment exact où le passé et le présent, soudain libérés du temps, pouvaient se rencontrer...

Mais ce jour-là, malheureusement, tu y étais accroupi, le ventre tordu par la première diarrhée de ta vie. C'était la saison de la cueillette, celle que vous appeliez *Gros Fruits* et la veille, tu avais véritablement abusé de ceux du yucca, que *Gha den dini*, ta mère, avait cueillis aux alentours du camp. Le problème pourtant, n'avait pas été ta diarrhée, mais plutôt le fait que la terre rouge sur laquelle tu avais lâché le produit de tes entrailles malades se soit trouvée sur le chemin que vous empruntiez pour aller chercher de l'eau. Ta mère, en découvrant ton forfait malodorant, n'avait pu retenir de nombreux cris de colère. C'était la première fois qu'elle te grondait. Les Chiricahuas n'ont pas pour habitude de s'énerver après leurs enfants. Quand tu criais ou pleurais, elle se contentait de mettre une couverture sur ta tête. Tes pleurs cessaient immédiatement. Quand il t'arrivait de faire pipi sur la couverture dans laquelle tu dormais, elle résolvait également le problème sans crier. La nuit suivante, elle plaçait un nid d'oiseau sous tes fesses. Le lendemain, il était mouillé. Elle le jetait en direction de l'est et tu ne faisais plus pipi pendant quelques lunes.

Pourtant ce matin-là, ses cris ont fait fuir les cerfs de la Gila au moins jusqu'aux monts Mogollon. Les mains collées sur les oreilles, tu as dû attendre qu'elle se calme pour comprendre la gravité de ton forfait. « Tu te rends compte, si un sorcier passe sur ce chemin et glisse sur tes déjections, il va te jeter un sort ! » Et elle t'a fait effacer jusqu'à la plus infime trace de ton passage...

Tu devais avoir à peine sept ans, Grand-père, mais cette anecdote est restée gravée dans ta mémoire. Elle t'a permis de réaliser que le monde pouvait être dangereux pour ceux qui ne connaissaient pas, ou ne respectaient pas, les forces invisibles. Ta mère, à partir de ce jour, a donc décidé de t'apprendre les premiers rituels pour circuler sur le chemin de la vie, sans tomber dans ses « pièges », où aussi sûrement que des lapins affolés, vous risquiez à chaque instant de vous faire prendre.

Elle a commencé par préparer une décoction de fleurs d'une plante de la famille des gnaphalium, aux feuilles pelucheuses gris-vert, cela arrêterait ta diarrhée, puis elle a noué autour de ton cou un petit sac en peau de cerf frangée, contenant la pousse d'un buisson de créosote. Il te protégerait des maladies. Elle t'avait aussi conseillé d'éviter tout contact avec ce que les Chiricahuas considèrent comme la source de maladies. Les serpents, les hiboux, les ours, les coyotes et les fantômes. Quant aux sorciers, avait-elle précisé avec l'air sévère d'une mère craignant l'inconscience de son rejeton, s'il t'arrivait d'en rencontrer, tu devrais détourner la tête pour ne pas risquer de croiser leur regard...

Tu as suivi ses conseils pendant au moins cinq lunes, Grand-père. Mais à peine la saison des *Petits Aigles* entamée, les bourgeons sur les arbres venaient de pointer leur nez, tu n'as pu résister à l'envie d'aller vérifier le bien-fondé de l'une de ces règles. En cachette, tu es allé voir le sorcier qui habitait alors dans le canyon juste après le troisième méandre de la Gila. Ces gens-là vivaient en général dans des endroits isolés. Ils étaient craints parce qu'on les suspectait d'utiliser leurs pouvoirs pour faire de la mauvaise magie. Ceux, d'ailleurs, qui étaient pris sur le fait, étaient brûlés vifs. Mais toi tu t'en fichais, tu voulais seulement savoir ce qu'il y avait de si terrible chez ce sorcier pour ne pas avoir l'autorisation de seulement croiser son regard.

Comme le soleil était déjà très chaud, tu as mis sur ta tête une couronne de feuilles de saule que ta mère t'avait appris à confectionner, puis tu as fait le chemin vers le sud jusqu'au canyon. Une longue distance, mais tu étais entraîné. Les guerriers apaches pouvaient parcourir jusqu'à cent kilomètres à pied en une seule journée. Et puis sur le chemin, les colibris t'ont accompagné. Il y en avait beaucoup dans cette région. Tu leur donnais du miel parfois, que tu trouvais caché dans des tiges de mescal, une sorte d'agave, ou de yucca. Dans un sac en peau, tu avais mis quelques morceaux de viande d'élan séchée. Ta mère t'avait dit que si un sorcier mangeait cette viande, ça le ferait vomir. Alors tu avais décidé d'en offrir au tien pour voir sa réaction. Un bon moyen avais-tu pensé, de prouver, ou pas, sa qualité de sorcier.

Enfin arrivé près de chez lui, tu as ralenti le rythme de ta marche. Plus tu voyais grandir son wickiup dans ton champ de vision, plus ton cœur battait fort. Quelle terrible chose allait bien pouvoir t'arriver si tu croisais son regard ?

Tu étais hardi pour ton âge, Grand-père, mais tu as quand même sursauté quand soudain il est sorti de son habitation. En t'apercevant il a froncé les sourcils. C'est là que tu as croisé son regard, dur comme un cœur de chêne. Tu as immédiatement baissé la tête et attendu. Mais rien ne s'est passé. Alors lentement tu l'as relevée. En voyant son sourire, tu as repris courage et pensé que tu avais été un idiot d'avoir eu peur. Dorénavant, tu éviterais de respecter les interdits, sans en avoir vérifié le bien-fondé par toi-même...

Ta petite tête redressée comme celle d'un faisan en période nuptiale, tu t'es alors dirigé vers lui. Son visage avait la forme d'un hibou cornu. Avec une grande ride sur le front faisant une croix avec une autre entre ses deux yeux. Il t'a invité à entrer chez lui. Mais tu as commencé à sentir une douleur dans la tête et tu t'es demandé si ta mère n'avait pas effectivement raison. Cet homme était dangereux et tu devais immédiatement essayer de battre ton record de vitesse à la course. L'homme de nouveau t'a invité à entrer. Souriant. Alors tu l'as suivi. Bien persuadé, cette fois, qu'il ne faudrait effectivement plus jamais te laisser dicter ta conduite.

L'intérieur du wickiup était comme le vôtre. Avec un trou au centre, dans lequel brûlait un feu. Des œufs de canard attendaient sur un récipient taillé dans du bois. Ta mère les cuisait sous la cendre chaude, mais elle n'en mangeait pas quand elle avait peur de tomber enceinte. Un large panier tressé contenait des noisettes et deux autres plus profonds étaient remplis de tiges de mescal. Les femmes les récoltaient juste avant qu'apparaissent les fleurs pour les rôtir sur le feu.

Le sorcier t'a proposé de l'eau en désignant une jarre. Mais tu as refusé son offre. Cette jarre était différente des vôtres, faites à partir d'un panier tressé que ta mère recouvrait de poix, récoltée en fendant des excroissances sur le tronc des pins. Alors il a souri, comme s'il avait perçu ta méfiance. Il t'a dit que l'eau soulagerait un peu ton mal de tête. Tu t'es demandé comment il avait su. Sans doute son « pouvoir ». Il n'a pas insisté pour l'eau, mais il s'est dirigé vers un sac en peau, l'a ouvert et en a fait couler une poudre qu'il a versée dans un petit bol taillé dans du bois. « C'est de la poudre d'osha, ne t'inquiète pas. » Tu savais ce que c'était, ta mère récoltait souvent la racine très brune de cette plante. Les chamanes la mélangeaient à des feuilles de tabac sauvage et vous faisaient mâcher cette mixture pour soigner les toux ou les éternuements, quand le froid avait pénétré vos corps. Si ce froid avait déjà envahi vos poumons, ils faisaient bouillir la poudre d'osha dans de l'eau pour vous la faire boire. Mais toi, Grand-père, tu détestais ce remède qui te faisait vomir, tellement il était amer. Il était pourtant très efficace !

Chez le sorcier, tu as reconnu l'odeur de céleri sauvage de la racine d'osha et tu en as été rassuré, il ne cherchait donc pas à te tromper. Il a ensuite mélangé sa poudre à de l'eau, pas beaucoup, pour que le mélange ne soit pas trop liquide, puis il s'est approché de toi avec le bol. « Je vais étaler ce mélange sur ton front. Le mal va disparaître. » Tu n'as pas su si c'était à cause de sa tête de hibou ou de tout ce que ta mère t'avait raconté, mais tu as senti la peur monter dans ton ventre et soudain tu as pensé à la viande d'élan. Si tu lui en proposais et qu'il reculait, tu devrais refuser son remède. À coup sûr il serait un sorcier et forcément il allait te faire du mal. Alors, brusquement, tu as sorti un morceau de viande de ton petit sac et tu le lui as tendu, bien droit sous son nez. La réaction ne s'est pas fait attendre. En le voyant, il a vivement reculé. Tu avais ta réponse. Sans réfléchir davantage tu t'es levé d'un bond et tu es sorti en courant.

De loin, pour ne pas le fâcher, tu lui as lancé un « Au revoir, le soleil est bas, je dois rentrer chez moi, merci pour le remède, mais je n'ai plus mal ! »

Sur le chemin du retour tu as commencé à manger cette viande qui avait fait reculer le sorcier. Mais à peine ta réserve entamée, un éclair a transpercé le ciel au-dessus du canyon. Sans une goutte d'eau pourtant. Alors tu n'as pu t'empêcher de penser que le sorcier avait lancé l'éclair contre toi. Certaines personnes avaient ce pouvoir, t'avait dit ta mère. Et cette fois, préférant suivre ses conseils, tu as immédiatement arrêté de manger. Il ne fallait pas avaler de nourriture pendant un orage, cela augmentait le nombre des éclairs et on risquait de perdre ses dents. Tu as aussi vérifié que tu ne portais rien de rouge, cette couleur attirait la foudre, et puis tu as craché bruyamment, comme ta mère te l'avait appris pour éloigner les éclairs, en disant à haute voix : « Vas-y mon frère éclair, fends le ciel bien fort ! »

Rien ne pouvait plus t'arriver...

3.

Un éclair vient de fendre le ciel. Un coup de vent fait voler mes cheveux. Si j'en crois les signes, Harlyn devrait apparaître à cheval sur le tonnerre. Je replace les mèches derrière mes oreilles. Soupir. Il est presque huit heures, Harlyn a deux heures de retard. Heureusement, Alfred a eu pitié. Tout à l'heure, il m'a proposé de boire un café. Il est vraiment gentil et je crois bien qu'un lien se noue peu à peu entre nous. Il m'a reparlé de son Grand-père français. Il rêve de connaître Paris. Je lui ai proposé de l'héberger. Il était très content, mais il n'a pas encore assez d'argent, alors il va économiser. Il a aussi bien voulu me dire, pour sa mère. Elle a été tuée par un chauffard, il y a un an. Il n'a jamais réussi à le retrouver et sa colère est toujours là. Dans son estomac. Un gros 4×4 noir à vitres fumées vient d'entrer sur le parking. Harlyn ? Chapeau blanc derrière le pare-brise. C'est lui !

J'attrape mon sac à dos. J'y ai jeté un jean, deux chemises, deux culottes, une brosse à dents, du dentifrice, une serviette de toilette, trois cahiers de brouillon pour noter tout ce qu'il va me dire, deux pommes, trois abricots et mon sac de couchage, si jamais l'endroit « où le passé et le présent se rencontrent » était dépourvu de draps. En tout cas Harlyn a réussi son coup, j'ai passé la nuit à me demander où un tel lieu pouvait bien se trouver. J'ai aussi apporté une mini yourte en feutre pour lui montrer l'habitat des Mongols, ma guimbarde de chamane et mon tambour dans sa housse.

Sans descendre de voiture, Harlyn ouvre sa vitre fumée. Il porte des lunettes de soleil genre Okley anodisée, bien profilées sur les yeux. Idéales pour le sport, la moto, le ski...

– Belles lunettes !

Il me remercie en souriant, « Elles sont très légères, en plus ! », puis m'invite à aller déposer mes affaires dans le coffre. Deux minutes plus tard, le coffre chargé et refermé, je grimpe dans la voiture, à côté de lui. Deux petites filles, aux cheveux noirs attachés en queue-de-cheval, sont installées à l'arrière. Harlyn me présente Harly Bear, la fille de Lyle, son fils, et Nia, la fille de Rockee, son autre fils. Un grand sourire fend leur visage tout rond. Je les salue. Harlyn me dit qu'il a aussi une fille, Kate.

– Elle a des enfants ?

– Deux garçons, me répond Harly Bear, d'une voie douce et polie.

Je lui demande son âge. Dix ans.

– Moi j'ai sept ans, enchaîne Nia d'une voix très grave pour son âge, et toi ?

– Moi ? Je viens juste d'avoir cinq ans !

Elles éclatent de rire. Leurs deux petites queues-de-cheval font le même mouvement sautillant. Elles sont drôles. Harlyn met sa ceinture, il porte un tee-shirt noir avec le sigle Nike dessiné en blanc. Après avoir vérifié que les filles ont bien attaché la leur, il me fait signe de boucler la mienne. Voilà. La voiture démarre. Harlyn m'interroge, ai-je déjà eu le temps de visiter Ruidoso ? Le Wal-Mart seulement. D'un geste précis, pas plus grand qu'il ne faut, il met le clignotant et s'engage à droite sur la route. Les mots commencent à se bousculer dans ma tête. J'aimerais bien lui dire, déjà, à quel point je suis touchée qu'il m'emmène avec lui dans ce voyage. Et savoir aussi, pourquoi je mérite une telle confiance. Je le regarde. Toujours silencieux, il a l'air concentré sur la route. J'ose quand même le lui demander ? Nouveau regard. Il a vraiment un beau profil. Bon, je me lance.

— Je voudrais te remercier de m'emmener dans ce voyage sur les traces de tes ancêtres. Je suis vraiment très touchée et émue de la confiance que tu me fais…

Il me jette un rapide coup d'œil, comme pour me remercier à son tour, mais il semble un peu gêné par mon aveu. Sans commentaire, en tout cas, il regarde de nouveau la route. Je me tais, donc, quand soudain sa voix s'élève. Un peu voilée, comme la mienne quand je suis émue.

— Tu sais ici, les Blancs ne s'intéressent pas beaucoup à nous, ni à notre histoire. Jamais personne, par exemple, n'est venu me trouver pour écouter ce que j'avais à dire de la vie de Geronimo. C'est pourtant mon arrière-grand-père et mon témoignage pourrait être important, n'est-ce pas ?

J'acquiesce en silence. Il continue.

— Alors je suis très content, et vraiment touché aussi, que toi, une Française, tu aies fait tout ce chemin juste pour écrire un livre sur nous, les Apaches. Voilà pourquoi il me semble tout à fait naturel de t'ouvrir la porte de nos traditions en t'emmenant faire ce voyage. Tu vas y apprendre beaucoup de choses étonnantes, crois-moi, et c'est bien le minimum que je puisse faire pour toi…

Je le remercie d'un hochement de tête, bien trop émue pour articuler une phrase. Nous restons silencieux un moment. Je regarde le paysage. Beaucoup de sapins, ou de mélèzes, au milieu desquels ont poussé des fast-foods et des banques. Les questions assaillent de nouveau mon cerveau. Maintenant que je sais pourquoi nous sommes là, ensemble dans cette voiture, je brûle de découvrir notre destination. J'ose ? Non. Harlyn me l'aurait dévoilée s'il avait voulu que je la connaisse. Peut-être pourrait-il au moins me dire si nous partons pour longtemps ? Je me décide enfin à lui poser la question, mais il se contente de sourire, l'air de très bien comprendre où je veux en venir. Je n'insiste donc pas. Réalisant en souriant, qu'une Française ne risquait pas de pouvoir ruser avec un Apache. Nous passons devant un ensemble de petits chalets bien alignés.

– Les *cabins* ! me dit Harlyn. Tu peux les louer en hiver.

– Au motel, on m'a dit qu'il y avait une station de ski ?

– Oui. Beaucoup d'Apaches y travaillent pendant la saison. Le reste de l'année, comme la superficie de la réserve est d'environ deux cent mille hectares, ils s'occupent de l'entretien des forêts, d'élevage, il y a beaucoup de bétail, et de l'exploitation du bois, nous avons même une nouvelle scierie.

– Et les casinos ?

– Ma fille Kate est manager de l'un des deux. Mais seulement quarante pour cent des Apaches de la réserve y travaillent. Les autres n'ont pas une formation suffisante...

– Qui joue dans ces casinos ?

– Beaucoup d'entre nous, malheureusement, mais aussi des gens de la région.

– Et toi tu joues ?

– Ça m'arrive, mais seulement quand les signes sont favorables...

– C'est-à-dire ?

Harlyn appuie sur un bouton. Sa vitre s'ouvre. Une odeur de pin entre dans l'habitacle. Il semble observer une espèce de cabane perchée au sommet d'une colline. Les filles regardent dans la même direction. Elles portent toutes les deux un tee-shirt rose bonbon. Mais pas le même jean. Celui de Nia est brodé de fleurs jaunes. Harlyn referme sa fenêtre. C'est un observatoire pour les incendies, me dit-il. Avec tous ces arbres, les feux sont un véritable fléau et en ce moment tous les Apaches font comme lui, ils surveillent leur forêt. Il ajoute que son fils Lyle est *smoke jumper*. D'un hélicoptère on le largue autour des incendies inaccessibles aux véhicules. Et c'est avec cent livres de matériel sur le dos pour tailler des pare-feu, qu'il lutte contre la propagation des flammes.

– C'est un métier très dangereux, lance Harly Bear, la voix pleine de fierté pour son papa.

– Mais c'est quoi alors les signes pour aller jouer au casino ? demande Nia, les mains posées bien à plat sur les fleurs de son jean.

Harlyn sourit. Chez les Apaches, explique-t-il, les tremblements musculaires sont considérés comme des avertissements envoyés par les esprits. Si, par exemple, la paupière gauche commence à trembler, c'est mauvais signe. Un problème risque d'arriver. Pour l'éviter, on doit réciter des prières en fumant une cigarette de sauge, puis bénir la paupière avec du pollen, ou y appliquer de la cendre de charbon. En revanche, le tremblement de la paupière droite annonce une bonne nouvelle. Mais ces tremblements musculaires peuvent avoir différentes significations et chaque personne doit faire sa propre expérience. Un jour, ajoute-t-il, sa grand-mère lui a raconté que des soldats étaient sur le point d'attraper Geronimo. Mais juste à temps, il a senti sa paupière trembler. Alors il a sauté sur son cheval et il leur a échappé. Ses hommes lui ont demandé plus tard comment il avait fait pour savoir. Il a dit qu'il ne savait pas, mais que sa paupière, en tremblant, lui avait dit de partir. Harlyn me lance un coup d'œil malicieux.

– Je vais te dire un petit secret...

Les filles et moi redressons les oreilles.

– Un jour que ma paupière droite tremblait, je suis allé au casino pour vérifier si cela annonçait de la chance pour moi...

– Et tu as gagné ?

– Oui, beaucoup d'argent ! Mais c'était juste un test, je n'ai vraiment pas l'habitude de jouer...

Je lui dis que chez nous, en général, un tremblement musculaire est le signe d'un manque de magnésium, nous courons à une pharmacie. En riant, il me conseille maintenant de plutôt essayer un casino. Je lui promets, en riant à mon tour, d'essayer sa « martingale ». Il redevient sérieux.

– Il y a des casinos à Paris ?

– Non...

– Non ? Mais il y en a en France, quand même ?

Je le rassure.

– Vous êtes nombreux sur cette réserve ?

– Environ quatre mille...

Elle a été créée en 1872, précise-t-il. Les membres de la tribu ont reçu chacun une terre d'environ deux hectares, sur laquelle ils ont eu l'autorisation de construire une maison, qu'ils se transmettent de génération en génération. Ils peuvent aussi acheter d'autres terres, mais aujourd'hui seuls les membres de la tribu ont ce droit. Son lopin fait environ dix hectares. Il y élève des vaches et des chevaux...

– Moi je monte à cheval depuis l'âge de cinq ans ! lance fièrement Nia.

Je lui dis que les enfants mongols commencent avant même de savoir marcher. Elle fronce les sourcils, l'air de douter. Je m'apprête à lui répondre, mais Harlyn enchaîne. La réserve a aussi sa propre Constitution, créée en 1936, révisée en 1968. Avec un gouvernement divisé en trois branches. Exécutive, législative et judiciaire. La branche exécutive est formée d'un président, d'un vice-président, d'un secrétaire et d'un trésorier. Elle dirige les activités journalières de la tribu, gère les fonctions des différents départements, comme celui des entreprises avec les casinos, la station de ski. La branche judiciaire est dirigée par un juge en chef et deux juges associés. La branche législative est constituée de dix membres élus par la tribu. Il me lance un coup d'œil.

– Il y a quinze ans, j'ai moi-même été élu parmi les membres de ce conseil, dont le rôle est de gérer les affaires de la réserve, les ressources naturelles, de fixer le budget annuel, de signer les contrats pour la tribu, de prêter de l'argent, d'accorder le statut de membre...

Harlyn arrête son explication pour me montrer la rue dans laquelle nous arrivons. Je reste sans voix. Elle est bordée de magasins en forme de chalets peints en jaune clair, bleu ciel ou rose. Un Megève en couleurs, avec des fleurs, de jolies devantures, des terrasses de cafés ! Harlyn et les filles rient de ma réaction. C'est joli n'est-ce pas ? Il gare la voiture devant un magasin parme sur lequel est écrit en lettres noires *Location de skis et de snowboards*. C'est le moment de changer ma vieille planche. Nous descendons de voiture. Harlyn verrouille les portes. Je m'approche de la vitrine. En pensant à ma fierté de surfer au sommet des Alpes sur un snowboard apache, Harlyn a l'air aussi intéressé que moi par le matériel exposé. Je lui demande s'il skie.

– Comme un champion ! me répond-il en éclatant de rire.

Je le regarde, l'air suspicieux, mais les filles enchaînent en chœur.

– Mais oui c'est vrai, il est super-bon !

– Alors je peux revenir cet hiver avec mon snowboard, tu me feras découvrir les pistes ?

Il accepte le challenge. Et je me mets à rêver de l'instant où nos traces, côte à côte, marqueront la poudreuse des montagnes de Mescalero...

– J'ai faim ! clame Nia, en plaçant derrière son oreille une mèche de cheveux apparemment trop courte pour tenir dans l'élastique de sa queue-de-cheval.

Ça tombe bien, moi aussi. À cinq heures et demie ce matin, je ne pouvais rien avaler et après j'ai attendu Harlyn. Alors je traîne joyeusement mes sabots vernis noirs derrière lui, qui nous propose d'aller prendre un petit déjeuner dans son endroit favori. À la queue leu leu nous passons devant des boutiques d'artisanat indien, beaucoup de bijoux en turquoise, de souvenirs, de vêtements de sport, de chapeaux, de santiags, je repère même une demi-boule de verre pleine de neige avec un Apache à la place des sapins, et des ours en bois sculpté de la taille d'un humain. Une tradition de la région, me dit Harlyn. Elle remonte à une cinquantaine d'années, du jour où un ourson a été sauvé d'un incendie par les pompiers. Surnommé *Smokey Bear*, il est devenu leur mascotte et le symbole de la lutte anti-incendie. Sur les radios, on entendait sa voix annoncer « Noubliez pas, vous seuls pouvez prévenir les feux de forêt ! » Il est mort en 1976, à l'âge de vingt-six ans, au zoo de Washington...

— Ces sculptures le représentent, continue Harlyn, et les gens achètent des *Smokey Bear* pour les mettre dans leur jardin...

Je lui demande s'il en a un. Silence. J'entends alors la grosse voix de Nia s'élever. Les sourcils froncés, l'air sérieux, elle me dit que les Apaches n'achètent pas d'ours. Je lui demande pourquoi, mais Harly Bear répond à sa place.

— L'esprit de l'ours est très fort et les Apaches le respectent. Alors on ne peut pas en acheter juste pour faire joli dans son jardin...

Je regarde Harlyn, dans l'espoir d'un peu plus de précisions, mais il se contente d'opiner en reprenant la marche. Bon. Nous avançons ainsi, en silence, jusqu'à un magasin Harley Davidson devant lequel Harlyn retrouve sa voix.

— J'en ai une...

— Une quoi ?

— Une Harley !

Ben voyons, me dis-je.

— Moi, il m'a emmenée dessus ! dit Nia, le bout de ses Nike blanches et de son nez dressés vers moi.

Elle est drôle. Dans la vitrine, Harlyn regarde une ceinture en cuir noir avec une énorme boucle en argent. Pas longtemps, Harly Bear s'impatiente, elle a vraiment faim. Nous passons ensuite devant le Café Rio.

— Ici, ils font mes pizzas préférées, me dit Harlyn. Il y a des pizzerias à Paris ?

Je confirme.

— Et il y a des magasins aussi ?

Mes yeux s'arrondissent. Ben oui. L'air satisfait, il se dirige maintenant vers un chalet intégralement peint en rose bonbon, avec une terrasse à balustrade en bois sculpté sur laquelle sont installées des tables blanches en fer forgé. Le *Gourmet Bar*. En courant, les filles vont choisir une table. Nous les suivons. Avant de nous asseoir, Harlyn demande à Nia de relever un peu son tee-shirt pour montrer sa « tache » bleue. Elle râle, mais Harlyn insiste. Alors, dans un gros soupir, elle se tourne, se penche un peu en avant et soulève le bas de son tee-shirt. Je découvre effectivement une tâche d'environ cinq centimètres carrés, violet très clair, au niveau du rein droit.

– C'est bien la même que celle des jeunes Mongols ? me demande Harlyn.

Je confirme. C'est vraiment étonnant. Nia remet son tee-shirt en place, puis se dirige vers la chaise devant la balustrade. Elle la tire en grimaçant, le fer forgé est lourd. Harly Bear fait le geste de l'aider, mais Nia refuse d'un mouvement de tête énergique. Elle y arrivera toute seule ! Harly Bear, apparemment habituée, n'insiste pas, elle s'installe sur la chaise d'à côté. Je m'asseois entre elle et Harlyn. Une serveuse arrive. Cheveux bruns, courts, tablier rose bonbon assorti à la teinte du *Gourmet Bar*. Les filles commandent un Fanta, un Coca, Harlyn un chocolat et moi un café, le tout accompagné de croissants et de pains au chocolat. La spécialité du lieu, précise Harlyn, en remontant ses lunettes de soleil sur son chapeau.

– Mon père adore les croissants ! dit Nia en relevant son menton. Il est très fort mon père !

Harlyn m'explique que Rockee fait partie d'un équipage d'hélicoptère pour les interventions d'urgence. Incendies, tornades, catastrophes naturelles. C'est dangereux, mais il est bien content d'avoir un travail.

– Seulement soixante pour cent des membres de la tribu en ont un ! précise-t-il. Les quarante restants sont saisonniers, ou retraités ou étudiants…

– Quel est le revenu annuel moyen ici ?

Il réfléchit un instant, puis m'annonce un chiffre d'environ 20 000 dollars, auxquels sont ajoutés trois fois par an, en juin, août et décembre, une partie des dividendes des casinos et de la station de ski. En moyenne 1 800 dollars par an et par personne.

– Le gouvernement américain ne donne rien ?

– Il a signé des traites pour financer les écoles, les hôpitaux, améliorer les routes et les infrastructures. C'est tout...

Les consommations arrivent. Nia se lèche les babines en voyant arriver quatre énormes croissants et autant de pains au chocolat. Je suis étonnée par leur taille, au moins deux fois celle des viennoiseries parisiennes. Elle attrape un pain au chocolat. Harly Bear, qui décidément prend très au sérieux son rôle de grande cousine, prend la bouteille de Coca pour en verser dans le verre de Nia. Mais une fois encore elle refuse son aide. Harlyn me regarde en souriant. Leur manège silencieux l'amuse, il n'intervient pas. Je bois une gorgée de café. Loin d'un bon expresso, mais plutôt meilleurs que ceux d'ici.

– Tu as un chapeau ? me demande Harlyn.

– Non, pourquoi ?

– Le soleil est très fort où nous allons...

– Ah bon ? Nous allons où ?

Il attrape un croissant en souriant. Je n'aurai donc pas de réponse.

– Tes chaussures sont bizarres ! lance Harly Bear après avoir reposé son verre de Fanta.

Je me penche pour regarder mes sabots vernis.

– Tu n'aimes pas ?

Sa bouche se tord vers le bas. Ça fait glousser Nia, qui a l'air d'approuver sa cousine, mais se contente d'avaler une énorme bouchée de pain au chocolat. Trois personnes arrivent sur la terrasse. Deux adultes et un enfant. Tous obèses. Harlyn a suivi mon regard. Pour lui, l'obésité est devenue un véritable problème. Autrefois les jeunes Apaches étaient soumis à un entraînement physique très difficile, ils chassaient aussi. Aujourd'hui ils préfèrent regarder la télé en mangeant des cochonneries.

– Il faut dire que les films sont entrecoupés toutes les cinq minutes par des publicités pour des hamburgers, des frites au fromage, des beignets de poulet. De la nourriture bien trop grasse ! Sans compter les spots pour la bière. Un véritable fléau aussi. Trente-cinq pour cent des jeunes de vingt à vingt-six ans sont alcooliques. Mais tu comprends, ces pubs représentent un style de vie, auquel les jeunes malheureusement veulent s'identifier...

Je lui demande s'il envisage des solutions. Il boit une gorgée de chocolat.

– Nous ne devons jamais cesser d'être ce que nous sommes. Des Apaches. La seule solution serait donc d'intéresser de nouveau les jeunes aux traditions de nos ancêtres, comme la chasse à l'arc, la traque, la survie dans le désert, la course de fond, mais plus ils sont obèses, moins ils peuvent faire d'exercice à cause de problèmes cardiaques. C'est un cercle infernal...

– Tu sais, en Europe aussi l'obésité devient un problème. Des statistiques prévoient qu'en 2010 quinze millions de personnes seront obèses.

Harly Bear ajoute que Cody et Mario, ses cousins, passent tout leur temps après l'école, devant des jeux vidéo.

– Tu vois, dit Harlyn, moi je préférais jouer au football américain...

– C'est les *Dallas Cow-boys* son équipe préférée ! dit Nia, qui a lâché son pain au chocolat pour imiter les gestes d'une pom-pom girl.

Harly Bear éclate de rire. Mais Harlyn, apparemment habitué à se faire chambrer par ses petits-enfants, enchaîne dignement.

– J'aimais aussi jouer au base-ball, comme Geronimo d'ailleurs.

Là, il a marqué un point. Les filles le regardent, soudain très intéressées. Oui, confirme Harlyn, content de sa revanche. Les Chiricahuas à l'époque pratiquaient un jeu un peu similaire. Quatre pierres placées en carré, à cinq mètres d'intervalle. Une personne au centre devait atteindre chaque pierre, sans être touchée par la balle en peau, envoyée par un adversaire. Le premier qui avait réussi à toucher les quatre pierres sans avoir été atteint par la balle avait gagné...

– Et toi tu jouais à quoi ? me demande Nia, en balançant ses jambes sous sa chaise.

– Aux cow-boys et aux Indiens !

Ses sourcils remontent. Pour le lui prouver, je lui parle du costume d'Indienne que ma mère m'avait offert pour le Noël de mes sept ans. Une jupe rouge, un boléro à franges et un bandeau cerclé de plumes noires et blanches. Je n'avais pas voulu l'enlever pour aller rendre visite à ma famille. Ma mère m'avait pourtant prévenue qu'une fois dans la rue tout le monde allait se moquer de moi, mais la fierté de porter ce costume avait été plus forte que ses avertissements...

– Et on s'est moqué de toi ? demande Nia l'air vraiment inquiet.

– Pas du tout !

Le sourire revient sur son visage. Harlyn m'invite à manger une viennoiserie avant que les filles n'aient tout englouti. Je prends un croissant. Il continue de siroter son chocolat, l'air soudain préoccupé. Mon croissant a un goût de farine, mais je n'ose pas le lui dire, ni lui demander la raison de son silence. Il finit par relever la tête.

– Je pensais aux problèmes de drogue dans les écoles de la réserve. Cocaïne et marijuana essentiellement. Elle vient du Mexique...

Il regarde les filles. Les prévient de ne surtout pas en accepter à l'école. Et de lui en parler immédiatement. Elles promettent. Les jeunes qui en sont victimes ne peuvent plus travailler, poursuit-il. Pour éviter que ce fléau ne se propage, certains adultes encore attachés aux traditions, comme lui, ont commencé à développer un programme d'enseignement des valeurs d'autrefois. Sa femme Karen, par exemple, donne des cours de langue apache, que la majorité des membres de la tribu ne parle plus.

– Tu comprends, si nous perdons notre langue, nous perdons tout...

– Karen l'enseigne à l'école de Mescalero, dit Harly Bear. Et moi j'ai commencé à apprendre. Le mot « Apache » se prononce « uh-PAH-chee » et veut dire « ennemi ».

– Dans la langue des Zunis, précise Harlyn, une tribu du nord-ouest du Nouveau-Mexique. Mais les Apaches, traditionnellement, s'appellent *Ndee,* ce qui veut dire « le Peuple », dans notre langue.

Je demande à Harlyn si beaucoup d'Apaches, aujourd'hui, parlent encore leur langue. Il réfléchit un instant. Les filles s'échangent un croissant contre un pain au chocolat.

– Environ quinze mille, sur une population totale de cinquante mille...

– Ils sont tous des Chiricahuas, comme toi ?

– Non, il y une dizaine de tribus apaches distinctes. Chiricahuas donc, mais aussi Aravaipa, Cibecue, Jicarilla, Kiowa Apache, Lipan, Tonto, Western Apache, White Mountain et Mescalero...

– Ils vivent où exactement ?

– Sur cinq réserves du sud-ouest des États-Unis. Celles de White Mountain et de San Carlos en Arizona, celle de Fort Sill, en Oklahoma et celles de Jicarilla et de Mescalero, ici au Nouveau-Mexique. Mais nous ne parlons pas tous exactement le même apache. Il y a deux dialectes, en fait. L'apache de l'Ouest et celui de l'Est. Les Mescaleros et nous, les Chiricahuas, parlons l'apache de l'Est.

Harly Bear demande à Harlyn si elle peut manger le dernier pain au chocolat. Oui, répond-il avant d'enchaîner. Karen, sa femme, enseigne aussi la langue apache à de jeunes adultes. Beaucoup plus qu'ils ne pensaient sont intéressés et ils ont décidé de renforcer ce programme par des conseils de diététique. Lui va donner des cours de lutte traditionnelle et de survie dans le désert. Il termine son chocolat.

– Mais je vais enseigner ces techniques en dehors des heures scolaires, nous ne voulons pas que les non-Apaches les découvrent. Elles sont notre patrimoine, notre trésor. Les Blancs ne doivent pas nous prendre ça aussi. Seuls les Apaches en profiteront...

Harlyn regarde sa montre. Il est temps d'y aller. Je termine mon café. Tout le monde se lève. Harlyn jette un coup d'œil à mes sabots vernis.

– On va aller t'acheter un chapeau et de vraies chaussures !

Je proteste, moi j'aime bien mes chaussures. Harlyn sourit. Harly Bear enchaîne...

– Mais tu as les talons à l'air...

– Et alors, c'est bien, non ? J'aurai moins chaud !

– Si tu veux, me dit Harlyn, mais je te préviens, nous partons marcher au pays des crotales, des serpents-corail, des scorpions, des tarentules et des veuves noires, alors une dernière fois, tu tiens vraiment à garder tes chaussures ?

Harlyn et les filles éclatent de rire, la reine du shopping a soudain une immense envie d'aller dévaliser les magasins...

– Il y a vraiment beaucoup de serpents où nous allons ?

– Il y en a partout en dehors des villes...

Je n'arriverai décidément pas à connaître notre destination. Mais je me demande bien...

– Quand les Apaches portaient seulement des mocassins, comment ils faisaient alors, pour se protéger des serpents ?

Harlyn ne répond pas, il cherche soudain ses lunettes de soleil, fait trois pas en arrière pour aller vérifier s'il ne les a pas oubliées sur la table, mais les filles se moquent de lui.

– Elles sont sur ton chapeau ! crient-elles en chœur.

Nágo Tóbájiishchinéń Ghéé'yeńbił 'iłaanaagot'aashná'a.
Naaghéé'neesghánéń 'iłk'idą́ ndé silį́ ndah, biłgóghégo hichago,
goch'į̨sidáná'a.

'Áko, k'adi, Ghéé'yeń Tóbájiishchinéń 'áyiindíná'a:
Íquot;'Áhą̨h, k'adi, 'iłnnłt'ó. T'éhéńdiidaí bégoozį̨.Íquot;
Tóbájiishchinéń yiiłndíná'a.

Íquot;'Áhą̨h.Íquot; Tóbájiishchinéń goołndíná'a.

Nágo Ghéé'yeń Tóbájiishchinéń 'áyiiłndíná'a:
Íquot;nDí 'iłtsé ǫǫ shánanńndá. Shí 'iłtsé ninsht'ó.Íquot;
goołndíná'a.

'Ákoo Tóbájiishchinéń: Íquot;'Áhą̨hÍquot; goołndíná'a.
'Ákoo 'áńdeeda kánanńyáná'a. Nágo Ghéé'yeń dį́[ń góńłt'oná'a.
Díík'een gosiiná'a.

'Ákoo Tóbájiishchinéń Ghéé'yeń 'áyiiłndíná'a:
Íquot;K'adi ndíída ǫǫ shánanńndá.Íquot; yiiłndíná'a.

Ghéé'yeń kánanńyáná'a.Ghéé'yeń béshgai'é dį́[í'go 'Iłkáá'sijaago
bi'édená'a.
Dooka'ólídaná'a.

Tóbájiishchinéń góńłt'oná'a. 'Ikáshį́go béshgai'é go'édení
goghahnaadzóółteelná'a.Náábik'eshį́go, náágóńłt'onágo, 'áiłi'í
goghahnaanáádzóółteelná'a. Táán hilaaee
náágóńłt'oná'a.Táánee go'édení goghahnaanáádzóółteelná'a.
Nágo dágon'oshį́ gojéí naahihndáná'a.Dį́[ínee náágóńłt'oná'a.
Gojéíí dásí'iłndíyá 'ijóósiná'a.

98

Puis Enfant de l'Eau et Géant se querellèrent.
Tueur d'Ennemis était déjà un homme mais, apeuré et en larmes, il se
contenta de s'asseoir.

Finalement, Géant parla ainsi à Enfant de l'Eau :
« Eh bien, tirons à l'arc sur chacun de nous, pour voir lequel des deux
est le plus courageux. »

« D'accord, lui répondit Enfant de l'Eau. »

Puis Géant parla ainsi à Enfant de l'Eau :
« Tiens-toi debout face à moi. Je vais tirer sur toi le premier. »

Puis Enfant de l'Eau parla ainsi à Géant « D'accord », lui dit-il.
Et ensuite il se tint debout face à lui. Et Géant tira sur lui quatre fois.
Il le manqua.

Alors Enfant de l'Eau parla ainsi à Géant :
« Maintenant, toi, tu te tiens debout face à moi », il lui dit.

Géant se tint debout face à lui. Son manteau était fait de quatre épais-
seurs de silex.
Il n'avait pas peur d'Enfant de l'Eau.

Enfant de l'Eau tira la première flèche. La première épaisseur de silex
tomba. La flèche suivante fit tomber la seconde épaisseur. Il tira pour la
troisième fois. La troisième fois, son manteau tomba. Puis le cœur de
Géant apparut en train de battre.
Enfant de l'Eau tira pour la quatrième fois.
La flèche se planta en plein centre du cœur de Géant.

Apprenti guerrier...

Le début de la saison des *Grandes feuilles,* celle où le soleil était le plus chaud, venait de commencer, Grand-père. Pour te protéger des serpents, dont c'était également la saison, ta mère t'avait fabriqué un petit lacet de peau orné de deux turquoises que tu avais attaché au-dessus d'une de tes chevilles. Elle t'avait aussi fait mâcher des feuilles d'osha, dont tu avais dû cracher la salive sur tes pieds et tes jambes. L'esprit de cette plante éloignerait les serpents. Enfin tu avais mis une pincée de pollen au fond de tes mocassins. Des mocassins en peau de cerf, montant jusqu'au genou, avec un rebord replié vers le bas, dans lequel les hommes plaçaient parfois un couteau.

Ainsi protégé, tu allais pouvoir commencer ton entraînement d'apprenti guerrier. Tu venais d'avoir onze ans et les hommes de la tribu t'avaient estimé assez robuste pour le commencer. Un second niveau en quelque sorte parce que, dès l'âge de sept ans, on t'avait entraîné à chasser des écureuils et des oiseaux avec un lance-pierres d'abord, puis avec un petit arc adapté à ta taille. On t'avait aussi appris à monter un cheval sans selle, en le contrôlant juste avec une corde autour de ses naseaux, à le lancer au grand galop pour l'arrêter pile sur un obstacle, ou à le lui faire sauter et à te pencher de chaque côté pour attraper des cibles, souvent des dindons sauvages. Ils ne couraient pas vite et il était facile de les chasser ainsi. Avec tes copains, vous les rapportiez au camp où vos mères les faisaient cuire. Les lapins étaient un gibier plus difficile. Toujours penchés sur un côté de votre cheval, vous frappiez leur tête avec une massue en bois.

On vous avait également entraînés à sauter dans des ruisseaux couverts de glace, à ressortir de cette eau glaciale sans avoir le droit d'aller vous réchauffer autour d'un feu, ou à rester une journée et une nuit dehors sans dormir, juste pour garder le camp. Sans le moindre cri de douleur, tu avais aussi passé des heures à durcir tes mains contre l'écorce d'un arbre, des heures à essayer de casser avec ces mêmes mains nues des branches aussi grosses que tes cuisses et à enflammer de la sauge sur ta peau jusqu'à ce que la cendre soit devenue froide...

Mais tout cela n'était rien à côté de ce qui t'attendait.

Ce matin-là, pour la première fois, ton père t'avait réveillé avant le coucher du soleil. Tes mocassins à peine enfilés, bien préparés contre les serpents, il t'avait ordonné de courir sans t'arrêter jusqu'au sommet du canyon surplombant la Gila. Une montée vraiment raide, mais que tes jambes bien entraînées n'avaient pas trop de mal à parcourir. Le faire en courant ne t'avait donc pas semblé irréalisable. Mais voilà, ton père avait ajouté une terrible condition...

Tu devrais couvrir cette distance avec de l'eau dans la bouche, et revenir de ta course avant le lever du soleil, sans l'avoir avalée, ni crachée.

Tu n'as pas montré ton inquiétude, le visage d'un guerrier devait rester impassible quelles que soient les circonstances, mais tu as vraiment pensé ne pas être capable d'accomplir un tel exploit. Ton père, sans un seul encouragement, t'a juste dit : « Courir avec de l'eau dans la bouche va t'apprendre à mieux respirer. Ainsi tu vas améliorer ton endurance et fortifier tes poumons. Ne l'oublie jamais, pour pouvoir garder la vie sauve, personne ne doit courir plus vite que toi... »

La bouche pleine d'eau, le torse nu, avec juste un pagne autour de la taille, tu as donc pris le départ, Grand-père. Mais à peine la montée entamée, tu t'es pris les pieds dans le bout de tes mocassins, qui, tu n'avais jamais compris pourquoi, rebiquaient au niveau de l'orteil. Tu as trébuché, crachant comme un jet de vomi la précieuse eau sur les arbustes alentour. Il était hors de question d'abandonner, c'eût été la pire des hontes pour un guerrier. Tu as donc continué en accélérant la course, te promettant d'au moins terminer ton parcours avant le lever du soleil. Peine perdue. Arrivé à la moitié de la descente, alors que des pierres entraînées par ton élan roulaient autour de toi, tu es tombé nez à nez avec un serpent dont tu avais sans doute dérangé l'habitat. Tu as dû t'arrêter net, il se tenait bien droit, en position d'attaque, et lui dire, bien en face, les phrases que ta mère t'avait apprises : « Je veux être ton ami, tu ne dois pas me faire de mal. » Il a fini par disparaître entre les broussailles, mais tu avais perdu la course. Le soleil dans un halo de lumière orange venait d'enflammer l'horizon.

Quand tu es arrivé, complètement essoufflé, ton père t'a juste dit : « Tu recommenceras tous les jours jusqu'à ce que tu réussisses… »

Il t'a fallu répéter cet exercice pendant trois lunes pour enfin revenir la bouche pleine d'eau et avant le lever du soleil. Mais après cela, Grand-père, tu étais capable d'attraper les lapins à la main et de courir à côté de ton cheval lancé au grand trot, sans te laisser distancer !

Ton entraînement de guerrier ne s'est malheureusement pas arrêté là. Parfois, il t'arrivait même de regretter de ne pas avoir été une fille, tellement il était difficile. Elles étaient également entraînées à courir, mais seulement pour pouvoir mettre les enfants à l'abri en cas d'attaque et s'échapper le plus vite possible. Leurs principales tâches au camp étaient de surveiller les plus jeunes, d'aller chercher du petit bois, de l'eau, de récolter les baies, les fruits du yucca et les noisettes. On leur apprenait ensuite le nom des plantes médicinales, comment les sécher, les préparer, comment coudre les mocassins, les vêtements, tresser les paniers, préparer les repas, conserver la nourriture, la sécher, la stocker...

Mais tu n'étais pas une fille et un apprenti guerrier n'avait pas le droit de se plaindre. À peine ta dernière épreuve réussie, une autre, encore plus difficile est arrivée. Vous étiez huit jeunes garçons. On vous a séparés en deux groupes de quatre, éloignés d'un demi-jet de pierre. L'un des deux groupes, pas le tien, a été armé de lance-pierres et a eu pour mission de tirer sur vous des projectiles de la taille de trois crottes de lapin. Ton groupe devait faire face à celui des lanceurs, mais avec interdiction de courir pour éviter les pierres. Vous aviez juste le droit de vous mouvoir dans un périmètre d'environ un bras autour de vous. Cet exercice était censé améliorer votre vitesse de réaction.

Pendant une heure, vous avez donc dû servir de cible. Au début, complètement paniqué, tu as sauté, tourné sur toi-même, plongé au sol, sans arriver à éviter les pierres. Elles faisaient très mal, surtout sur le visage. Tu en as même longtemps gardé les cicatrices. Mais, après plusieurs entraînements, tu as fini par comprendre une chose essentielle. Il fallait se concentrer sur les gestes de ton adversaire. Sur son regard. Il indiquait forcément la direction que prendrait la pierre. Tu as ainsi appris à déchiffrer chaque mouvement de l'adversaire, à y percevoir ses pensées pour anticiper ses gestes, à le perturber par ton assurance, à lui faire perdre la sienne. Tu ne bougeais presque plus. Juste un bras, une jambe, tu penchais la tête à droite, un peu à gauche. Tu sentais le petit souffle des pierres, mais plus aucune ne t'atteignait.

Vos entraîneurs ont alors remplacé les lance-pierres par des arcs, pas les mêmes que ceux utilisés par les guerriers, de plus petits, mais armés de flèches de roseau dont le bout en os était effilé comme une aiguille. Là tu as vraiment eu peur. Vous avez tous eu peur. Vous pensiez impossible de pouvoir éviter ces flèches, bien plus rapides que les pierres. Mais à vos craintes, on a répondu : « Votre esprit doit dominer votre corps, le rendre plus rapide que ces flèches, plus fort que vos doutes. Rien n'est impossible pour un guerrier apache... »

Concentré au maximum, tu as donc été obligé de faire face, une fois encore, à tes adversaires. Bien campé sur tes jambes, le torse droit, les yeux dans les yeux, le plus difficile a été de maîtriser la terreur qui est montée dans ton ventre, quand brusquement, à côté de toi, l'un des vôtres est tombé, un cri de douleur vite retenu, à cause d'une flèche plantée dans son œil...

Si vous sortiez indemnes de cette épreuve, répétée pendant des lunes, on vous faisait courir toute la nuit suivante au petit trot, avec d'énormes charges sur les épaules, juste pour vous endurcir à la fatigue. Les bons coureurs étaient ainsi sélectionnés. Les fois suivantes, on les armait de fines et longues branches avec lesquelles ils devaient fouetter les mauvais coureurs pour les obliger à aller plus vite. Tu étais heureusement parmi les meilleurs, Grand-père.

Mais pour encore améliorer votre rapidité, on vous mettait aussi dans une sorte de wickiup dans lequel on jetait de l'eau sur des braises pour vous faire transpirer. Une fois en sueur, vous deviez sortir, courir sur les pentes autour de la Gila, puis revenir, transpirer et courir de nouveau.

Et enfin, on vous faisait faire des parcours de deux jours à cheval, pendant lesquels vous ne deviez ni manger ni dormir. Mais comme vous étiez malins, un adulte vous suivait pour vérifier que vous respectiez bien les règles...

Voilà comment, à peine âgé de quatorze ans, Grand-père, tu es devenu un véritable guerrier apache, aussi dangereux et insaisissable que la foudre...

4.

Notre voiture vient de sortir du centre-ville, en fait l'artère sur laquelle se trouvaient le *Gourmet Bar* et les magasins. J'ai essayé toutes sortes de santiags pour finalement jeter mon dévolu sur un modèle en croûte de cuir, à haut rose bonbon. Assorti à nos tee-shirts ! ont dit les filles. J'ai aussi acheté un chapeau de cow-boy en paille, super-léger, une bague en turquoise, carrée et, ah oui, un verre à vodka habillé d'une photo de Geronimo. Un souvenir, ai-je dit à Harlyn qui fronçait les sourcils en regardant l'objet, genre : Tu ne vas quand même pas acheter ça ? Mais, oui, je l'ai acheté. Et mes santiags aux pieds, nous sommes enfin remontés dans la voiture, où, clim à fond, nous roulons maintenant vers notre destination mystère.

– C'est mon hôpital ! hurle soudain Harly Bear en pointant derrière sa vitre un bâtiment de taille moyenne peint en beige et gris. J'y vais pour mon asthme…

Le temps de lire *Ruidoso Presbyterian Hospital* sur la façade, elle me montre un autre bloc. Les urgences. Sa mère l'y a emmenée la première fois qu'elle a eu une crise.

– Tu as beaucoup d'asthme ?

Sans répondre elle sort d'un petit sac à dos en jean une bombe en plastique vert et une autre rouge. Becotide et Ventoline.

– Je dois toujours les avoir sur moi !

Le problème avec ces bombes, précise Harlyn, est qu'elle ne sait pas bien s'en servir. Comme elle n'arrive pas à vider l'air de ses poumons avant d'aspirer le produit, en cas de crise ça ne marche pas bien, elle panique et on doit l'emmener aux urgences. Par chance, elle n'en a pas beaucoup…

– C'est parce que tu lui donnes des plantes, précise Nia, l'air sérieux.

Je regarde Harlyn. Il me le confirme. Les *medicine-men* utilisent plus de trois cents plantes médicinales. Pendant des années, Lana, sa grand-mère, les lui a montrées une à une. Elle lui a appris à les reconnaître, à les préparer. Il faut moudre certaines, couper en morceaux les autres, la durée de cuisson est importante aussi, tout est très précis dans cette connaissance. La même plante n'a pas les mêmes vertus, suivant qu'elle est mélangée à une plante ou à une autre. Je lui demande quel genre de plante il utilise pour l'asthme…

– Des plantes apaches, tu ne les connais pas…

– Tu peux quand même me dire leur nom ?

– Elles ne sont efficaces que sur les Apaches.

– D'accord mais ça m'intéresse. Par exemple en Mongolie, pour soigner les indigestions, les chamanes utilisent une décoction de *langues de loup,* une petite plante dont les feuilles en ont la forme…

Pour toute réponse, Harlyn continue de fixer la route. Je n'ose pas insister. Mais quelques instants plus tard, il pointe un index au-dessus du volant.

– Regarde cet arbre, juste là…

Je tourne la tête à droite. J'aperçois un grand arbre devant une maison en bois. Trop loin maintenant pour vraiment bien l'observer. C'était un chêne, m'explique Harlyn, un *Quercus gambelii* exactement. Il sourit. Les gens en ont souvent dans leur jardin, sans savoir qu'il a un pouvoir…

– Les Indiens faisaient du café avec son écorce ! dit Harly Bear tout en refaisant sa queue-de-cheval.

Les chamanes font sécher ses feuilles, explique Harlyn, les réduisent en poudre et les mélangent avec celles d'un buisson appelé *Diotis Lanata*. On le reconnaît à ses fleurs blanches assemblées en grappe. Quand une personne, par exemple, est victime d'un mauvais sort, le chamane fait une cérémonie. Il demande au consultant d'apporter quatre objets de petit prix, en guise d'offrandes pour obtenir la coopération des esprits. En général, un couteau à manche noir, un vêtement neuf, du tabac dans un petit sac en peau et de l'argent. 30 à 50 dollars. Puis il met la poudre de ses plantes dans une feuille de papier à rouler pour en faire un stick qu'il donne à fumer à la personne. L'esprit de ces plantes a le pouvoir de la protéger, d'éloigner les mauvais esprits et enfin de la purifier. Il éclaircit sa voix.

– Pour se purifier avant la cérémonie, le chamane doit aussi fumer de petites cigarettes de sauge blanche et réciter des prières. Tu connais la sauge ?

– Oui, il y en a beaucoup en France. Ma grand-mère disait même qu'avoir de la sauge dans son jardin évitait une visite chez le médecin...

– Elle était chamane ta grand-mère ?

– Non, enfin, pas déclarée en tout cas ! Et pour l'asthme alors ?

Il sourit, genre : Toi, quand tu as une idée dans la tête...

– On verra plus tard. Raconte-moi d'abord comment on devient chamane en Mongolie...

Pas le temps de répondre, l'avant-bras de Nia apparaît à gauche de ma tête.

– Regarde !

Elle me montre fièrement une étoile à cinq branches, fraîchement et consciencieusement tatouée sur l'intérieur de son poignet. Je comprends soudain la raison de son silence depuis au moins dix minutes. Harlyn lui a acheté ce tatouage au magasin de souvenirs.

– C'est moi qui l'ai collé, précise doucement Harly Bear.

L'avant-bras disparaît. Nia contemple son étoile. Les sourcils froncés, la bouche en rond. Harlyn nous dit que les Apaches se faisaient des tatouages. En général sur les parties internes des bras. Ils représentaient des étoiles, comme celle de Nia, ou des constellations. Les chamanes pouvaient aussi se tatouer des éclairs, pour montrer la source de leur pouvoir.

– Et tu sais comment ils se tatouaient ? me demande Harly Bear.

Ma tête fait non.

– Avec des épines de cactus trempées dans du charbon ou du jus d'un cactus, je sais plus lequel…

– Le *prickly pear,* ou *oponce de l'Est,* précise Harlyn.

– Ça devait faire trop mal l'épine, ajoute Nia de sa grosse voix, les lèvres tordues dans une moue de dégoût. Moi je préfère le coller, le tatouage !

J'ai envie de rire, mais je m'abstiens parce que Nia contemple son dessin bleu avec l'air d'imaginer à quoi elle a échappé. Harlyn, qui décidément n'a pas perdu le fil de notre conversation, me repose sa question sur la Mongolie.

– Comment on devient chamane, alors ?

Après avoir un peu éclairci ma voix, la clim ne lui a jamais réussi, je réponds que c'est le plus souvent par hérédité. Mais on peut aussi être désigné par les esprits. Dans ce cas, la personne se met à avoir une soudaine accumulation de problèmes, comme du bétail décimé, le décès de membres de sa famille, elle peut aussi se mettre à souffrir d'accès de démence, de pertes de connaissance, de crises d'épilepsie. Tous ces évènements sont interprétés en Mongolie comme un avertissement des esprits, une mise en garde devant conduire les « victimes » à comprendre qu'elles sont chamanes. J'entends un énorme bâillement à l'arrière. Je me retourne. Nia a la bouche grande ouverte. Harlyn, un œil dans le rétroviseur, lui demande de mettre sa main devant sa bouche. C'est fait. Il fixe de nouveau la route. Je termine.

– Mais avoir ce type de troubles ne veut pas forcément dire qu'on est chamane…

– Comment on peut le savoir alors ? me demande-t-il.

– Les personnes « visées » vont voir un chamane, qui interroge les esprits pour savoir si oui ou non, elles sont chamanes.

– Et toi, les esprits t'ont désignée ?

– En quelque sorte. En fait on ne peut décider d'être chamane en Mongolie. On l'est si les esprits le veulent, s'ils t'envoient le don, le « pouvoir ». Sinon, on ne l'est pas.

– Mais chez les Apaches c'est la même chose ! me dit Harlyn, l'air tout content de cette similitude.

Lui, m'explique-t-il, est devenu chamane par hérédité. Sa grand-mère Lana avait décidé de lui transmettre son « pouvoir ». Mais ce pouvoir aurait pu refuser cette transmission. Alors quand il a eu cinq ans, Lana a fait une cérémonie pour l'appeler sur lui. Elle a récité des prières censées le protéger des forces maléfiques. Puis par quatre fois, elle a appliqué du pollen sur sa bouche. La quatrième fois, le pouvoir devait entrer en lui. Mais il pouvait ne pas venir. Il me lance un coup d'œil.

– Comme en Mongolie, c'est bien ça ?

Je le confirme. Lui a su que le « pouvoir » l'avait choisi, parce qu'il avait tout de suite réussi à mémoriser les prières. Sans quoi il en aurait été incapable. Alors Lana avait organisé une fête, où toute la nourriture, la viande, le chou, les fruits, les noisettes, avait été bénie avec du pollen. Les années suivantes sa grand-mère lui avait transmis la connaissance. Comment et avec quelles plantes soigner les maladies, soulager les cancers, les maux de tête. Elle lui avait aussi appris à développer des perceptions extrasensorielles, une autre partie de la culture chamanique apache. Il déglutit.

– Par exemple, je sais quand une personne va venir me voir. Particulièrement les personnes en rapport avec le rite de puberté, tu sais, la cérémonie secrète dont je t'ai parlé pour les jeunes filles.

Il me lance un coup d'œil, j'acquiesce. Il reprend :

– Dès que l'une d'elles a ses premières règles, un membre de sa famille doit venir voir le *medicine-man* pour l'organisation de la cérémonie. Eh bien moi, je vois la personne au moins deux semaines avant qu'elle n'arrive. Dans mes rêves, elle marche vers ma maison. Je sais alors qu'elle va réellement venir me demander une cérémonie. Et ça ne rate jamais...

De l'index il masse doucement son front, juste sur la partie au-dessus de ses lunettes.

– C'est comme ça aussi que j'ai su, pour toi...

Je le regarde, attendant une explication. Il sourit.

– Je te l'ai dit lors de notre premier entretien, je savais qu'une personne se présenterait un jour, comme tu l'as fait, pour me reconnecter à mes racines mongoles...

– Ah, oui ! Et c'est donc dans un rêve, que tu l'as su ?

Il opine, l'air malicieux. Je souris. Contente d'avoir enfin cette explication, même si elle n'est pas très rationnelle. Mais je suis vraiment mal placée pour parler de rationalité. Ne suis-pas ici à cause d'un « vision » de Geronimo ? Je racle ma gorge, juste pour ne pas laisser s'échapper l'éclat de rire qui, soudain, a très envie d'en sortir.

– Et la lettre anonyme, demande Harly Bear, tu lui racontes !

– Ah oui ! Une fois, j'ai reçu une lettre anonyme, assez désagréable, comme toutes les lettres anonymes. Alors j'ai fait une prière à *Yusn*, avec la lettre bien devant moi, puis j'ai demandé à l'esprit de me faire savoir, dans les quatre jours, qui était cette personne. Deux jours après j'ai eu le message, la personne m'est apparue dans un rêve. Je l'ai reconnue, et j'ai pu lui répondre !

– Elle était mal ! dit Harly Bear en riant.

– Ces rêves sont très puissants, dit Harlyn, les mains toujours bien posées à dix heures dix sur le volant.

Mais il a mis du temps à le comprendre. Pourtant tout petit déjà, sa grand-mère lui avait parlé de ce genre de pouvoirs. D'après elle, il suffisait de prier *Yusn* pour que ça marche. Il ne l'avait pas vraiment prise au sérieux. Mais un jour, à l'âge adulte seulement, il a eu envie d'essayer. Il a fait une prière et ça a marché. Là, il a compris à quel point c'était puissant et il a été content de ne pas l'avoir réalisé plus tôt. Il n'aurait peut-être pas utilisé ce pouvoir avec toute la sagesse requise. Bien qu'il ait été utilisé depuis des siècles par les Apaches de façon très efficace, ce pouvoir restait à manipuler avec la plus grande prudence…

– Quoi qu'il en soit, j'ai commencé à faire des rêves où le « pouvoir » me disait petit à petit ce que j'étais capable de faire, comme éloigner ou dévier une tornade par exemple.

Mes sourcils remontent. Heureusement, Harlyn ne le voit pas, il fixe toujours la route.

– Oui c'est vrai ! dit Harly Bear.

Harlyn me regarde, l'air de vouloir me convaincre.

– Tu te souviens de l'ouragan qui a frappé la Nouvelle-Orléans, il y a deux ans ?

– Katrina ?

Il opine.

– J'ai eu le fort pressentiment que si on m'avait mis à environ cinq miles de l'ouragan, j'aurais pu un peu le dévier. J'étais certain que je pouvais le faire. Comme quand actuellement je prie pour la neige ou la pluie, eh bien elle arrive. Mais je ne fais pas ça pour m'amuser. Je le fais quand c'est nécessaire. Seulement en cas de grande sécheresse par exemple. Alors je prie ma *medicine*. C'est incroyablement puissant. Même si je ne comprends pas pourquoi et comment ça marche…

Je caresse mon sourcil droit du bout de l'index. Une façon de rassembler mes idées.

– Tu pourrais m'expliquer pourquoi parfois tu parles de ta *medicine* et parfois de ton *pouvoir*, il y a une différence ?

– Non, les deux termes ont la même signification.

– Beeeeeerk ! crie Nia sur la banquette arrière.

Je me retourne. Elle me tend d'un air dégoûté une sucette en sucre transparent que j'ai aussi achetée au magasin de Ruidoso. Un gros ver, un vrai, comme celui au

111

fond des bouteilles de mescal, en occupe le centre. Le regard dans le rétroviseur, Harlyn demande à Nia de bien vouloir remettre la sucette où elle l'a trouvée. On ne fouille pas dans les affaires des autres ! Elle baisse la tête en replaçant du bout des doigts l'objet du délit dans son sac en papier. Je lui dis que si elle la veut, je la lui offre. Nouveau hurlement de dégoût. Harly Bear éclate de rire. « Ça t'apprendra ! » Nia, apparemment vexée, se cale au fond de son siège, les bras croisés, le nez et les sourcils froncés, la bouche gondolée. Toutes ses mimiques me donnent vraiment envie de rire. Mais contrôle total, pas une ombre de joie ne transparaît sur mon visage. Ni sur celui d'Harlyn d'ailleurs, toujours concentré sur sa route. Nous traversons des champs, des prés avec des chevaux, des baraques colorées couvertes de piments en train de sécher. On voit que le Mexique n'est pas loin.

– Pour en revenir aux chamanes, reprend Harlyn, chacun reçoit un « pouvoir » propre à lui...

– Oui, mais comment il le reçoit ? Uniquement par hérédité, comme toi ?

– Pas seulement. Si la personne ne reçoit pas son « pouvoir » par hérédité, un jour elle va avoir une vision, ou « entendre » un animal parler. Comme Geronimo, mais je te le raconterai plus tard. Donc chaque chamane, homme ou femme, reçoit un pouvoir bien particulier. Certains sont capables de soigner, d'autres de prédire l'avenir, d'autres savent diriger une chasse...

– On va donc voir un chamane en fonction de sa qualification ?

– Oui. Geronimo, par exemple, était un chamane de guerre. Il faisait des prières avant chaque combat et son pouvoir venait lui dire où aller, quoi faire, ou ne pas faire, pour gagner. Il se trompait rarement, du coup on venait le consulter avant toute bataille. C'est pour ça que les soldats américains n'ont jamais réussi à l'attraper...

– Il s'est rendu ! lance Harly Bear, visiblement déjà très investie dans le parcours de son ancêtre.

112

– Oui, confirme Harlyn, les soldats avaient kidnappé toute sa famille et menaçaient, s'il ne se rendait pas, de les tuer ou de ne plus jamais lui permettre de les revoir. Un moyen typique des militaires pour annihiler les tribus et forcer les guerriers à se rendre…

Un gros camion nous double. Appel d'air. Ils roulent vraiment vite ici. Harlyn maintient la voiture bien à droite. En silence nous regardons la masse noire se glisser devant nous. Je m'étonne de ne pas entendre de commentaires de Nia. Elle boude ? Je me retourne. Oui. Le nez obstinément tourné vers sa vitre, elle fixe les arbres en train de défiler. Elle va avoir mal au cœur, à force. Harly Bear me jette un regard dans lequel je peux lire, T'inquiète, ça va lui passer.

– Et les chamanes en Mongolie, ils font quoi, ils soignent ? me demande Harlyn

– On ne parle pas de guérison dans le cadre d'une cérémonie chamanique mongole, mais de réparation. D'après les Mongols, les esprits sont susceptibles. Si tu fais un truc qui ne leur plaît pas, ils se vexent et te punissent. C'est pourquoi le rôle du chamane n'est pas de « guérir » mais seulement d'organiser une cérémonie pour demander aux esprits la raison de leur colère et de la transmettre ensuite à la personne venue le consulter, avec le mode d'emploi pour « réparer » l'offense…

– Chez les Apaches aussi, on attribuait souvent l'origine d'un problème à un acte qui aurait pu mettre *Yusn*, notre Dieu, en colère.

– Par exemple ?

– Eh bien, lorsqu'il y avait une épidémie, les chamanes demandaient à tous les membres de la tribu d'essayer de se souvenir de l'acte qui aurait pu provoquer la colère de *Yusn*. Comme avoir profané notre religion, avoir abandonné ses parents dans le besoin, avoir été infidèle ou s'être montré lâche ou paresseux…

– Et une fois la faute identifiée ?

113

– Le chamane faisait une cérémonie pour demander à *Yusn* de bien vouloir pardonner la faute commise. Mais la personne responsable était quand même bannie de la tribu...

– Bannie ?

– Les Apaches n'avaient pas de prison, intervient Harly Bear.

– Ça je m'en doutais, mais les Mongols, eux, devaient juste faire des offrandes aux esprits, pour les apaiser. Ils n'étaient pas bannis...

– Le bannissement, en plus, était la pire des punitions, précise Harlyn. Parce que tout Indien qui n'appartenait plus à une tribu n'était non seulement plus protégé par ses lois, mais était aussi considéré comme un ennemi par toutes les autres tribus. À ce titre il pouvait être tué à tout instant...

Je fronce les sourcils.

– Tuer un ennemi, ou le voler, n'était pas considéré comme une faute ?

– Non. C'est bien une question de fille ça. Tu crois qu'en Irak aujourd'hui on met les soldats en prison pour avoir tué un ennemi ? C'est comme dans toutes les guerres, plus on en tue, plus on revient en héros...

J'opine, sans commentaires, parce qu'en « fille », justement, j'ai du mal à pouvoir cautionner cette forme d'héroïsme. Harlyn enchaîne.

– Donc, chez les Apaches, être banni était bien pire que la prison. Cela équivalait tout simplement à une condamnation à mort. Le banni, contraint de vivre absolument seul en pleine nature, ne pouvait compter sur l'aide d'aucun autre Apache. Et sa seule chance, finalement, était de s'unir à d'autres bannis. Mais ce système aussi s'est retourné contre nous avec l'arrivée des Blancs. Ces bannis ont fini par former des petites bandes. Pour survivre, ils se livraient à des pillages que les Blancs mettaient malheureusement sur le compte des tribus. Et nous ne pouvions rien faire pour raisonner ces bannis puisqu'ils échappaient à nos lois. Ils n'étaient pas tenus non plus de respecter nos engagements de paix vis-à-vis des Américains...

— J'ai mal au cœur, lance soudain la grosse voix de Nia.

Sans la regarder, Harlyn lui dit d'ouvrir sa fenêtre. Je me retourne. Son visage est effectivement tout blanc. L'air encore renfrogné, elle appuie sur le bouton d'ouverture. De la chaleur s'engouffre dans notre habitacle climatisé. Son petit nez se redresse.

— Mais si une personne s'est blessée, après un accident de cheval par exemple, que peut faire le chamane ? continue Harlyn, visiblement habitué aux humeurs capricieuses de sa petite-fille.

— On en revient toujours au même. Si tu as un accident, c'est que les esprits sont en colère et ton âme en désordre. Donc le chamane doit avant tout faire une cérémonie pour réparer l'offense et demander aux esprits de bien vouloir te laisser tranquille...

— Mais la blessure, ils en font quoi ? Nous, les Apaches, on fait des cataplasmes de plantes, comme du *hia*, je t'en montrerai si tu veux. On applique les feuilles bouillies sur la blessure pour arrêter le saignement. On en fait aussi des décoctions pour aider les os à se ressouder plus vite et ils sont réparés en deux semaines avec cette plante. Pour lutter contre les infections, on donne aussi des décoctions de thé mormon...

J'explique à Harlyn que pour purifier une plaie, le chamane se contente d'y appliquer un peu de cendres de genévrier. Les Mongols aujourd'hui vont plutôt à l'hôpital pour soigner une blessure et ensuite chez le chamane pour réparer l'âme.

Harlyn opine, l'air de réfléchir. Nia a toujours la tête posée sur le rebord de sa fenêtre, grande ouverte. Du coup il fait chaud. La mèche trop courte de ses cheveux vole au vent. Sur le bord de la route, j'aperçois un panneau indiquant « Roswell ». Je demande à Harlyn s'il s'agit bien du lieu où on aurait trouvé un extraterrestre dans les années cinquante. Il me lance un rapide coup d'œil avant de fixer de nouveau la route. J'attends. Sa réponse va sans doute arriver dans quelques minutes. Comme il pose ses gestes, il semble toujours réfléchir méticuleusement, avant d'en donner une. Nous longeons l'entrée d'un ranch. Les clôtures s'étendent à perte de vue.

– Il y a toujours eu plein d'extraterrestres par ici, finit-il par dire. Mais les Apaches n'en parlent pas...

– Ah bon ? Et pourquoi ?

– On ne doit pas, c'est tout...

Il regarde dans son rétroviseur. Demande à Nia si elle va mieux. Mais les oreilles dans le vent, elle n'entend pas. Harly Bear touche son épaule en lui reposant la question suffisamment fort. Nia se tourne vers elle, le sourire enfin sur son visage.

– J'ai envie de faire pipi !

Harlyn met son clignotant en soupirant. Une centaine de mètres plus loin, il gare la voiture sur le bas-côté. Tout le monde descend. La chaleur nous enveloppe. Sèche. Dure. Harlyn distribue des kleenex aux filles. Elles disparaissent. La route, à perte de vue, passe au milieu d'immenses espaces d'herbe jaunie, clôturés d'une seule ligne de fils barbelés.

– Ces terres appartiennent au même propriétaire ?

– Oui...

– En France, il y aurait au moins vingt exploitations dans cet espace.

Il sourit. Puis me demande si je ne veux pas moi aussi profiter de l'arrêt pipi. Oui. Il me tend aussitôt un kleenex. Les filles reviennent en sautillant, main dans la main. De bonne humeur, elles remontent dans la voiture. Harlyn et moi allons nous soulager à notre tour. Lui dans le petit fossé en dessous de la clôture, moi derrière la voiture, la route est déserte. Deux minutes plus tard, la petite troupe enfin réunie roule de nouveau les oreilles au vent.

– Ferme ta fenêtre, Nia, j'ai mis la clim...

Pour une fois, sans ronchonner, elle appuie sur le petit bouton noir. Bruit électrique. Clac. Nous voilà isolés de la chaleur. Nia se cale au fond de son siège, la ceinture bien ajustée. Nous longeons toujours la même clôture. Vraiment immense, ce ranch.

– Raconte-moi donc comment se passe une cérémonie en Mongolie, me demande Harlyn.

Concentration, inspiration. Je me lance. Avant la cérémonie, le chamane discute avec la personne venue le consulter, elle lui raconte sa vie et pourquoi elle est venue le voir. C'est un peu le travail d'un psychologue. Le chamane fabrique ensuite un *ongot,* un assemblage de bandes de tissu censé représenter le problème du consultant. Puis le chamane met le « problème » sur l'autel de cérémonie. Il dit au consultant que si son problème est là, devant lui, c'est qu'il a fait une erreur dans sa vie et vexé un esprit. Pour se faire pardonner et calmer l'esprit mécontent, il va devoir lui faire des offrandes...

– Quel genre d'offrandes ?

– Des bonbons, des gâteaux, des cigarettes, de la vodka, du lait...

– Tout ce que les humains aiment bien, finalement ?

Je confirme. Après avoir donné les offrandes, le consultant demande à l'esprit de bien vouloir le pardonner. Le chamane enfile alors son costume cérémoniel, joue du tambour pour entrer en transe et demande aux esprits la raison de l'existence du problème. Donc ce que le consultant, ou l'un de ses ancêtres, a fait pour les vexer...

– C'est quoi ce qui vexe les esprits ?

– Les raisons données au chamane peuvent être très surprenantes. Comme « Tu as fait trois fois le tour de la yourte », ou, « Ton ancêtre a mangé la viande d'un animal volé... » Mais peu importe que cette raison paraisse sérieuse ou pas, parce que sa fonction réparatrice réside uniquement dans le fait de donner au consultant l'acte d'identification du problème, donc le diagnostic nécessaire au processus de réparation...

Les yeux toujours fixés sur la route, Harlyn opine en silence, l'air de parfaitement digérer ces informations. Je continue.

— Avant-dernière étape, le chamane purifie l'*ongot* représentant le problème. En le purifiant, il élimine son pouvoir néfaste pour le transformer en un nouvel allié de la personne. Arrive ensuite la dernière étape de la cérémonie, il donne au consultant des grigris protecteurs pour lui et sa demeure...

— Et le rituel est toujours le même ?

— Avec des variantes selon le problème ou le but à atteindre. Mais dans tous les cas, c'est l'esprit qui dicte au chamane la procédure à suivre. S'il ne veut pas lui parler, s'il fait grève, le chamane reste incapable de donner la moindre réponse au consultant. Il n'est jamais que son interprète...

La bouche légèrement entrouverte, Harlyn opine en prononçant son « hun, hun ». Une sorte de tic de langage. Comme une rythmique, un petit coup de cymbales censé souligner ses propos ou ceux de son interlocuteur.

— C'est exactement la même chose chez les Apaches, finit-il par dire. Le chamane n'est rien sans l'intervention de son « pouvoir ». Un peu comme du métal conduirait de l'électricité. C'est l'électricité qui a le pouvoir d'allumer la lampe. Pas le chamane.

Je souris, j'aime bien cette image. J'ajoute que l'esprit, pendant une transe, se manifeste en général sous la forme d'un animal. Et chaque chamane a le sien, censé lui donner les informations dont il a besoin.

— Et toi, c'est quoi ton animal ? Il te parle ?

Inspiration. J'ai toujours du mal à « avouer » ce genre de choses.

— C'est... C'est un loup...

Coup d'œil inquiet à Harlyn. Qui n'a pas du tout l'air étonné. Il n'a même pas lâché sa route des yeux. Je continue.

– Mais je n'ai jamais encore compris les paroles de ce loup. Pendant la transe, je le vois devant moi, il pousse des hurlements de loup, je me mets à en faire autant, comme si soudain je devenais un loup, mais je ne sais pas encore comment traduire ce qu'il me dit. En revanche, je me mets à faire des gestes que mon mental ne contrôle pas. Si une personne est devant moi, par exemple, je me mets à « voir » les parties en souffrance de son corps. Sans qu'on m'en ait parlé avant, bien sûr. Mes mains se dirigent sur elles en faisant des gestes très précis, très nets, selon une géographie particulière, seule connue d'elles. Des sons, des souffles ou des chants sortent aussi de ma bouche. Comme si tout mon corps soudain était guidé par une sorte d'intelligence, disons, perceptive ?

Nouveau coup d'œil à Harlyn. Sa tête opine, il a l'air de suivre. Toujours pas étonné, en plus. Je lui demande s'il « souffre » de ce genre de symptômes. Non. Lui ne pratique pas tellement la transe. Pas sous cette forme en tout cas. Mais il m'en parlera plus tard, il m'invite d'abord à continuer mon explication à propos des gestes.

– C'est vraiment difficile à dire, mais j'ai l'intime conviction d'être « poussée » à faire ces gestes, peut-être pour rétablir une sorte de circulation énergétique...

Harlyn ponctue par son « hun, hun », puis reste silencieux, l'air de réfléchir à fond. Je me tais. Pas le moment de faire des commentaires, déjà qu'il doit me prendre pour une dingue. Les filles se sont endormies. L'effet du ronronnement de la voiture sans doute. Harlyn finit par ouvrir la bouche.

– Donc ton loup te parle.

Je le regarde, les yeux ronds. Cette fois je suis tombée sur plus dingue que moi...

– Comment, il me parle ? Je t'ai dit que je n'entendais aucun mot...

Il tourne la tête vers moi, avec un sourire du genre, Là, ma grande, il est vraiment temps que je t'explique.

119

– Et alors, les mots ne sont pas la seule façon de transmettre une connaissance ! Si tu fais des gestes, des sons, si tu chantes, c'est bien que le loup t'a transmis son message et que tu l'as compris. Ces gestes en sont la preuve. Tu joues donc parfaitement ton rôle d'interprète...

Je réponds par un sobre « mmm ». Il enchaîne, les lunettes de nouveau scotchées à la route.

– L'esprit du loup existe aussi chez les Apaches. Ma grand-mère m'a parlé d'un loup blanc venu « voir » une femme mordue par un chien. Dans le rêve, le loup lui a dit de toucher ses quatre pattes et de prier en demandant que sa jambe soit aussi forte que ses pattes. Elle a fait ce que le loup lui a demandé et elle a guéri...

Après un autre « mmm », je lui demande si Geronimo avait aussi un animal-esprit.

– Le coyote...

J'ai soudain envie de rire. De lui dire Bienvenue au royaume des fous, mais je m'abstiens. De toute façon, Harlyn enchaîne. La cérémonie du coyote, dit-il, est aussi utilisée quand une personne se fait mordre par un chien, un loup, un renard, un coyote, ou attrape une maladie contractée par leur intermédiaire...

– Ces quatre animaux sont associés dans votre tradition ?

– Oui, totalement. Geronimo et toi avez donc deux animaux frères...

Je fronce les sourcils. Cela pourrait-il expliquer ma vision ? Et cette aventure ? Harlyn me demande ce qui me fait sourire. Je le regarde. Il m'observait donc, derrière ses lunettes ? Mais pas question d'avouer. Il semble l'avoir compris parce qu'à mon silence il répond en continuant son explication.

– Mais même si certains chamanes reçoivent leur pouvoir du loup, du chien, du renard ou du coyote, ce sont des animaux qui inspirent la crainte. Dans notre tradition, si un homme croise seulement leur piste ou sent leur odeur, il risque de se mettre à loucher, d'avoir des convulsions, de trembler ou de retrousser ses lèvres et pire, de rester comme ça...

Je souris.

– C'est exactement ce qu'il m'arrive pendant les transes, quand le loup est devant moi ! J'ai l'impression d'avoir des babines et des pattes. Je me mets à trembler aussi. Sauf que je redeviens « normale » après...

Sur le bord de la route, trois corbeaux alignés nous regardent passer. Je montre les oiseaux à Harlyn. Le corbeau est l'animal d'Enkhetuya. Une coïncidence ? Non, dit Harlyn. Juste une manifestation des liens invisibles de ce monde. Savoir les surprendre et les reconnaître serait l'essence même du chamanisme. Sa face secrète. Ma bouche fait une moue. Secrète peut-être, mais ne serait-il pas temps de l'expliquer ? Je me tourne vers lui.

– Les informations que je perçois en état de transe, celles qui me poussent à faire des gestes et des sons, ne seraient-elles pas, plutôt qu'un message des « esprits », tout simplement des informations émises sous forme de vibrations ou d'ondes par ce qui nous entoure ?

Harlyn tourne la tête vers moi, l'air désolé, puis sans autre commentaire, retourne à sa route. J'ai vraiment l'impression d'avoir dit la phrase la plus bête de l'univers. Sa boucle d'oreille a suivi le mouvement de sa tête. Elle oscille encore. Comme l'air à l'horizon du plateau sur lequel nous roulons maintenant. Il ne faudrait pas que la clim tombe en panne. La voix d'Harlyn s'élève enfin. Nette, précise. Selon lui, chaque élément de la nature possède son équivalent-esprit. Ce sont donc bien ces esprits qui nous parlent pour nous donner des informations. Pas des ondes. Je lance un « mmm » dubitatif. Pas question de lâcher le morceau. J'insiste.

– Tu as entendu parler des découvertes de la physique quantique ?

Sa tête fait non. Le temps de rassembler mes idées, je me lance. C'est la physique fondée sur l'étude des quantas, les particules. Comme on le sait aujourd'hui, la matière est composée d'atomes, composés eux-mêmes de différentes particules, dont des protons, des neutrons, des quarks, des électrons. Mais l'évolution technologique des appareils de mesure a permis d'aller plus loin dans l'étude de la mécanique de ces particules et d'affirmer que les électrons, par exemple, n'auraient pas uniquement les propriétés physiques de la matière mais aussi celles des ondes. En fait un électron ne serait pas une sphère indéformable tournant sur une orbite autour d'un noyau, comme on l'a longtemps pensé, mais un nuage déformable, un blob, dont l'ensemble aurait la particularité d'être à la fois ici et là-bas, et dont il deviendrait alors impossible d'établir à la fois la vitesse et la position. Cet état de « blob » expliquerait pourquoi, si on agit sur une partie du nuage, le reste réagit instantanément. Ces particules capables d'interférer entre elles se comportent donc comme des ondes dont la caractéristique est justement de pouvoir provoquer des interférences. Je regarde Harlyn, il fixe la route. Même sa turquoise est immobile. « Tu me suis ? » Sa tête se met à dodeliner, il me demande de poursuivre.

– Eh bien ma question est, si les électrons, par exemple, se comportent effectivement comme des ondes, pourquoi ces ondes ne porteraient-elles pas, comme les ondes radio, des informations que notre cerveau aurait la capacité de percevoir et de « traduire » ?

Harlyn fixe la route en silence. J'attends. Les filles dorment toujours. Nous roulons au milieu de petites collines parsemées d'arbustes en forme de boules. On dirait un jardin à la française mal entretenu. Harlyn ouvre enfin la bouche.

– Donc les messages des esprits que les chamanes auraient la capacité de percevoir seraient en fait ces « ondes » porteuses d'informations ?

– Oui.

– Et chaque cerveau aurait cette capacité ?

– Sans doute.

– Donc tout le monde serait chamane ?

– Ou en aurait le potentiel en tout cas. Mais aujourd'hui, seules les personnes ayant développé ces capacités, je ne sais pour quelle raison, ont ce statut de chamane.

– Donc les gestes et les sons que tu te mets à faire pendant une transe seraient une réponse du cerveau à ces ondes porteuses d'informations ?

– Une hypothèse, bien sûr. Mais pendant une transe, quand mes mains se mettent à faire ces mouvements autour de la personne en face de moi, c'est bien qu'elles répondent à une stimulation. En général, elles ne se trompent pas. Les parties sur lesquelles elles « travaillent » sont toujours des zones en souffrance. Pourtant je ne les connais pas à l'avance, mais mes mains, elles, grâce à cet état, semblent « savoir » où il faut aller. Alors, d'où détiennent-elles ces informations ?

Harlyn me jette un nouveau coup d'œil.

– Tu me poses la question ?

J'opine.

– Euh... De la personne sans doute !

– Je ne vois pas d'où, sinon. Son corps doit envoyer des messages d'alerte, ou de déséquilibre énergétique ou je ne sais quoi, que mon cerveau aurait la capacité de percevoir puis d'interpréter en me faisant faire ces gestes et ces sons dont le but, peut-être, serait de rétablir un équilibre antérieur au problème...

Moue dubitative. Je continue.

– De toute façon tout ça reste à prouver. Tu sais, les recherches dans ce domaine n'en sont qu'à leur balbutiement.

– Et à quoi ça servirait de pousser ces recherches ?

– Eh bien à comprendre le cerveau humain et les mécanismes invisibles de l'univers !

– Mais les chamanes l'ont déjà expliqué !

– Oui, mais pas de façon scientifique. Du coup, le chamanisme aujourd'hui reste vraiment associé à des pratiques plus ou moins contestables.

– Oui mais qui marchent, souvent.

– Ça reste à prouver justement...

– Et par quel moyen ?

– Eh bien, par exemple, en acceptant de travailler avec des scientifiques...

Je lui parle de mon prochain séjour au Canada, en hôpital psychiatrique. Il éclate de son rire de canard, me dit que ça commence mal pour moi. Je me contente de hausser les épaules, le temps que son rire freine. Mais j'aime bien, de toute façon, la manière dont il s'intéresse à mon parcours. Son écoute, toute simple, ses questions, sa façon de rebondir et même de se moquer de moi, me montrent à quel point, peu à peu, nous devenons complices. Je continue mon explication.

– Dans cet hôpital, un neuropsychiatre va faire une série de tests, dont plusieurs électroencéphalogrammes de mon cerveau. Dans un premier temps pour découvrir les mécanismes physiologiques à l'origine des états modifiés de conscience. Quelles zones cérébrales s'activent, quelles en sont les conséquences...

– Et en admettant que notre cerveau ait cette capacité de percevoir les informations de son environnement, ce que moi j'appelle les messages des esprits, tu penses vraiment qu'il y aurait un moyen de la développer ?

– Le but de ces enregistrements cérébraux pourrait justement être d'essayer, en en comprenant les mécanismes, de savoir comment développer ces capacités. Mais il faudrait d'abord prouver que ces particules-ondes portent effectivement des informations que le cerveau serait capable de percevoir, d'en analyser les informations et de les utiliser pour y apporter la réponse adéquate. Il faudrait aussi chercher à savoir si cette réponse, comme les gestes et les sons que je fais, par exemple, ont une véritable fonction « réparatrice »...

Il sourit.

– Ça va prendre des centaines d'années !

– Je sais, oui, mais l'étude des particules fait aussi avancer les choses...

– C'est-à-dire ?

– Il existerait entre certains atomes, par exemple, une règle de corrélation qui rendrait ces atomes interdépendants. Même à distance…

Harlyn fronce les sourcils. Je reprends.

– Imagine deux atomes, A et B. Eh bien, certaines études ont démontré que si ces atomes étaient corrélés, ils se mettaient à dépendre étroitement l'un de l'autre. Même à distance…

– Tu veux dire que si je perturbe l'atome A…

– Et uniquement lui, B sera instantanément perturbé, quelle que soit la distance qui les sépare…

Harlyn me gratifie cette fois d'un « Hun, hun », mais me demande où je veux en venir.

– Je veux juste dire que les atomes ont un moyen de communiquer à distance…

Un sourire malicieux commence à poindre au coin de ses lèvres. Méfiance…

– C'est parce qu'ils ont le téléphone !

Il éclate de son rire saccadé. Pas moi. Il doit s'en apercevoir parce que son rire freine immédiatement. Il reprend la parole, l'air de nouveau sérieux.

– Je plaisante, bien sûr. Mais là encore les chamanes savent depuis longtemps, même s'ils n'en ont apporté aucune preuve scientifique, qu'il y a d'autres moyens pour communiquer que la parole ou le toucher ! Moi par exemple, je n'utilise pas la transe pour avoir des infos, je n'ai pas non plus, comme toi ou Geronimo, d'animal particulier, mais les esprits…

Il me regarde.

– Oui, je préfère continuer de dire les esprits, si tu veux bien…

J'opine. De toute façon son regard ne me donne pas le choix. Il reprend son explication, tout en fixant de nouveau sa route.

– Eh bien ces esprits communiquent avec moi par les rêves ou dans des sortes de visions « éveillées »…

Sa voix est devenue rauque, il l'éclaircit avant de continuer. Un jour, il avait très mal au dos. C'était en 1987. Il avait fait des travaux en forêt, mais il ne savait pas si ce mal en était une cause. Une nuit, la douleur était si intense qu'il ne pouvait plus rien faire. Même les plantes n'agissaient pas. Alors il a fait des prières. Quatre *Je vous salue Marie* et quatre *Notre Père*...

– Mais ce sont des prières catholiques, tu es catholique ?

– Oui, j'appartiens à l'Église Catholique Romaine...

– On y va tous les dimanches, s'élève soudain la grosse voix de Nia, qui vient sans doute de se réveiller.

Je détends un peu ma ceinture pour me tourner vers elle. Grand sourire et mèches en bataille, elle a déjà les bras en l'air pour refaire sa queue-de-cheval. Harly Bear se réveille à son tour, s'étire, fait un sourire à sa cousine, à moi, puis regarde par la fenêtre...

– On est où ?

– Près de Capitan, répond Harlyn. La patrie de *Smokey Bear*, ajoute-t-il à mon intention. Il y a de grandes forêts tout autour...

– Et un super rodéo l'été ! lance Nia, les bras toujours autour de sa tête.

Harly Bear s'approche d'elle pour l'aider, mais comme d'habitude elle se fait jeter. Harlyn enchaîne.

– Geronimo avait été converti au christianisme pendant sa détention...

– Quel genre ?

– À l'Église Réformée...

– Et il continuait de pratiquer les rituels apaches ?

– Oui. Il ne voyait pas d'opposition entre les deux pratiques. Moi non plus d'ailleurs. J'ai deux fois plus de chances que mes prières soient exaucées.

Il rit encore. J'aime bien sa façon pragmatique d'analyser la vie. Il me demande quelle est ma religion.

– Catholique. Mais je n'ai jamais pratiqué...

Haussement d'épaules.

– Tu fais ce que tu veux...

Sur la route, un type en gilet fluo nous fait signe de ralentir. Il y a des travaux un peu plus loin, la circulation est alternée. Les filles se redressent pour voir. Nous nous arrêtons devant un feu rouge provisoire. Une grappe de voitures arrivent en face. La route passe au milieu de collines verdoyantes, parcourues de chemins de terre, de petites rivières longées de grands arbres. Harlyn profite de l'arrêt pour jouer au guide touristique....

– Tu sais qui vivait dans cette région ?

– Billy The Kid, crie Nia.

Harlyn la gronde gentiment. Ce n'était pas à elle qu'il avait posé la question. Elle rit en guise de réponse. Je demande à Harlyn si Geronimo et Billy auraient pu se rencontrer. La réponse est oui. Ils vivaient dans la même région, au même moment...

– Mais si Geronimo l'avait vu, il lui aurait tranché la gorge, ajoute Harlyn en mimant, d'une main aussi rapide et précise qu'un couteau, le geste sur son cou...

Les filles éclatent de rire. Je caresse ma gorge. En me demandant si, finalement, j'aurais aimé rencontrer Geronimo. Le feu passe au vert. Harlyn redémarre. Le revêtement est rainuré, maintenant. Dans un son de frottement, la voiture se met à tanguer, comme si elle hésitait entre deux sillons. Hop, nous revoilà sur le goudron bien lisse. Le silence revient, juste troublé par le souffle de la clim. Je regarde les collines. J'imagine Billy the Kid, là, sous cet arbre à côté de la rivière, son cheval accroché à une branche, l'encolure tendue vers l'herbe. Un lapin est en train de rôtir au-dessus du feu de bois. La chair grillée commence à dégager une délicieuse odeur. Mais trop occupé à saliver, Billy n'a pas pressenti le danger. Sorti d'un buisson, juste à quelques mètres derrière lui, Geronimo avance à pas de loup, son long couteau à la main. Un petit gloussement sort de ma gorge. Harlyn me jette un coup d'œil étonné. Je m'excuse. Ce n'est rien...

– Et ton mal de dos, alors ?

Il réfléchit un peu, l'air de ne plus se souvenir. Ah oui ! enchaîne-t-il. Il avait donc récité ses prières pour essayer de soulager la douleur, puis était allé dormir. Mais à deux heures du matin, il s'était réveillé en sursaut. Il venait de faire un rêve...

– J'étais dans l'église de Mescalero et, en face de moi, j'ai vu mère Teresa, debout devant l'autel. Alors j'ai marché vers elle, je me suis agenouillé et elle m'a demandé, « Comment puis-je t'aider ? » Je lui ai dit que j'avais une douleur aiguë dans le dos et que ça me gênait constamment depuis plusieurs jours. Je lui ai demandé si elle pouvait me l'enlever. Elle m'a répondu, « Harlyn, dis quatre *Notre Père* et quatre *Je vous salue Marie* ». C'est là que je me suis réveillé. Alors j'ai récité les prières, puis j'ai réveillé Karen, ma femme, pour lui parler de mon rêve. Elle a dit que j'avais bien fait de réciter les prières.

Le matin suivant, Harlyn est allé voir le père Larry, le prêtre de Mescalero, pour lui raconter son rêve. Il a été surpris, mais il n'a pas pu expliquer pourquoi Harlyn avait fait ce rêve. Le père lui a juste dit de continuer ses prières. Ce qu'il a fait.

– La douleur a disparu progressivement. Trois semaines plus tard, je n'avais plus mal du tout et je n'ai plus jamais eu mal au dos depuis...

Harlyn se tait. Sa voix s'est voilée un peu sur la dernière phrase, visiblement émue. Elle est devenue plus chaude, comme quand il parle doucement. Je lui demande s'il a d'autres exemples de messages reçus dans ses rêves. Il réfléchit un instant, semble observer le paysage, comme s'il hésitait soudain, sans doute par pudeur, à me livrer une nouvelle part de son intimité. Mais loin de m'en inquiéter, je réalise à quel point j'ai de la chance. Cette complicité établie peu à peu entre nous nous a permis d'aller si loin déjà ! Et la soudaine pudeur d'Harlyn est juste la preuve du chemin parcouru. Je regrette maintenant de ne pas avoir encore osé lui parler de ma vision de Geronimo. Je vais le faire, il en est temps, oui.

— Tu vois, finit-il par me dire, le visage de nouveau souriant, trois fois par jour, je fais une prière à *Yusn,* notre Créateur. Et parfois, pendant ces prières, je capte des messages, comme des évènements futurs. Ce n'est pas inhabituel, j'ai depuis longtemps ce genre d'expérience, mais maintenant que je suis plus vieux, je les prends davantage au sérieux. La nuit du 10 au 11 septembre 2001, par exemple, j'ai fait un rêve assez terrifiant. Je voyais des gens crier, c'était à l'extérieur d'un building, il y avait de la poussière, une fumée très épaisse, des pierres, des papiers qui volaient partout. C'était tellement réel que je me suis réveillé et j'ai réveillé Karen qui m'a dit, Tu as juste fait un cauchemar ! Il était deux heures du matin. Le lendemain, j'ai eu un appel vers huit heures. Un ami me disait d'allumer la télé, parce que les *Twin Towers* avaient été détruites par deux avions. Je l'ai allumée et j'ai vu tout ce qui était dans mon rêve. Alors j'ai pensé que mon esprit était sans doute allé là-bas et c'était effrayant...

Il se tait, l'air perdu dans ses pensés. Peut-être pas le moment de lui parler de ma vision. De toute façon il ne m'en laisse pas le temps, il enchaîne sur un autre don. D'après lui, les chamanes apaches ont aussi le pouvoir de percer à jour les personnes très dangereuses, comme les sorciers, capables de jeter des sorts pour tuer des gens ou pour les rendre malades.

— Mais quelle est exactement la différence entre un sorcier et un chamane ?

— Tous les chamanes sont des sorciers potentiels...

— Alors comment deviennent-ils sorciers ?

— En acceptant de recevoir leur « pouvoir » de mauvaises forces et de l'utiliser pour faire du mal. Ils le font en cachette bien sûr, personne ne sait qui ils sont vraiment...

— Et les chamanes peuvent les détecter ?

— Oui. Quand une personne victime de leur magie vient me demander de l'aider, je fais une cérémonie spéciale, qui me permet de voir le sorcier à l'origine du mauvais sort...

Je fronce les sourcils.

— Mais tu le vois comment ?

— Dans mes rêves. Je te l'ai dit, c'est comme ça que je reçois les messages des esprits. Alors pendant la cérémonie, je demande à mon pouvoir si la personne est victime de sorcellerie. Si c'est le cas, il me le dit et, dans mes rêves après, je peux voir son visage. Je peux même parfois la localiser.

— Mais c'est un véritable GPS, ton pouvoir !

Haussement d'épaules en guise de réponse.

— Et tu fais quoi après avoir localisé le sorcier ?

— Grâce à des prières et des rituels secrets, je renvoie les mauvaises énergies vers lui pour le détruire...

— Et si tu te trompes de sorcier ?

Petit gloussement des filles, décidément très silencieuses depuis un moment. Coup d'œil à l'arrière. Nia, un pouce dans la bouche, la tête posée sur les genoux de sa cousine, se fait gratouiller la tête et, vu son air d'extase, elle ne devrait pas tarder à émettre son premier ronronnement...

— Le pouvoir ne se trompe jamais de sorcier, me répond Harlyn, d'un ton un peu sec. Et une fois ce rituel accompli, l'homme-medicine soigne la victime du mauvais sort en la bénissant avec du pollen. Il fait aussi des prières et des rituels de purification. C'est très puissant...

J'ai envie de ponctuer par un « hun, hun », comme celui d'Harlyn, mais je m'abstiens illico, il va croire que je me moque de lui. Loin de moi cette idée, pourtant. C'est juste qu'il me suffit de deux heures pour enregistrer le rythme des phrases d'une personne et l'imiter sans le vouloir. Un peu comme une mise au diapason. Sans doute ma formation de musicienne. D'ailleurs, dans le même genre d'inconvénients, je ne peux écouter une horloge ou un réveil, sans le prendre pour un métronome. Le tic-tac provoque invariablement, un peu comme une amorce, l'arrivée d'une petite mélodie dans ma tête. Harlyn me lance un coup d'œil.

— Tu as entendu ?

– Euh… Tu as dit quoi ?

Soupir. Il enchaîne :

– Je disais que le « pouvoir » était aussi puissant que dangereux. Par exemple, il peut demander à un chamane des sortes de sacrifices en échange de son aide.

– Des sacrifices ? Mais pourquoi ?

– Pour vérifier si le chamane est bien prêt à tout, pour lui…

– Et quel genre de sacrifices il peut lui demander ?

– Eh bien… De sacrifier une personne de son entourage, par exemple…

– De la sacrifier… C'est-à-dire ?

– De la tuer.

– Et si le chamane refuse ?

– C'est simple, le pouvoir l'abandonne…

– Mais c'est dégueulasse !

Harlyn sourit. C'est la raison, précise-t-il, pour laquelle le chamane est craint par son entourage. On ne veut pas trop être son ami parce qu'on sait que le pouvoir peut parfois lui demander de tels sacrifices. Je pense qu'heureusement ce n'est pas la même chose en Mongolie. Enfin, je l'espère. Enkhetuya aurait-elle pu omettre de me parler de cet « inconvénient » ? Ce ne serait pas son premier oubli, en tout cas. Elle s'était bien gardée de me dire qu'à force de pratiquer la transe, mon seuil de déclenchement allait s'abaisser et que d'autres stimulations, diverses et variées pourraient aussi la provoquer. Comme un orgasme, par exemple. J'ai pas eu l'air bête, la première fois. Heureusement, un neurobiologiste parisien m'a remonté le moral en me disant que j'allais pouvoir arriver à contrôler la transe. En fait, mon cerveau finirait par enregistrer le processus de mise en route, et je pourrais la provoquer ou l'arrêter, juste par la volonté. Donc sans tambour. Il avait raison. Il m'a fallu environ un an, mais maintenant j'en suis capable. Et c'est d'ailleurs grâce à cette nouvelle capacité que le professeur Flor-Henry au Canada va pouvoir faire ces électroencéphalogrammes de mon cerveau. Les électrodes posées sur ma tête étant reliées à une machine, il aurait été impossible de faire ces enregistrements tout en jouant du tambour. Bon. Manquerait plus, maintenant, que les esprits mongols me demandent de sacrifier mes proches ou mes amis. Je déglutis. De toute façon, un tel marchandage ne peut exister entre nous et notre environnement, n'est-ce pas ? Je regarde Harlyn.

– Tu as beaucoup d'amis ?

– Oui, pourquoi ?

– Mais tu leur as dit que ton pouvoir risquait de te demander leur sacrifice en échange de son aide ?

Du bout de l'index droit il relève un peu l'avant de son chapeau, qu'il n'a encore jamais enlevé, gratte un peu son front, juste au-dessus des lunettes, puis le replace, exactement où il était.

– Pas besoin, je ne connais aucun chamane à qui c'est arrivé…

Je souffle. Il n'aurait pas pu me le dire plus tôt ?

– Mais c'est quand même la raison pour laquelle, continue-t-il, on ne peut pas mettre ce pouvoir dans les mains de n'importe qui. On l'enseigne uniquement à ceux dont on sait qu'ils vont le respecter et ne pas l'utiliser à de mauvaises fins. C'est un enseignement très intense, très long, avec beaucoup de rituels et des centaines de plantes à utiliser…

Je lui demande, il ne me l'a pas dit finalement, comment on devenait chamane, quand ce n'était pas, comme lui, par hérédité. Silence. Silence. Silence. La réponse semble difficile à tricoter.

– C'est une longue histoire, finit-il par dire. Mais là encore, la personne ne peut décider d'être chamane. Elle est désignée. Exactement comme tu l'as été. Et comme l'a été Geronimo…

'Iłk'idą́, k ǫǫ yá'édįná'a.
'Ákoo Tł'ízhe hooghéí dá'áíná bikǫ' 'ólíná'a.

'Ákoo Tł'ízheí gotál yiis'ą́ná'a.
'Ákoo Mai'áee híłghoná'a.
Gotál jiis'ą́í 'áee, Mai tsíbą́ą́ee naaná'azhishná'a.
'Ákoo bitseeí tsínáíłgoná'a.

'Ákoo 'áałjindíná'a:Íquot;Shǫ́ǫ́dé, ntsee dili'.Íquot;

'Ákoo: Íquot;Chéek'e dili'ÁÍquot; goołndíná'a.
'Ákoo bitseeí tsíyóółgee.
Bitseeí bitł'áshį́ k ǫǫ dahiitoo.

'Ákoo 'áí jilą́go nandaajíńt'i ndah gotisá 'áí maií k ǫǫ í
kaiłyaanáałghoná'a.
Kaiłnádaadiiłghoná'a k ǫǫ í.
Bikéya 'iładaashdeeskaná'a.

'Ákoo, ndáséshį́, 'Itsá k ǫǫ yaayíńłt'ą́.
'Áshį́, 'áńdeeda. díí dziłí bighe'yá díík'een k ǫǫ í naideesgeená'a.
'Iłch'ą́go daagodeek'ą́ąná'a.

'Ákoo díídíí Tł'ízheí k ǫǫ í daayinłtséés ndah
ch'éda'ádaayóół'įįná'a.

Íquot;Ákoo 'áń Ma'yeń ńłch'i'í bijoosndeego deeyolgo,k ǫǫ í,
doobeeshigoda'įįłdago, daadiiłtłáná'a.
Kát'égo, k ǫǫ gooslį́ná'a. Įáó.áÓ

133

Il y a longtemps, il n'y avait pas de feu.
Puis seulement celles qui s'appelaient mouches eurent le feu.

Puis les mouches firent une cérémonie.
Et Coyote vint sur le lieu de la cérémonie,
Coyote dansa autour et tout près du feu.
Et continuellement il trempa sa queue dans le feu.

Alors les mouches lui parlèrent ainsi : « Ami, ta queue va brûler. »

Puis : « Laissez-là brûler ! » il leur dit.
Et il mit sa queue dans le feu.
Sa queue s'enflamma.

Alors beaucoup de mouches l'encerclèrent,
mais Coyote sauta et s'enfuit avec le feu.
Il courut loin d'elles avec le feu.
Les mouches le poursuivirent.

Puis, plus tard, il donna le feu à l'aigle.
À son tour, maintenant, il propagea le feu partout parmi les montagnes
Le feu brûla dans chaque direction.

Et les mouches essayèrent de maîtriser le feu, mais ce fut en vain.

Puis, aidé par le souffle du vent,
le feu devint incontrôlable et continua de brûler.
De cette manière, le feu exista.

Le quatrième jour…

Dans cette lumière rasante, Grand-père, le Pic Chauve, de la chaîne des monts Mogollon, semblait recouvert d'une fourrure d'arbres. C'était le troisième soleil que tu voyais fondre derrière lui, depuis ton arrivée au sommet de ce lieu sacré. Trois jours, pendant lesquels tu n'avais ni bu ni mangé. Juste prié, le front et la poitrine marqués d'une croix de pollen. Juste chanté, les mots transmis par l'esprit du coyote pour appeler le « pouvoir ». Mais rien encore ne s'était passé.

Seul au milieu de ce petit cercle de cailloux entouré de genévriers, tu as laissé ton regard survoler la vallée, croiser le sillage d'un aigle, s'embarquer dans son plumage, pénétrer les nuages, découvrir leur couleur, de l'autre côté. Là où le temps s'échappe, là où l'envers de la vie cache sa source et les esprits surveillent le monde, attendant que l'un de ses habitants, enfin attentif, entende leurs paroles. Pourquoi ne t'avaient-ils toujours rien dit ? Tu étais là, toi. Depuis trois jours. Pour capter ce que deux lunes plus tôt, l'esprit du coyote avait promis de te révéler…

Cette nuit-là, tu t'étais réveillé avec un besoin irrépressible d'aller marcher. Il n'y avait pas de lune, mais tu savais te diriger dans l'obscurité. Tes doigts avaient parcouru l'écorce de chaque centimètre carré de cette forêt, les odeurs dans ta tête se transformaient en images, pouvant te révéler, en une seule inspiration, le lieu auquel tes yeux étaient aveugles. Tu étais ainsi arrivé jusqu'au chêne dans lequel tant de fois tu avais écorché tes genoux. Enfin installé sur la double branche, tout en haut à gauche, tu n'avais pu réprimer un petit cri d'étonnement en regardant le ciel. L'air était comme l'eau de la Gila en pleine saison de *Face de fantôme,* de la glace liquide tellement cristalline, limpide, que soudain tu avais eu l'impression de n'avoir qu'à tendre la tête pour lécher les étoiles. L'une d'elles, un peu rouge, brillait particulièrement fort, et sans que tu saches pourquoi ni comment, tu avais soudain entendu une voix te dire, quatre fois, « Es-tu prêt à m'écouter ? » Surpris, tes yeux avaient fouillé l'obscurité. Un ami avait-il décidé de te faire une farce ? Non. Le silence de la forêt était plus profond que jamais. Tu avais pourtant bien entendu cette voix. D'où pouvait-elle bien venir ? Des paroles de ta mère à propos du « pouvoir » étaient alors revenues à ta mémoire. Cette voix en était-elle la manifestation ? Ce principe vital de l'univers, t'avait-elle dit, pouvait se présenter de plusieurs façons. Certains l'entendaient, il leur parlait, certains le voyaient apparaître comme une vision dans une sorte de rêve éveillé. Il pouvait alors se montrer sous la forme d'une personne, d'un animal, d'une étoile, de la Terre, du vent, des montagnes, du soleil, d'un arbre, d'un insecte, d'un cerf, d'un éclair, d'un serpent, d'un oiseau, d'un cheval ou d'un nuage. Mais avant de recevoir ce pouvoir, avait précisé ta mère, la personne désignée ne savait pas du tout de quoi elle allait « hériter ». Sur ta branche, tu avais fini par demander à la nuit de bien vouloir te révéler la source de cette voix. Et tout à coup tu l'avais vu. Il n'y avait pas de lune, mais très clairement tu avais aperçu un coyote au pied de l'arbre. Après l'avoir fixé un moment, fasciné par ses yeux, de nouveau tu avais entendu la voix. Comme si elle venait de lui. Cette fois, c'était très clair, elle t'avait dit de te rendre sur le Pic Chauve, le premier jour de la seconde lune. Après t'avoir indiqué le rituel à pratiquer une fois au sommet, elle avait précisé que tu devrais avoir la patience d'attendre quatre jours, sans boire ni manger. Alors seulement elle te dévoilerait tout ce que tu devais savoir. Puis le coyote avait disparu. Tu étais resté sur ta branche une partie de la nuit pour réfléchir encore et encore à ce que tu venais de vivre. Fallait-il accepter ce rendez-vous ? Ta mère à ce propos t'avait juste dit ceci. La première fois que le « pouvoir » se manifestait, on pouvait choisir de l'accepter ou de le refuser. Dans ce cas, il ne se manifesterait plus jamais.

Que risquais-tu au fond ? Tu connaissais bien le pic dont t'avait parlé le coyote. Un lieu sacré sur lequel les chamanes se rendaient pour se ressourcer dès qu'ils sentaient leur pouvoir faiblir ou doutaient de la façon de soigner quelqu'un. Un tas de pierres en forme de cône y avait été érigé, bien des moissons auparavant. Tu y avais aussi accompagné ta mère. Lorsque vous deviez partir assez loin, elle choisissait un petit caillou sur le sol, le soulevait dans les quatre directions en commençant par l'est et le jetait sur ce cône de pierres en faisant une prière pour que votre voyage se passe bien. Oui, tu irais là-haut. Au lever du jour, tu l'avais décidé. Tu jetterais un caillou en sa mémoire. Et tu ferais une prière pour que son séjour éternel dans l'autre monde continue d'être heureux.

Le premier jour de la seconde lune, tu as donc pris le chemin de la montagne sacrée. Le matin tu avais lavé tes longs cheveux noirs avec une poudre confectionnée à partir de la racine du yucca, tu les avais démêlés avec un peigne de nervures de mescal puis enduits de graisse et retenus par un bandeau que tu portais toujours autour du front. Avec tes ongles, tu avais aussi soigneusement épilé les poils de ton menton et de ta lèvre supérieure. Les Chiricahuas n'aimaient pas les poils sur le visage. En arrivant au sommet, comme l'esprit du coyote te l'avait dit, tu avais coupé une branche de genévrier que tu avais jetée sur le cône de pierres en récitant une incantation. Puis tu avais tracé les lignes de pollen sur ton corps et attendu en priant jusqu'à la fin de ce troisième jour.

Toujours là, au centre de ton espace pierreux, plongé dans l'odeur de résineux des genévriers, tu as enfin vu le soleil se faire grignoter par l'ombre. Depuis trois jours, tu n'avais rien bu ni mangé, mais la faim ne torturait pas ton estomac. Depuis l'enfance tu avais été entraîné à peu manger pendant de longues périodes. En revanche tu avais très soif et comme tes oreilles ne pouvaient s'empêcher de capter le chant du ruisseau pourtant très loin derrière toi, tu les as bourrées d'herbe sèche et tu t'es enroulé dans ta couverture pour essayer de dormir, renonçant pour cette quatrième nuit à fixer l'obscurité, à l'affût du coyote.

Quelques heures plus tard, pourtant, tu as fait une sorte de rêve. Tellement réel que tu n'as jamais su si effectivement tu dormais, ou si tu étais éveillé. Mais tu as de nouveau vu le coyote. Tu l'as fixé calmement, en te demandant si, cette fois encore, tu entendrais sa voix. Et soudain elle a brisé le silence pour t'annoncer que ton corps désormais ne craindrait ni les balles ni les flèches. Jamais tu ne serais tué par elles. L'esprit du coyote te donnait ainsi le « pouvoir » de la guerre. Ainsi, tu verrais l'ennemi si tu voulais le voir, tu serais invisible si tu ne voulais pas qu'il te voie, tu pourrais l'obliger à prendre un autre chemin, tu pourrais le localiser, localiser ses chevaux, son bétail, tu saurais également protéger ta tribu des esprits des morts et serais capable de prolonger la nuit pour te cacher d'un ennemi...

Le coyote t'a ensuite appris la prière pour l'appeler. En ajoutant qu'il te donnerait, en temps voulu, toutes celles dont tu aurais besoin pour accomplir ton devoir de chamane. Mais aussi comment les chanter, quels rituels utiliser, à quel moment, avec quels objets sacrés et les restrictions à imposer à ceux qui demanderaient ton aide. Il te suffirait pour cela de l'invoquer en chantant cette prière et en fumant de la sauge. Il reconnaîtrait ta prière puisque c'est lui qui te l'avait donnée. Il t'a aussi mis en garde. C'est lui, à travers toi, qui avait le « pouvoir ». Pas toi. Tout ce qu'il allait t'apprendre ne servirait à rien, s'il n'était pas d'accord. Et ce n'étaient pas les détails du rituel, des prières et des chansons, qui feraient leur efficacité, mais le fait que dans leur différence, lui, le coyote, se reconnaîtrait et viendrait respecter sa promesse de t'aider à accomplir ton rôle de chamane. Tu ne devrais donc les enseigner à personne sans son accord. La force de ta *medicine* allait uniquement dépendre de tes bonnes relations avec lui. Si tu le trahissais en faisant une erreur, ou en ne respectant pas ces règles, il pourrait te rendre malade ou te tuer.

Il a terminé en te faisant cette dernière recommandation. Tu devrais veiller à ce que personne ne se gratte pendant tes cérémonies...

Au lever du soleil, tu as quitté la montagne pour retourner au camp. Sans vraiment savoir si ton « pouvoir » se manifesterait de nouveau. Ou si tu n'avais pas tout simplement rêvé cette histoire. Mais quelques lunes après, un jeune garçon s'est fait mordre par un coyote. La blessure était vilaine et, comme tout le monde au camp avait eu vent de ton aventure, ses parents sont venus te consulter. Quand un chamane recevait son pouvoir d'un coyote, il était censé savoir comment soigner une blessure ou une maladie contractée à cause de cet animal. De la même façon, un chamane serpent savait soigner les morsures de serpent ; une personne attaquée par un ours allait consulter un chamane dont le pouvoir avait été transmis par un ours ; le chamane cerf connaissait le rituel pour apporter la réussite dans la chasse ; le chamane cheval savait comment guérir une personne tombée de cheval, retrouver un troupeau égaré ou le soigner ; celui dont le pouvoir venait de la lune ou du soleil pouvait voir les évènements futurs ; et enfin, certains chamanes pouvaient recevoir leur « pouvoir » de plusieurs de ces éléments et cumuler leurs effets. Ils étaient les plus puissants.

Le jour où les parents du jeune homme sont venus te demander de l'aide, un instant tu t'es demandé si le coyote tiendrait vraiment sa promesse. Mais, face à l'attente du jeune homme, tu as réalisé, Grand-père, que tu n'avais pas vraiment le choix. Alors tu es allé t'isoler pour réciter la prière que la voix t'avait enseignée. À peine l'avais-tu terminée que le coyote t'est effectivement apparu pour te dire, Je suis là, fais ton travail. Après l'avoir remercié, tu es allé dire aux parents que tu ferais le rituel, ils pouvaient te faire leur demande de la façon traditionnelle.

Sur ton pied droit ils ont placé du tabac roulé dans une feuille de chêne. Tu l'as pris et tu l'as fumé pour leur montrer ton intention d'accepter de faire la cérémonie. Elle durerait quatre jours, de la tombée du jour au milieu de la nuit.

Le lendemain tu as constitué un abri de feuillages. Au centre, tu as creusé un trou dans lequel tu as préparé un feu et, à la tombée de la nuit, le jeune homme, soutenu par ses parents, est arrivé. Il ne pouvait marcher seul, sa blessure au mollet droit le faisait beaucoup souffrir. Comme tu le lui avais demandé, le père avait apporté les offrandes pour s'assurer la coopération du « pouvoir ». C'est lui qui allait soigner le jeune homme à travers toi, il fallait donc le remercier. Le père t'a donné un couteau à manche noir, un petit sac de tabac, un pagne neuf et une turquoise brute percée d'un trou dans lequel il avait placé une plume d'aigle.

Tu as pris les offrandes et tu t'es placé à l'ouest du feu, face à l'est avec le jeune homme. Les personnes présentes se sont assises en rond au fond de l'abri, de façon à ne pas obstruer l'est. Tu leur as précisé de ne surtout pas se gratter pendant tout le temps de la cérémonie, puis tu as demandé au jeune homme de dessiner une croix de pollen sur ton pied droit, d'en disperser sur tes épaules, de dessiner une autre croix sur ton pied gauche et enfin de s'allonger devant toi.

Dans un plateau, tu avais placé une plume d'aigle, un abalone percé d'un trou, un sac de pollen, symbole de la vie et du renouvellement et une griffe de coyote. Tu as lié tous ces éléments à l'aide d'une nervure de yucca. Puis tu as roulé un mélange de feuilles de sauge, de genévrier, de chêne et de *Diotis Lanata,* dans une feuille de chêne que tu as allumée avec un tison. Après en avoir aspiré une bouffée, tu as soufflé dans les quatre directions en priant pour que la cérémonie se passe bien. Tu as ensuite récité l'incantation pour appeler ton « pouvoir » et marqué le garçon avec du pollen sur le bas du cou et sur les épaules. Il y avait un grand silence dans l'abri de feuillages. Tous les yeux étaient fixés sur toi, attentifs au moindre de tes mouvements. C'était le moment de demander au coyote si le jeune homme allait guérir. Le moment où il devait tenir sa promesse de venir t'aider…

Mais cette fois, Grand-père, tu n'as pas douté qu'il le ferait. Tu as pris ton tambour, dont le fond en argile avait été façonné par une de tes sœurs. Elle y avait mis un peu d'eau et quatre morceaux de charbon puis avait percé la peau de quatre petits trous pour en améliorer le son. Tu l'avais toi-même fixée sur la coque d'argile après l'avoir mouillée et étirée. À l'aide d'une baguette en bois, taillée et incurvée à l'une de ses extrémités, tu as commencé à frapper le tambour, en chantant dans les quatre directions une prière divisée en quatre chants semblables, excepté pour les différentes associations de couleur et de direction. Noir pour l'Est, bleu pour le Sud, jaune pour l'Ouest, et blanc pour le Nord. À la fin de chaque chant, tu as poussé le cri du coyote, comme il t'avait dit de le faire.

Il t'est apparu au quatrième chant pour t'annoncer que le jeune garçon allait guérir. Tu devais pour cela continuer de chanter les prières pendant quatre nuits, mais aussi aspirer le mal autour de la plaie avec tes lèvres, le cracher dans le feu en émettant des sifflements dans les quatre

141

directions et enfin appliquer des cendres de genévrier sur cette blessure. Pendant les quatre jours suivants, tu devrais aussi faire boire au jeune homme une décoction de thé mormon.

Après avoir chanté une prière au coyote pour le remercier de son aide, il a disparu. C'était le signe pour toi d'arrêter le rituel. Les étoiles du soir étaient entre l'horizon et le zénith, la cérémonie était terminée.

Tu l'as recommencée les trois nuits suivantes et, à la fin de la quatrième nuit, comme le coyote te l'avait dit, tu as donné au garçon une amulette pour l'aider à guérir et éviter une rechute. Il s'agissait d'un petit sac en peau contenant des perles de turquoise avec du pollen et de la sauge. Le jeune homme devrait le porter jusqu'à ce qu'il guérisse complètement. Tu lui as aussi indiqué les restrictions à respecter pour faciliter sa guérison. Ne pas manger de foie, d'entrailles et de cœur ou de fruits tombés par terre, pendant quatre jours, et diriger la porte de son wickiup vers l'est.

La nuit suivant la fin de la cérémonie, le garçon a rêvé qu'il tombait malade. C'était bon signe. Chez les Chiricahuas, ce rêve était interprété comme une annonce de guérison.

Quand le garçon, à peine une lune plus tard, a effectivement recommencé à parcourir sans boiter les flancs des monts Mogollon, tu as su que le « pouvoir » t'avait choisi. Tu étais un chamane, Grand-père, et dorénavant, dans le moindre bruissement de la nature, dans les plus petites boules de nuages posées dans le ciel juste au-dessus de ta tête, tu apprendrais à voir un message de ton pouvoir. Une direction à suivre…

5.

Dans le ciel bleu, à perte de vue quelques jolis nuages en forme de boules de coton font de petites taches d'ombre sur l'immense étendue de désert que nous traversons maintenant. Des arbustes, des pierres, des cactus. Ceux avec un plumeau blanc au bout. Même pas beau. Harlyn m'a dit que les Apaches devaient traverser ces contrées de terre craquelée pour aller faire leurs raids au Mexique. Des semaines de marche, à pied ou à cheval. Comment faisaient-ils sans eau ? J'attrape mon mug pour boire une gorgée de café. L'habitacle de la voiture résonne de craquements de chips. Il y a une heure, les filles avaient faim. Nous nous sommes arrêtés dans une station-service posée en plein désert, au croisement de quatre routes rectilignes. Deux panneaux, vieillis par le soleil et les vents brûlants, indiquaient Carrizozo et San Antonio. En entrant dans le magasin accolé aux pompes à essence, je n'ai pu m'empêcher de siffloter la musique de *Bagdad Café,* tellement cette ambiance me rappelait celle du film. Mais dès les premières notes, le regard surpris, puis franchement moqueur des filles m'a dissuadée de persévérer.

Harlyn leur a acheté quatre petits paquets de chips et deux Coca *Big Size.* J'ai mangé une pomme retrouvée dans mon sac à dos et acheté ce mug pour le remplir de café. Les stations-service sont toutes équipées de grandes fontaines auxquelles on peut se servir et les voitures sont pourvues d'emplacements réservés à ces mugs fermés par un capuchon à trou. J'ouvre le clapet pour libérer l'ouverture, je pose ma bouche. Aïe, le café est bouillant.

— Ça tient bien le chaud, ces tasses isothermes...

Harlyn sourit, le regard toujours fixé sur la route. Il ne l'a plus quittée des yeux depuis la station-service. De quoi a-t-il peur ? il n'y a aucune voiture, aucun virage et les cactus ne risquent pas de traverser brusquement...

— Il y a des animaux ici ?

— Des serpents, des rongeurs...

— Les Apaches les mangeaient ?

— Seulement les rongeurs. Dans notre tradition, le serpent, en plus de piquer, apporte la maladie. Le seul fait de toucher sa mue, ou de seulement s'asseoir à l'endroit où il a dormi, peut faire peler un homme, ouvrir des plaies à l'intérieur de ses lèvres, sur ses mains, sur sa peau, ou faire enfler son visage...

Le scroutch, scroutch de chips s'interrompt derrière ma tête. Faisant place à la douce voix d'Harly Bear :

— Le seul bon signe est de voir un serpent mort sur le dos. Ça veut dire qu'il va pleuvoir...

— Alors on ne doit pas en voir souvent ici, il ne pleut jamais, non ?

La tête puis la boucle d'oreille d'Harlyn font non.

— Mais c'est pas grave, les Apaches savent faire pleuvoir ! dit Harly Bear...

Je me tourne vers elle pour lui demander si elle sait, mais avec l'air de ne pas avoir le droit d'en parler, elle désigne Harlyn du menton. Je me tourne vers lui.

— Tu connais des rituels pour faire tomber la pluie, Harlyn ?

Sa tête dodeline un moment, puis sa bouche émet un « oui » franchement mou, suivi d'un « mais », suivi d'un silence. Je l'invite à développer...

– Oui, je les connais, mais les Apaches n'ont pas vraiment besoin de ces rituels, consent-il à m'expliquer, ils savent trouver de l'eau dans les déserts les plus arides...

Je regarde le soleil, les cactus, les caillasses, cherchant à découvrir la clé de ce mystère. Harlyn finit par sourire.

– Je vais te montrer...

Il met son clignotant à droite, regarde dans le rétroviseur et manœuvre pour garer la voiture sur le bas-côté de la route. Les filles poussent un cri de joie, visiblement contentes de la décision. Clic, les ceintures libérées s'enroulent dans leur boîte. Après avoir vérifié que mes santiags étaient bien autour de mes pieds, Harlyn me demande de mettre mon chapeau, ordonne aux filles de prendre leurs casquettes, placées dans leur sac à dos, puis descend de la voiture en nous invitant à le suivre.

Une fois rangées en file indienne derrière lui, nous commençons à zigzaguer parmi les pierres et les cactus, jusqu'à un arbuste couvert de minuscules feuilles vertes et de petites boules orange. Un sumac, me dit Harlyn. « Regarde-le bien. » Je m'approche. Les filles, chacune avec la même casquette rose sur la tête, sont déjà en train de cueillir des petites baies de la taille d'une myrtille. Harly Bear m'en tend une poignée. « Goûte, c'est très bon ! » Un peu méfiante, je les renifle. Pas d'odeur particulière. J'en mets une dans ma bouche. Goût acidulé, entre orange et prune. Délicieux. J'avale la poignée et me mets également à la cueillette. Harlyn, le sourire aux lèvres, me montre les sumacs alentour. Selon lui, il est impossible de ne pas trouver de quoi se désaltérer dans ce désert. Il ne comprend même pas, d'ailleurs, comment les clandestins mexicains peuvent mourir de soif en le traversant pour atteindre la frontière. Moi, je comprends très bien. Alors je lui fais une suggestion...

– Tu devrais leur donner des cours de survie.

– J'y ai déjà pensé, marmonne-t-il en se dirigeant vers un cactus rampant à grosses feuilles ovales recouvertes de longs piquants et surmontées de fleurs roses.

145

Il s'agenouille. Je vais le rejoindre. Les filles continuent de dépiauter le sumac. « Voilà le cactus *prickly pear* », me dit Harlyn. On doit légèrement passer la fleur dans une flamme avant de la manger. On utilise aussi le fruit qui va pousser après la fleur. Frais, séché, ou en jus quand il est bien mûr.

– C'est très bon pour la santé, et plein de vitamines. Même la feuille.

– Avec les piquants ?

– Mais non ! On les brûle, puis on coupe des carrés de chair qu'on fait frire dans de l'huile.

J'approche une main du cactus.

– Ne touche surtout pas les épines ! crie Harlyn

Ma main recule immédiatement. Leurs piqûres, me dit-il, donnent des infections mortelles. Du temps de Geronimo, les soldats de l'armée américaine, toujours à sa poursuite, ne le savaient pas et mouraient d'une simple griffure. En m'éloignant prudemment du cactus, je lui demande s'il connaît toutes les plantes autour de nous. Il se remet debout pour me montrer un petit arbre rabougri à deux mètres. Je me lève. Il me semble reconnaître un genévrier. Harlyn confirme.

– Mais tu connais cet arbre, toi ?

– Oui, en Mongolie, les chamanes font brûler ses feuilles. La fumée est censée purifier un lieu ou une blessure, comme je te l'ai dit, ou leur costume avant une cérémonie...

Il sourit.

– Un peu comme les Apaches alors, et il y en a beaucoup là-bas ?

– Oui. Ils réduisent ses feuilles en poudre, puis les mélangent à de l'eau pour confectionner de « l'eau pure ». Elle doit être bue juste en début de cérémonie, dans le but de purifier le corps de la personne venue voir le chamane. C'est la même chose chez vous ?

Dodelinement de tête. Ils en font plutôt des décoctions destinées à faire vomir une personne pour la « nettoyer » pendant une cérémonie. Mais Geronimo réduisait les feuilles en poudre et la jetait sur des braises pour purifier l'air d'une habitation en période d'épidémie. Il disait que ça tuait la maladie. Aujourd'hui les Apaches utilisent essentiellement le genévrier pour les problèmes d'acné, les maux d'estomac ou les maux de tête. Ils inhalent aussi la fumée pour les infections de la gorge et des bronches. Le principe actif renforce les poumons et donne de l'endurance. C'est également vrai pour les animaux et la raison pour laquelle les chevaux apaches, autrefois, étaient capables de semer n'importe quelle autre monture de l'armée américaine...

– Juste parce qu'ils respiraient de la fumée de genévrier ?

Sourire malicieux.

– La recette reste un secret, mais je peux te dire qu'on l'utilise encore pour les chevaux de course...

Après avoir ponctué par son « hun, hun », il cueille quelques baies de genévrier puis me les tend. J'en prends une, dure comme du bois. Les Apaches, m'explique Harlyn, faisaient sécher ses petites boules noires pour les manger quand il n'y avait rien d'autre. Les femmes en faisaient des bracelets aussi, qu'elles plaçaient autour du poignet de leurs jeunes enfants avant de les coucher. Pour percer les baies et pouvoir les assembler, elles les déposaient sur une fourmilière. En quelques minutes, les fourmis avaient creusé un trou au centre, la partie la plus tendre, juste assez grand pour passer un fil ou une nervure de yucca. Le nom de ces baies en apache signifie « Perles de fantômes ». Elles étaient censées protéger l'enfant des mauvais rêves en relation avec les morts. Il me regarde.

– Rêver d'un disparu était le pire des cauchemars pour un Apache. La nuit, si tu entendais des voix, si tu voyais des visages en train de rire autour de toi, si tu avais l'impression d'être touché, ou si tu avais peur dehors, avec l'impression d'être suivi, les anciens disaient que tu souffrais des « fantômes »...

147

– Il y avait un remède ?

– Oui, on organisait une cérémonie spéciale, destinée à t'en libérer. Geronimo avait aussi reçu le pouvoir de cette cérémonie. Il faisait tourner un morceau de bois sur un autre pour l'enflammer. La première étincelle produite était mise dans la bouche de la personne atteinte. Puis il priait et il chantait.

Je regarde la petite baie dans ma main, je pense une fois encore à ma transe, au nom de Geronimo. Un rêve, une vision ? Quand allais-je enfin oser en parler ? J'étais pourtant bien décidée à le faire tout à l'heure, mais la discussion avait changé de direction. Ma tête fait non. Je préfère commencer par demander à Harlyn s'il sait interpréter les rêves. Il opine. Il connaît ceux annonçant un mauvais présage.

– Comwéwédau ! s'exclame Nia, qui vient de nous rejoindre, la bouche encore pleine de baies de sumac.

Harlyn lui demande d'avaler avant de parler. Elle déglutit et reprend :

– Comme rêver d'eau ! Moi je suis malade chaque fois après…

Harlyn confirme. Rêver de feu n'est pas bon non plus, ni rêver de perdre une dent. En revanche, rêver de vert, de fruits, ou qu'on tombe malade est bon signe. Rêver de sa propre mort est même un signe de longue vie. En revanche, rêver de la mort d'un proche comme un père, une mère, un frère, n'annonce pas leur mort mais celle d'une personne en dehors de la famille…

– Moi j'ai rêvé qu'un serpent me piquait, ça veut dire quoi ? demande Harly Bear, visiblement inquiète.

– Que tu ne seras jamais piquée par un serpent, la rassure Harlyn.

Toujours préoccupée par ma vision, je me décide à lui demander, l'air de rien, s'il a déjà rêvé, ou eu une vision, de Geronimo. Sa tête fait non. Je fronce les sourcils. Comment se fait-il alors que j'aie pu en avoir une ? Tu n'as qu'à en parler à Harlyn, pauvre idiote ! Mais Harlyn reprend la

148

conversation. Geronimo faisait des rêves prémonitoires avant les batailles. L'armée des États-Unis avait tenté maintes fois de lancer des attaques surprises contre lui. Mais à chaque fois, comme s'il avait été prévenu, lui et ses hommes disparaissaient.

– Les soldats ne pouvaient pas comprendre que ses rêves étaient son principal informateur, ajoute Harlyn en riant.

Il se tourne de nouveau vers le genévrier. Touche son écorce. Elle ressemble à des écailles. « Ses feuilles, me dit-il, sont souvent mélangées à d'autres plantes comme l'osha. Tu connais ? » Ma tête fait non. Il ne me propose pas de m'en montrer, la plante ne pousse pas à moins de trois mille mètres d'altitude. Je lui demande comment on l'utilise et pour quel genre de problème. « On réduit sa racine en poudre, une racine très noire, me répond-il. Puis on la fume en faisant bien passer la fumée dans ses narines pour purifier les sinus. On mâche aussi cette racine pour prévenir les rhumes. » Harly Bear, qui n'a pas perdu une miette de ces explications, interrompt soudain Harlyn.

– On peut lui dire maintenant ?

Harlyn la regarde, me regarde, l'air de très bien savoir où sa petite-fille veut en venir. J'attends qu'il ait fini de tricoter sa réponse. Il ouvre enfin la bouche.

– Pour l'asthme, je peux te le dire maintenant, on utilise des feuilles de genévrier, mélangées à des feuilles d'osha. Il faut les couper en morceaux très très fins, les faire bouillir dans de l'eau pendant deux minutes et boire la décoction.

Il me regarde, l'air content de lui. Puis m'annonce que nous retournons à la voiture. La suite de la leçon se fera plus haut dans les montagnes. Je saute sur l'occasion.

– C'est là le but de notre voyage ?

Les filles se mettent à glousser. Harlyn fait non de la tête, il ne me le dira pas. Encore un peu de patience. Sur le chemin de la voiture, il passe devant un cactus à plumeau blanc. Je lui dis que j'en ai vu partout depuis El Paso. C'est un yucca, précise-t-il. Les Apaches en font bouillir les feuilles pendant une heure trente, comme du chou, avec des os de cerf ou de vache.

– Il y a des yuccas en Mongolie ?

– Non, pourquoi ?

– Parce que les Apaches ne sont rien sans le yucca ! Les fruits, les fleurs, les feuilles, ils utilisent tout, même les nervures pour lier les branchages qui recouvrent les tipis et les wickiups…

– Mais quel rapport avec la Mongolie ?

– Eh bien, il va falloir les y importer si tu m'emmènes là-bas !

Il éclate de rire. Les filles aussi. J'imagine les pauvres yuccas à moins quarante degrés, transformés en Miko géants. Les rires enfin éparpillés, la petite troupe remonte dans la voiture. Un four. Harlyn démarre en mettant la clim à fond, Nia ouvre sa fenêtre pour faire partir l'air brûlant. J'en fais autant, puis j'enlève mes santiags et mon chapeau en regardant le paysage. Les cactus, les arbres, les arbustes. Pour la première fois je peux leur donner un nom. Et dans mon coin, je suis émue. Oui. Ce désert, soudain, me paraît un peu moins hostile. Bruit d'emballage froissé à l'arrière. Harly Bear, absolument pas gênée par la chaleur, ouvre son second paquet de chips.

– Mais quand ils n'avaient plus rien à boire, que les fruits n'étaient pas mûrs et les cactus desséchés, les Apaches faisaient comment pour survivre ?

– Ils creusaient la terre à la base de certaines plantes dont les racines retiennent l'eau…

– Et s'il n'y avait pas d'eau non plus à la racine de ces plantes ?

Harlyn sourit.

– Tu veux que je te parle des rituels pour faire pleuvoir, c'est ça ?

J'opine au rythme des scroutch scroutch, qui ont repris de plus belle à l'arrière. Mais comme il ne répond toujours rien, je lui demande si ce rituel préconise de chanter faux.

150

Il lâche sa route des yeux pour me regarder. Sa boucle d'oreille en turquoise en fait autant.

– Chanter faux ? C'est une tradition mongole ?

– Plutôt une tradition française, mais qui n'a rien à voir avec le chamanisme !

Je lui explique comment en France dès qu'une personne chante faux, on lui dit « Arrête, tu vas faire pleuvoir ! » Il me propose en riant d'essayer immédiatement. Si cette technique s'avère efficace, il se fera un plaisir de l'enseigner aux Apaches. Je décide de relever le défi. Concentration. Je commence à chanter la seule chanson à mon répertoire. « Au clair de la luuuuu-neuuuu ». Mais Nia se met immédiatement à crier « Stop, stop ! » Elle préfère Robbie Williams. Harlyn éclate de rire. Lui ne l'aime pas trop. Il est fan de Beyonce. Je leur dis, un peu vexée, que leurs chansons sont impossibles à chanter en voiture. Harlyn en convient. Donc pour lui, la méthode apache pour faire pleuvoir reste la seule efficace. D'ailleurs, pour nous le prouver, il va nous la révéler. Le silence tombe soudain sur notre habitacle. Content de son effet, Harlyn se tait un instant, le temps de redonner à ses traits le sérieux nécessaire à cette révélation. Le rituel, commence-t-il, débute par une prière pour appeler *Femme Peinte en Blanc* et *Enfant de l'Eau*. Un sable du Mexique est ensuite utilisé pour appeler la pluie…

– Tout en invoquant l'éclair, on le souffle dans les quatre directions et on fait un son qui ressemble à un « hoooo, hoooo »…

Nia et Harly Bear reprennent en chœur, « Hooooo, hooooo ». Harlyn leur dit de se taire, on ne plaisante pas avec les rituels ! Elles se calment immédiatement. Il reprend :

– Ce rituel permet également de faire tomber de la neige. Mais pour faire réapparaître le soleil…

Harlyn pointe son regard dans le rétroviseur, adressant un sourire malicieux à ses petites-filles.

151

— Il faut dessiner avec un morceau de charbon un cercle sur ses fesses et ensuite les montrer au ciel !

Nous éclatons tous de rire. Mais Harlyn fronce soudain les sourcils en regardant la route. Je dirige mon regard dans la direction du sien pour essayer de découvrir l'objet de cette attention. Je ne vois que la ligne jaune discontinue peinte au milieu de la route jusqu'à l'horizon et... Oui, une masse sombre, tout au bout. Comme une immense ombre. Mais sans aucun nuage au-dessus. Une forêt ? Pas possible en plein désert. Je demande à Harlyn s'il y a un problème. Non, répond-il en défroissant les sourcils, on arrive juste dans la *Vallée du Feu*. Une immense étendue de lave noire, sortie du sol il y a environ cinq mille ans.

— Du sol ? Pas d'un volcan ?

— Non, la lave est sortie d'une faille de laquelle elle s'est écoulée sur environ trois cents kilomètres carrés.

Je regarde la masse sombre s'approcher.

— Ça a l'air immense...

— Une langue de soixante kilomètres de long sur trois à huit kilomètres de large...

— Et c'est profond ?

— Quinze mètres en moyenne...

Nous regardons en silence. Les Apaches connaissaient bien cet endroit, continue Harlyn. Pendant les guerres contre l'armée américaine, ils venaient se réfugier ici et il était alors impossible de les trouver. Ils disaient aussi que la lave était le sang coagulé de *Géant*, le monstre de notre mythologie, tu te souviens ?

— Celui qu'*Enfant de l'Eau* a tué ?

Il acquiesce, l'air satisfait que ses leçons de traditions apaches soient bien restées dans ma mémoire.

— Nos anciens, reprend-il, venaient également chercher de l'argile juste au bord de cette lave, pour en faire des poteries. La lave était parfois taillée et utilisée comme pierre à aiguiser, ou à moudre.

Harlyn éclaircit sa voix. Comme chaque fois, on dirait qu'il va dire un truc important.

152

– Geronimo a fait une prophétie à propos de la lave. Il a vu une grande guerre se passer dans le futur entre les *White Sands* un peu plus à l'est et la région des laves. C'est peut-être ce qui va arriver avec la guerre en Irak. Elle pourrait se poursuivre ici.

– La guerre ? Ici ?

– Qui sait. En tout cas, je vais te dire un petit secret...

Mes oreilles se redressent.

– Les Apaches commencent à se préparer à cette éventualité...

– À cause de la prophétie de Geronimo ?

Il opine.

– Je donne même des cours de survie et de combat apache à tous les Indiens qui veulent se préparer à une guerre...

Il me lance un coup d'œil en prononçant un « hun, hun » rauque, comme voilé par l'émotion. Je ne lui ai jamais vu un air aussi grave.

– Nos techniques de traque et de camouflage sont très efficaces. Aujourd'hui elles sont même enseignées à l'école militaire de West Point, et je peux te le dire, elles m'ont vraiment sauvé la peau au Vietnam !

Je le regarde, l'air surpris. Au Vietnam ? Il opine. Hun, hun. Puis raconte. Après le Kansas Junior College, où il a terminé ses études, il s'est engagé dans l'armée. Six mois de formation plus tard, on l'a envoyé au nord du Vietnam, dans un camp militaire. Son unité devait protéger ce camp des Viêt-Congs et des snipers, s'occuper du ravitaillement, surveiller un pipe-line installé par l'armée et enlever les corps après les combats. Un jour leur nourriture a été empoisonnée. Il a passé un mois en soins intensifs dans un hôpital, avec une infection dans l'estomac. Il a aussi été contaminé par l'Agent Orange, un poison épandu sur les terres par les Viêt-Congs pour empoisonner les soldats américains. Et après deux ans de service, il a dû rentrer. Il a eu beaucoup de mal à se réhabituer à la vie civile. Il souffrait de dépression, il faisait des cauchemars, ne pouvait plus dormir et il avait tout le temps peur qu'on lui tire dessus. Les autorités ont fini par identifier ces symptômes, dont souffraient la plupart des vétérans du Vietnam, sous le nom de *Post Vietnam Syndrome*. Il avait vingt-deux ans et il lui a fallu environ dix ans pour s'en sortir…

– Seulement dix ans ! ajoute-t-il en éclatant de rire.

Lui avait la *medicine* apache, les plantes et la volonté. Il s'en est donc mieux sorti que les Blancs. Il éclaircit sa voix.

– J'ai toujours droit à des médicaments gratuits pour ralentir les effets de la contamination à l'Agent Orange, comme le diabète, la cataracte, mais je ne les utilise pas. Je préfère là aussi mes plantes apaches. Et je m'en porte bien, je ne suis même pas atteint par les premiers symptômes alors que les Blancs, malgré leurs médicaments, le sont depuis longtemps…

Son visage exprime maintenant une espèce de fierté enfantine. Je ne vois pas ses yeux à cause des lunettes de soleil, mais je comprends soudain la raison de cette pointe de douceur et de lassitude dans son regard. Les horreurs du Vietnam en sont sans doute la cause. Du menton, Harlyn m'indique brusquement de regarder le paysage. Je tourne la tête. De part et d'autre de la route, tout est recouvert d'une épaisse mousse de lave noire.

– Nous entrons dans la Vallée du Feu ! crie Nia.

La lave forme des creux, des bosses, des vallons, à perte de vue. Une mer figée pour l'éternité, dans laquelle la route grise avec sa bande jaune me semble soudain être une ouverture miraculeuse, provoquée le temps de notre passage par je ne sais quel dieu apache. C'est beau et terrifiant. Aussi fort que la vie en train de défier la mort. Je sens des larmes grimper dans mes yeux. Plus personne ne parle dans la voiture. Comme si tous ensemble, en communion, nous écoutions le son de ce moment magique, juste avant l'instant où cette mer derrière nous allait se refermer. J'ai soudain envie de me retirer là. Dans un tipi à l'ombre de ces yuccas, tendus comme de longs totems vers le ciel. « Ces cactus sont des sotols », me dit Harlyn, comme en réponse à ma pensée. Ils ressemblent à des yuccas, mais ils sont plus fins, avec des plumeaux de fleurs jaunes...

– Les feuilles de sotol étaient utilisées comme cuillères par les Apaches. C'est la raison pour laquelle on les appelle *desert spoon,* cuillère du désert. Mais aujourd'hui il est interdit de les cueillir.

Je regarde la couverture de lave percée par la nécessité de vivre de ces centaines de cactus. Derniers héros du vivant. La nature semble s'être tellement battue ici, pour attraper cette vie. L'humain se bat tellement pour la détruire. Je repense à la prophétie de Geronimo. À l'éventualité d'une guerre.

– Tu en penses quoi, toi, de la guerre en Irak ?

Après un moment de silence, sa voix s'élève. Un peu en retrait, sans modulation, comme s'il se parlait à lui-même. Cette guerre est une énorme erreur, commence-t-il. Bush et son administration ont utilisé le scénario selon lequel l'Irak cachait des armes de destruction massive. Mais c'était faux. Une enquête gouvernementale a été faite sur ce point et a prouvé que Bush avait menti. Son unique motivation dans le déclenchement de cette guerre était d'arriver à prendre le contrôle des gisements de pétrole irakiens. Mais là encore Bush a pris la mauvaise décision. Il n'aurait jamais dû envahir l'Irak. Beaucoup de jeunes soldats ont été tués ou mutilés, et c'est un enfer pour beaucoup de familles. Sa voix monte d'un ton :

– Mais si tu regardes l'histoire des Apaches, ils vivaient en paix, eux aussi, il y a cent cinquante ans, puis les Blancs ont envahi leur territoire, ont tué les membres des tribus rebelles, ont envoyé les survivants dans des camps. Et tout ça uniquement pour prendre leurs terres, exploiter les mines d'or, d'argent, de fer, de cuivre, les gisements de pétrole, dont le pays aujourd'hui tire chaque année un peu plus de deux milliards de dollars...

Il déglutit avant de reprendre, la voix en retrait de nouveau :

155

– Il y a vraiment une similitude avec ce que Bush veut faire en Irak, non ? Il n'est intéressé que par les ressources naturelles et veut tout leur prendre, c'est clair. Mais ils ne vont pas se laisser faire, c'est clair aussi...

Harlyn met soudain son clignotant et gare la voiture sur le bas-côté. « Je veux te faire toucher la lave », me dit-il. Nous descendons. Deux mètres plus loin nos pieds se posent sur la croûte noire. J'ai un peu l'impression de faire mon premier pas sur la Lune. D'ailleurs, ce pas ne fait aucun son. La lave l'engloutit comme une plante carnivore. Étrange. Le seul bruit perceptible autour de nous est celui des insectes, un petit bourdonnement aigu occupant, au plus, dix pour cent d'un silence terriblement lourd, profond, dense et chaud dans les oreilles. Harlyn fait quelques pas encore, s'accroupit, scrute le sol, ramasse un morceau de lave, un second, puis me les tend. Mes mains découvrent leur texture râpeuse, pleine d'aspérités coupantes. L'un des morceaux est plus lourd que l'autre.

– La lave en fusion s'est écoulée d'abord à grande vitesse, puis de plus en plus lentement. Ça a donné ces deux types de laves, celle qui a coulé lentement est la plus lourde. On l'appelle *ha-ha* en apache. L'autre, tu le vois quand tu la soupèses, est légère, pleine de bulles d'air solidifiées...

– Elle s'appelle *pa-hoy-hoy* ! lance Harly Bear. Elle forme de grands blocs pleins de trous dans lesquels les chauves-souris adorent s'abriter. Il y en a beaucoup ici...

Harlyn confirme. La plus rare étant la chauve-souris à grandes oreilles, dont la particularité est de se percher seule, pas en grappe comme le font toutes les autres espèces. Il parle aussi d'un petit lézard appelé *lézard à collier*, parce qu'il a autour du cou un dessin comme un col blanc et noir.

– Ils sont rigolos, précise Nia, ils se parlent entre eux en faisant danser leur tête de haut en bas et quand ils voient un intrus...

156

Elle se dresse sur la pointe des pieds en mimant le mouvement.

– Ils poussent sur leurs pattes pour paraître plus grands !

Nous rions de son imitation. Mais sans se démonter, elle pointe vers moi un index de spécialiste de la faune locale...

– Mais si tu en vois un, n'approche pas tes doigts, il peut mordre très fort !

Je la remercie mille fois pour cette mise en garde sans laquelle j'aurais pu perdre ce bout de mon anatomie. Elle prend alors son air froncé.

– C'est quoi anatomie ?

Harlyn éclate de rire. Je fais un effort pour ne pas en faire autant et tenter une explication, mais Harly Bear, prenant toujours très au sérieux son rôle de grande cousine, me devance. Sa définition est parfaite. Harlyn la félicite, puis plonge une main dans la poche avant de son jean avec un air mystérieux.

– On va faire une expérience, vous êtes d'accord ?

Oui collectif. Il tend alors son poing vers nous. L'ouvre. Nos têtes s'approchent pour mieux voir. Sa main contient des sortes de petites graines noires. Il nous dit que Geronimo en avait toujours dans une poche. Avec quelques fleurs de la plante née de cette graine. Elle s'appelle, en apache, *ik-hii-hini*. Elle est couverte de feuilles vertes, mesure un pied, un pied et demi de hauteur, et sa fleur a une forme circulaire avec six pétales blancs. Les Apaches l'utilisent aujourd'hui encore pour soulager les cancers, mais aussi pour les infections, l'arthrose, les rhumatismes, les hernies. Elle pousse normalement dans les zones désertiques le long des ruisseaux ou des sources, là où il fait très chaud pendant les mois d'été. Elle a besoin de beaucoup de soleil. La fleur crue n'a pas de saveur, mais une fois bouillie son goût est doux, pas amer du tout. Geronimo lui attribuait déjà de grands pouvoirs et elle était à ses yeux un remède indispensable. Mais comme il n'en poussait pas partout où vivaient les Apaches, il avait décidé d'essayer de la transplanter dans toutes leurs zones de migration, au cas où ils en auraient eu besoin. Il referme son poing.

– Moi je sais où elles sont, mais ces endroits restent secrets. Tout ce que je peux dire est que mon arrière-grand-père avait certainement quelques graines de *ik-hii-hini* dans sa poche, le jour où il s'est rendu. Persuadé alors, comme on le lui avait promis, qu'il pourrait un jour retourner sur sa terre et continuer de les planter…

Il reprend sa respiration.

– Alors aujourd'hui, pour lui, pour perpétuer son geste, nous allons en semer…

Les filles sautent de joie. Je reste sans voix. Émue. Harlyn doit le sentir parce que, sans me donner le temps de fondre en larmes, il nous invite à le suivre. À la queue leu leu, nous l'accompagnons derrière un dôme de lave à l'ombre duquel nous découvrons un petit espace de terre recouvert d'herbes sèches. Il creuse un petit trou. Y dépose quatre graines, les recouvre de terre, puis sort de sa poche un petit sac en peau duquel il retire, entre son index et son pouce, une pincée de pollen avec lequel il trace une croix juste sur l'emplacement des graines. La tête baissée vers le sol, les mains bien à plat sur son ventre, il récite ensuite une prière dans un langage que je ne connais pas. Haché, binaire. De l'apache certainement. Sans s'accrocher au sens de ces mots, mon oreille se met à suivre leurs volutes. Loin très loin, elles s'élèvent dans l'espace et un instant, dans cette voix, j'ai l'impression d'entendre celle de Geronimo…

'Ádą́, dák'aaná.
nDé bik'a' k'aast'ą́.
'Áí k'aaí bilátahee tséí hiisk'aashgo k'ádaas'ą́.

Daagok'a' dá'áíbee, naagojinłdzoo.
Dá'áíbee, bįį, náa'tsíli, dáhaadí daajiyą́í, beenaadaajiłtsee.

Tsébeeshdiłtł'įdéí 'iłdǫ́ 'ijoondeená'a.
Tséghe'si'ą́í 'iłdǫ́ 'ijoondeená'a.
'Íłą́ą́hdéí dáditsįí dásíntł'izí 'indaa beedaajóóshiizhná'a.

K'adi díídíí dá'ákohégo nDé bik'a'ná'a.
'Indaanałį́í goostáńdiłtałí hah'áálgo díík'ehnyá
nDédáłeendasijaaí beenaał'a'áłádą́.

En ce temps-là, il n'y avait que des flèches.
Les flèches des Indiens étaient équipées de plumes.
Ces flèches avaient des pierres taillées placées à une extrémité.

Juste avec leurs flèches, les Indiens allaient au combat.
Avec elles seulement, ils tuaient les cerfs, le bétail, et tout ce qu'ils man-
geaient.

Le lance-pierres était aussi une aide, ils disent.
La hache de pierre était aussi une aide, ils disent.
Ils combattaient l'Homme blanc avec des lances faites de bois très dur,
ils disent.

159

C'était les seules armes des Indiens, ils disent.
Vous, les Hommes blancs, pouviez, en ce temps-là, faire des esclaves de
tout un camp d'Indiens, partout, grâce aux six-coups que vous portiez.

L'un des derniers portraits
de Geronimo (1905) à Fort Sill.

La première photographie de Geronimo
prise en 1884, par F. Randall.

Geronimo, son épouse et leurs enfants à Fort Sill, Oklahoma (1898).

Groupe de jeunes Apaches Chiricahùas arrivant de Fort Marion (Floride) à l'école de Carlisle (Pennsylvanie), le 4 novembre 1886. Les mêmes, un an après.

© John N. Choati / Museum of New Mexico

© A. J. McDonald / Corbis

Une extraordinaire photographie de la dernière bande de Chiricahuas « hostiles », prise devant le train qui va les conduire dans l'Est, comme prisonniers de guerre. Premier rang, à gauche : Naïche, au centre Geronimo. Second rang, troisième à partir de la droite : Lozen, la femme-guerrière (seule photographie connue).

© Arizona Historical Society

© AKG Images

En route pour l'exil en Floride, Geronimo médite sur son destin lors d'une très longue et très inquiétante halte à San Antonio (Texas).

Installé à Fort Sill (Oklahoma), Geronimo revêtait des tenues fantaisie pour plaire aux touristes qui payaient pour avoir son autographe.

Harlyn Geronimo en compagnie de sa femme, Karen, et de leur fille, Kate, sur la réserve mescalero en 1991.

© D. R.

Geronimo (à cheval) au canõn de los Embudos, mars 1886.

© Corbis

© D. R.

Tournage de *Into the West*, produit par Steven Spielberg, à Santa Fe. Harlyn Geronimo entouré par les acteurs Wes Studi et Irene Bedard.

© Clyde Mueller / The New Mexican

Harlyn Geronimo devant des sculptures de *Gans*, les Esprits de la Montagne, qui apparaissent sous les traits de danseurs masqués au cours des cérémonies apaches.

Harlyn Geronimo en train de réciter une prière apache devant le mémorial qu'il a fait ériger sur le lieu de naissance de son arrière-grand-père près de la Gila River.

Harlyn Geronimo, sa femme Karen, et leurs petites-filles, Harly Bear et Nia.

Harlyn Geronimo et ses petites-filles, Nia et Harly Bear (tenant la photo de Iteeda, l'épouse de Geronimo).

Geronimo (à droite) au moment de sa reddition en mars 1886. Il est accompagné de son fils, Chappo (à gauche) et d'un guerrier, Fun.

Harlyn Geronimo dans le rôle de son aïeul, lors du tournage d'un documentaire.

Iteeda (aussi appelée Kate), épouse de Geronimo et arrière-grand-mère d'Harlyn Geronimo.

Dans une herboristerie à Ruidoso, sur la réserve mescalero, Harlyn Geronimo explique à Corine Sombrun la façon dont les Apaches utilisent les plantes médicinales.

Sur les terres arides du Nouveau-Mexique, Harlyn Geronimo montre à Corine Sombrun comment les Indiens pouvaient survivre grâce à leur connaissance de la flore. Ici, en train de cueillir les baies d'un arbuste appelé sumac.

À Ruidoso, dans une galerie d'art indien.

Un tipi et un wickiup, utilisés lors des cérémonies de la puberté sur la réserve mescalero.

En Mongolie, Enkhetuya la chamane, avec deux membres de sa famille et Corine Sombrun devant le tipi Tsaatan traditionnel, leur servant encore aujourd'hui d'habitation.

Le sentier de la guerre...

Sur les aspérités de lave noire, tes mocassins se déchiraient, Grand-père. Mais on t'avait appris à enrouler tes pieds dans des feuilles de sotol ou de yucca, pour les protéger des coupures. Vous marchiez depuis le matin sur ce sol accidenté, vos chevaux tenus à côté de vous, impossibles à monter. Votre tribu se rendait dans l'État de Chihuahua, au nord du Mexique actuel. C'était ta première expédition dans cet État. En 1846, une guerre avait éclaté entre le Mexique et les États-Unis. Deux ans plus tard, en février 1848, le traité de Guadalupe Hidalgo avait été signé, accordant aux États-Unis, contre la somme de quinze millions de dollars américains, une partie des États du Texas, du Colorado, du Nouveau-Mexique, de l'Arizona, du Wyoming et la totalité de la Californie, du Nevada et de l'Utah. Ce traité stipulait que les Américains auraient dorénavant la responsabilité d'empêcher les Indiens vivant sur ses nouveaux territoires de faire des raids au Mexique.

Les membres de ta tribu, Grand-père, n'avaient pas été très heureux de cette décision. Les Mexicains avaient toujours été vos ennemis et organiser des raids pour aller leur voler du bétail, des chevaux et des vivres, faisait partie intégrante de votre mode de vie. Sans compter que vous y gardiez malgré tout une attitude pacifique, puisque vous

161

partiez en petit nombre et faisiez toujours en sorte d'éviter les affrontements, votre but restant avant tout de les voler, pas de les tuer.

Depuis la fin de ta formation de guerrier tu avais participé à un grand nombre de ces raids contre des tribus hostiles ou des Mexicains. Au début, comme à tous les novices, on t'avait demandé de préparer les repas, de t'occuper du feu, des chevaux, de l'approvisionnement en eau, d'entretenir les armes, de surveiller le camp. On t'avait aussi appris le langage secret des guerriers, que vous aviez l'obligation d'utiliser pour parler entre novices. Tous les mots liés à la guerre avaient ainsi une signification sacrée. La fonction de novice l'était aussi. Vous étiez censés représenter *Enfant de l'Eau* et deviez vous comporter avec la même rigueur que ce héros, ancêtre des Apaches. Tu avais rempli cette fonction avec toute l'efficacité nécessaire et, après quatre raids, selon notre tradition, tu avais enfin été accepté parmi les guerriers.

Les Mexicains évidemment ne voyaient en rien une attitude pacifique dans vos raids. Ils organisaient des expéditions punitives pour récupérer leurs biens. Mais c'était une sorte de routine établie entre vous, et c'est d'ailleurs lors d'une de ces expéditions que tu avais vu ton premier cadavre. Tu n'avais jamais été confronté à la mort, avant cet évènement. Les jeunes Chiricahuas n'étaient pas autorisés à assister à une procession mortuaire. Tu n'avais donc même pas vu celle de ton père. On t'avait juste dit que son corps allait être emmené dans une caverne, proche de l'arbre où son cordon ombilical avait été déposé, puis serait recouvert de pierres. Le soir même, tu avais tué une sauterelle et tu l'avais recouverte de petits cailloux. Ta façon d'accompagner ton père, ou de comprendre la mort. Tu n'avais aucune idée alors de ce qu'elle représentait. Tu avais même demandé à ta mère ce que ton père allait devenir, mais à peine avais-tu prononcé son nom qu'elle t'avait donné une claque sur la bouche en t'interdisant de le prononcer de nouveau. Cela risquait de faire

162

revenir son fantôme. Dans cette crainte, elle avait aussi détruit tous tes vêtements et coupé tes cheveux, pour que l'esprit de ton père ne puisse pas te reconnaître et ne risque pas de venir te chercher pour t'emmener avec lui au pays des morts. Un pays en toute chose identique à celui des vivants, avec les mêmes paysages, les mêmes montagnes sacrées, mais dans lequel il n'y avait ni maladie, ni douleur, ni tristesse. Ton père s'y rendrait, t'avait juste dit ta mère, en passant par une ouverture dans le sol, un peu comme une fenêtre. Quelqu'un le conduirait à cet endroit, parce qu'il était camouflé par de grandes herbes pour que les vivants ne puissent le voir et y pénétrer. Quand la fenêtre était ouverte, elle ressemblait à un cône de sable, comme un tipi dont la distance entre le sommet et la base serait très grande. Mais si une personne la traversait, il lui était impossible de revenir en arrière. Elle séjournait pour l'éternité dans ce pays des morts où tous les humains, sans exception, devaient se rendre après leur décès. Les méchants comme les bons étaient ainsi mélangés et séjournaient de la même façon qu'ils l'avaient fait sur Terre. Ton père allait donc y manger, boire, dormir, aimer et faire les mêmes cérémonies. Comme si chaque chose de sa vie avait simplement été transférée dans cet autre monde. Il aurait également toujours l'âge qu'il avait au moment de sa mort.

La nuit venue, ta mère avait fait brûler de la sauge et disposé des cendres sur toi et autour de ta couche dans votre wickiup, pour décourager le fantôme de ton père de t'approcher. Elle t'avait aussi prévenu des ruses que son fantôme pourrait utiliser pour t'attirer au pays des morts. Dans tes rêves, tu verrais soudain ce pays avec ses merveilleux paysages, sa végétation luxuriante. Tu verrais l'esprit de ton père, il voudrait t'offrir des fruits de yucca, de belles pièces de gibier rôti. Mais tu devrais absolument refuser de les manger. C'était un piège. Si tu acceptais, tu mourrais dans l'instant et rejoindrais immédiatement l'autre monde.

Le lendemain, les membres de la tribu avaient tué les chevaux de ton père et brûlé toutes ses possessions. Ainsi il les retrouverait dans l'autre monde et ne serait pas démuni. Une tradition sans laquelle son fantôme reviendrait chaque nuit pour forcer ceux de sa tribu à les détruire…

Sur la lave noire, tu avançais donc, en repensant à ces moments de ton enfance, si proches et si lointains à la fois. Tu n'éprouvais pourtant plus aucune tristesse, mais tu l'avais remarqué, la marche était toujours propice à l'éclosion de ces souvenirs. Juste après avoir été admis parmi les guerriers, tu avais eu la joie d'épouser Alope, une belle Apache Nedni. Son père t'avait demandé beaucoup de chevaux en échange de sa fille. Mais à peine quelques jours après, tu les lui avais apportés. Il avait dû se douter que tu t'étais servi chez les Mexicains, mais il n'avait pas posé de questions. De toute façon ils étaient vos ennemis. Tu étais reparti dans ton camp avec Alope. Cela voulait dire que vous étiez mariés. Les femmes de la tribu avaient préparé du *tiswin*, la boisson traditionnelle à base de grains de maïs fermentés. Vous aviez bu, joué, mangé, dansé, tout un jour et la moitié d'une nuit autour d'un grand feu. En souriant tu as repensé à ce que ta mère t'avait dit pour te décourager, adolescent, d'avoir des relations sexuelles avec des filles. « Attention leur sexe a des dents. » Celui d'Alope n'en avait pas ! Elle t'avait donné trois beaux enfants. Votre wickiup, installé à côté de celui de ta mère, résonnait de leurs petites voix aiguës. Tu avais commencé à leur enseigner les traditions apaches, à leur fabriquer de petits arcs…

Sur le chemin de lave, tu t'es retourné pour regarder s'ils te suivaient bien. Alope était assez fragile, mais tes enfants déjà avaient d'excellentes jambes. Tu leur avais appris à chasser les papillons pour les muscler. Le matin même, tu leur avais demandé de te rapporter un trèfle à quatre feuilles. Un moyen de rendre cette marche un peu moins pénible. Tu savais très bien qu'ils ne pouvaient en trouver dans la zone où vous marchiez, mais ta ruse avait l'air de fonctionner, ils avaient les yeux rivés au sol et l'air de s'amuser. C'était la première fois qu'ils t'accompagnaient avec ta femme et ta mère dans un voyage aussi long. Mais l'État de Chihuahua, peu de temps auparavant, avait exprimé le souhait d'être en paix avec les Apaches et proposé de faire du commerce. Des périodes de calme et de guerre s'enchaînaient ainsi depuis des lustres. Cette fois, ta tribu avait accepté d'aller vendre des peaux et des fourrures, contre des vivres, des couvertures, des vêtements, des perles de verre. Alope aimait beaucoup ces perles, elle en avait même décoré votre wickiup et vos couvertures.

Tu avais profité de la traversée de cette zone désertique pour apprendre à tes enfants les techniques contre la soif. Mettre, par exemple, une pierre ou un morceau de bois sec dans leur bouche, pour les faire saliver. Ils avaient trouvé cela très drôle. Tu leur avais aussi appris à savoir reconnaître un cactus Barel et à couper sa tête. Ils avaient crié de joie en découvrant de l'eau à l'intérieur. Aussi fraîche que celle de la Gila. Ils avaient même poussé des soupirs de plaisir en dégustant sa pulpe. Puis tu leur avais montré comment se servir de la tige de carrizo, une sorte de bambou, que vous aviez toujours sur vous, et grâce à laquelle vous buviez l'eau de pluie retenue à la base des feuilles du mescal. Tu leur avais expliqué comment les cerfs et les chevaux, connaissant cette cachette, venaient la chercher avec leur longue langue. Ils avaient ri et mesuré la leur avec leurs doigts, bien trop courte. Tu leur avais même fait découvrir du miel, caché par les abeilles, au cœur d'un sotol. Leurs yeux s'étaient tellement agrandis en découvrant ce trésor, qu'ils étaient restés muets pendant au moins trois battements de cils.

Pour eux tu avais transformé ce voyage en un grand jeu. Tu aimais tant les voir découvrir la vie, tant leur transmettre les traditions que ton père et ta mère, déjà, t'avaient offertes. Au fond de ta poche, tes doigts ont senti les petites graines noires de *ik-hii-hini*. Bientôt tes enfants seraient assez grands pour comprendre leur valeur. Tu leur expliquerais ton désir de les transplanter pour permettre à votre peuple d'en trouver partout où ils en auraient besoin. Peut-être le feraient-ils avec toi ? Tu avais encore tant de trésors à leur faire découvrir. Cette seule pensée a suffi à faire gonfler ton cœur. La joie était là. Toute simple. Tu étais bien loin de te douter, Grand-père, que bientôt tu vivrais les pires moments de ta vie...

Deux semaines plus tard, vous avez établi votre camp au nord de la ville de Kas-Ki-yeh, dans l'État de Chihuahua. Vous vous y rendiez régulièrement pour échanger vos peaux, vos fourrures et vos chevaux, laissant au camp vos femmes et vos enfants, puisque le territoire était en paix. Ce jour-là, tu rentrais donc particulièrement satisfait de la ville, avec un beau sac de perles pour Alope et des vêtements colorés pour tes enfants. Ils allaient être contents. En arrivant aux abords du camp, pourtant, tu as eu un mauvais pressentiment. Il y régnait un silence particulier et le rêve que tu avais fait la nuit précédente t'est immédiatement revenu à l'esprit. Un bison te poursuivait. Un très mauvais présage, auquel tu avais préféré ne pas accorder trop d'importance, mais qu'il semblait devenir urgent de prendre au sérieux. Tu as prévenu les autres guerriers d'un danger imminent. Habitués à tes prédictions, ils t'ont fait confiance et ont décidé avec toi d'approcher en silence.

Cachés par les arbres au nord du camp, vous avez rampé jusqu'au sommet du talus qui entourait la clairière où vous l'aviez établi. Arrivés au sommet, vous n'avez pu réprimer un cri d'horreur devant ce que vous avez découvert. L'odeur de la mort et du sang planait sur les corps mutilés des membres de votre tribu. Sous vos yeux, les têtes privées de leur scalp étaient couvertes de mouches et de sang séché. Tu t'es précipité en titubant vers le tipi où, le matin même, tu avais laissé ta famille.

Quand tu as découvert les corps de ta femme, de ta mère et de tes trois enfants, cette fois tu n'as pu t'empêcher de vomir. Les yeux d'Alope, restés ouverts, exprimaient la terreur. Tu as dû les fermer d'un geste violent. Comme on claque la porte de l'enfer. Elle avait certainement vu les soldats tuer vos enfants un à un, puis prendre leur scalp. Ils tuaient toujours les mères en dernier. Une de leurs techniques pour réussir à les faire hurler. Sans quoi les femmes apaches mouraient en silence, dignement, pour mettre leurs bourreaux face à leur barbarie. Tu as senti un cri monter dans ta gorge. Mais aucun son n'a pu en sortir. Tu détestais vraiment ces soldats mexicains. Vous, les Chiricahuas, n'étiez sans doute pas des agneaux, mais vous ne scalpiez jamais les femmes et les enfants. Vous ne les violiez pas non plus, comme eux le faisaient et comme, à leur place, on vous accusait de le faire. Jamais un Apache n'aurait commis un tel acte. Dans votre tradition, cela portait malheur.

Tu ne sais combien de temps tu es resté agenouillé près d'eux, sans un mouvement, sans même une larme, ta main posée sur celle de ton plus jeune enfant. Les autres guerriers ont fini par venir te chercher. T'obligeant à lâcher le petit poing de ton fils dans lequel tu avais découvert un trèfle à quatre feuilles. Son ultime cadeau. Le premier mot que tu as prononcé a été « Qui ? » Qui avait fait cela ? Vous étiez sur un territoire en paix. Un des guerriers t'a répondu qu'il avait pu interroger une femme encore vivante. Des soldats mexicains de l'État de Sonora, alors en guerre contre les Apaches, étaient venus sur le territoire de Chihuahua jouxtant le leur, et avaient attaqué le camp. Après le massacre, ils étaient partis avec tous les chevaux, quelques prisonniers et les scalps de leurs victimes. Leur gouvernement avait promulgué une loi offrant cent pesos, environ cent dollars, pour le scalp d'un guerrier, cinquante pour celui d'une femme et vingt-cinq pour celui d'un enfant. De retour chez eux, ils auraient donc leurs récompenses et revendraient les prisonniers comme esclaves, à de riches Mexicains...

La haine au ventre, vous arrêtant à peine pour vous nourrir, vous avez marché jour et nuit pour retourner sur votre territoire de la Gila. Vous aviez tous perdu un membre de votre famille, mais tu étais le seul à les avoir tous perdus. Tous. En arrivant tu as brûlé le wickiup de ta mère, et le vôtre. Mais devant les flammes tu as juré de te venger. Chez les Chiricahuas, la mort se vengeait par la mort et rien ne t'arrêterait plus.

Le conseil de ta tribu et le chef des Apaches du Sud-Ouest, Mangas Coloradas, ont décidé de lancer une expédition punitive contre les Mexicains. Ils t'ont demandé d'aller convaincre les tribus amies de se joindre à vous. Les Apaches Chokonen et Nedni, menés par Cochise et Juh, ont immédiatement accepté.

Pendant toute la saison froide de *Face de Fantôme,* vous vous êtes préparés et, cinq jours avant le départ, vous avez exécuté une danse de guerre. Un grand feu a été allumé aux abords du camp. Les guerriers ont revêtu les vêtements qu'ils porteraient au combat. Leurs mocassins, un long et large pagne tombant jusqu'aux genoux, leur bandeau en peau de cerf autour de la tête et leurs armes. Arcs, flèches, lances, couteaux. Vous n'aviez pas encore de fusils. Un homme placé à l'ouest avec les chanteurs a commencé à jouer du tambour. Le chanteur principal était en général un chamane de guerre. Tu as donc été désigné. Ton rôle serait de demander à ton « pouvoir » de t'aider à localiser et à tuer le chef des ennemis. Quatre guerriers marchant de front sont venus de l'est pour se diriger vers le feu. Ils ont recommencé cette marche quatre fois. Puis deux d'entre eux sont partis du sud et deux du nord pour se diriger vers le feu, jusqu'à se faire face. Les autres guerriers les ont alors rejoints et ont commencé une danse. Les uns allaient vers les autres, changeaient de côté en tournant autour du feu, puis revenaient à leur place initiale. Quatre fois.

Les chants ont commencé. Dans le tien, tu as invité chaque guerrier, l'un après l'autre, à venir danser au centre de la piste pour mimer avec ses armes les gestes et la façon dont il allait tuer l'ennemi. Les femmes, en cercle autour de vous, ne participaient pas à cette danse, mais poussaient un long cri à l'unisson. Une imitation de celui qu'aurait poussé *Femme Peinte en Blanc* lorsque son fils, *Enfant de l'Eau*, était revenu après avoir tué *Géant*. À chaque nouveau chant, les danseurs laissaient leur place à d'autres, puis allaient fumer de la sauge, debout au bord de la piste, en disant des prières. Une sorte d'appel aux esprits pour les protéger pendant la bataille, mais aussi pour leur apporter la chance et la nourriture dont ils auraient besoin tout au long de leur expédition.

Quand tous ceux qui voulaient participer à la guerre ont eu terminé leur danse, ils se sont rassemblés en cercle autour du feu, quatre fois, en tirant des flèches avec leurs arcs. C'était la fin de la cérémonie. Elle a été reproduite pendant quatre nuits.

Le dernier jour, comme tous les autres guerriers, tu as affûté tes armes. Après avoir retaillé la pointe en bois de tes flèches, dont le corps avait été façonné dans un roseau des rives de la Gila, les meilleurs et les plus solides, tu as vérifié l'état des trois plumes censées les guider. Tu as ensuite trempé la pointe de chaque flèche, durcie au feu, dans une potion toxique à base de sang de rate de cerf mise à pourrir dans la terre pendant une dizaine de jours et d'un poison végétal fait de jus de feuilles d'orties, broyées avec d'autres ingrédients dont le nom devait rester secret. Puis tu as vérifié l'état de ton bouclier de cuir. Seul le chamane de guerre pouvait en posséder un. Le tien était orné de plumes d'aigles sur son pourtour et du dessin d'un coyote sur sa face externe. En tant que guérisseur, Grand-père, tu as dû aussi fournir des amulettes aux guerriers. Un sac de pollen et des fleurs de *ik-hii-hini*. Pour les soigner après les batailles tu as également placé, dans un sac en peau, de la sauge, du thé mormon, contre les infections et du *hia*. L'appliquer en cataplasme sur les blessures ouvertes permettrait d'accélérer leur cicatrisation. Tu as enfin chanté une prière pour demander à ton « pouvoir » s'il voulait bien te donner le résultat de la bataille.

Il t'a répondu favorablement. Alors tu es allé dire aux guerriers que vous pouviez partir, le succès serait au rendez-vous...

Au lever du jour, l'ensemble du camp s'est rassemblé pour assister à votre départ. Pendant votre absence, tous les membres de la tribu devraient bien se comporter pour ne pas risquer de vous porter malheur. Dès que le soleil a été assez haut pour éclairer les sous-bois, vous vous êtes mis en file de marche, avec deux guerriers à l'avant, deux à l'arrière, et des éclaireurs de chaque côté. Puis vous êtes partis, avec pour seul équipement de « confort » un tissu enroulé autour des reins, censé vous servir de couverture pour les nombreuses nuits où vous ne pourriez vous abriter dans un tipi. Vous n'aviez même pas de chevaux pour cette fois. Votre seul avantage face à la multitude des soldats mexicains étant votre rapidité à vous déplacer, ces montures vous auraient ralenti, bien trop encombrantes dans les ravines et les canyons que vous deviez emprunter,

Vous avez marché quatorze heures par jour pour atteindre le plus rapidement possible la frontière du Mexique. Chaque guerrier portait un carquois placé de façon à ce que les plumes soient dirigées vers le haut de l'épaule droite, un arc, une lance, un couteau, mais aussi sa réserve d'eau, dans une outre faite d'intestins d'animaux dont un bout était noué, et ses provisions. Essentiellement de la viande séchée et des feuilles de mescal. À la tombée de la nuit vous choisissiez un lieu pour camper, à proximité de l'eau s'il y en avait. Chaque guerrier cuisinait pour lui-même et mangeait sa propre nourriture, agrémentée le plus souvent du gibier que vous aviez pu chasser.

À la frontière, les guerriers de Cochise et de Juh vous ont rejoints à l'endroit convenu. Vous communiquiez par signaux de fumée. Tu coupais alors des feuilles de sotol que tu disposais sur un feu pour produire beaucoup de fumée. Si elle venait d'un sommet, cela voulait dire que des ennemis étaient dans les parages. Si elle venait d'une plaine, cela annonçait une maladie ou une épidémie. Il suffisait de disperser le feu rapidement pour arrêter la combustion.

Ensemble vous êtes arrivés dans l'État de Sonora, où vous avez cherché à localiser les troupes mexicaines qui avaient attaqué votre camp et tué vos familles. Elles étaient rassemblées dans la ville d'Arispe. Vous avez alors installé votre camp au nord de cette ville, près d'une rivière. Les Mexicains vous ont vite repérés, mais vous vous êtes préparés à les affronter. Avant la nuit, vous avez envoyé quatre éclaireurs dans les quatre directions pour les localiser. Ils ont pu constater que les soldats n'attaqueraient pas avant le lendemain. Vous avez donc placé des sentinelles autour de votre camp et vous avez dormi. La bataille serait difficile.

Au lever du soleil, vos hommes se sont rassemblés pour prier *Yusn*. Comme le « pouvoir » te l'avait indiqué, tu as préparé une pâte à base d'eau et de pigment blanc. Avec deux doigts, tu as tracé un trait sur le front, les côtés du visage et en travers du nez de chacun des guerriers. Une sorte de marque de reconnaissance destinée à éviter toute confusion pendant la bataille. Vos éclaireurs sont alors venus vous dire que les Mexicains étaient en route. Comme tu avais été le plus meurtri pendant leur attaque du camp, on t'avait confié la direction de la bataille. La veille, tu avais organisé une cérémonie pour demander à ton « pouvoir » de t'indiquer le chemin par lequel les Mexicains allaient arriver. Il t'avait suffi de tendre un bras à l'horizontale puis de tourner sur toi-même en récitant des prières, jusqu'à ce qu'il te dise d'arrêter. Ton bras t'avait ainsi montré la direction par laquelle ils arrive-raient. Tu y étais allé en éclaireur et tu avais remarqué, près de la rivière, une large dépression circulaire derrière laquelle tu pourrais cacher tes hommes. Un endroit idéal pour leur permettre d'attendre, sans être aperçus, l'arrivée de l'ennemi.

Le matin, les éclaireurs t'ont confirmé que les Mexicains arriveraient bien du côté indiqué par ton « pouvoir ». Tu y as emmené tes hommes. Tu les as placés en un demi-cercle assez large pour pouvoir passer derrière leur cavalerie et ainsi l'attaquer par surprise. Quand les soldats ont été à portée de vue, tu as fait une prière en te tournant dans les quatre directions. Les hommes armés de leur arc et d'une lance ont retourné leur carquois sur leur dos, de façon à ce que les plumes des flèches soient dirigées vers le coude gauche. Tu leur as bien précisé de n'utiliser leurs lances qu'au moment où les Mexicains rechargeraient leurs longs fusils à un coup, le seul moment où ils seraient vulnéra-bles. Vous pourriez alors aisément courir vers eux, vous étiez très rapides, leur sauter dessus et enfoncer votre lance dans leurs poitrines.

Quand l'infanterie mexicaine, sur deux rangées, a été à un peu plus d'une portée de fusil, tu as envoyé deux hom-mes à découvert. Les soldats se sont agenouillés pour leur tirer dessus. Mais tu savais que tes hommes étaient hors de portée, ton but était juste d'obliger les Mexicains à tirer. L'échauffement provoqué, tu l'avais remarqué, voilerait légèrement le trop long canon de leurs fusils et les ren-draient nettement moins précis.

Pendant que les guerriers de Cochise contournaient la cavalerie sans être vus, tu as rappelé tes deux guerriers « cibles » et tu as attendu que les fantassins rechargent leurs armes pour ordonner l'assaut. La rage au ventre vous avez alors fondu sur eux et enfoncé vos lances dans le cœur de chacun de vos adversaires. Pour la première fois de ta vie, tu as pris du plaisir à les déchirer et à voir l'expression de terreur dans leurs yeux. Rien ne pouvait plus t'arrêter. Comme ton « pouvoir » te l'avait prédit, tu restais invincible aux balles, et les images de ta femme, de tes enfants, de ta mère, tous mutilés, n'ont cessé de nourrir tes gestes.

Quand tu n'as plus eu de flèche, quand ta lance s'est finalement brisée dans la poitrine d'un adversaire, tu as sauté sur tous les autres, à bras le corps, pour les achever au couteau jusqu'à ce qu'il n'y en ait plus un seul. Alors seulement tu as vu le champ de bataille jonché de cadavres et entendu le cri de guerre des Apaches. Vous aviez gagné. Un immense frisson de bonheur a parcouru ton corps recouvert de sang. Ton cri s'est joint à celui de tes frères.

Ce jour-là, ton nom apache *Guu ji ya* s'est propagé sur toutes les lèvres mexicaines, se transformant chaque fois un peu plus, pour devenir le nom qui les ferait dorénavant trembler : *Geronimo*.

6.

– J'ai faim ! lance Nia.

Je souris. Depuis notre départ, nous nous arrêtons environ toutes les deux heures pour remplir son estomac. Cette fois, Harlyn lui demande de patienter, nous sommes sur une autoroute, mais il propose un prochain arrêt à Truth or Consequences, la ville à environ un quart d'heure d'ici. « Au McDo ? » demande Harly Bear. Harlyn accepte. Les filles poussent un cri de joie. Pas moi, mais je m'incline devant l'enthousiasme général. Le paysage est plat maintenant. Toujours en forme de désert. Mais uniquement de rocailles. Rien à signaler. J'en profite pour demander à Harlyn comment la guerre entre les Apaches et les États-Unis a éclaté. Il regarde le tableau de bord. 12 h 25. Un quart d'heure lui semble très court pour cette explication, mais il va essayer de résumer.

En 1851, le chef de la commission chargée de tracer la nouvelle frontière entre les États-Unis et le Mexique a affirmé aux Apaches que les Américains les protégeraient s'ils se comportaient bien et n'empêchaient pas leurs hommes de travailler à ce tracé. Les Apaches ont accepté et effectivement aucun incident n'a été signalé.

– C'est là que Geronimo a vu son premier homme blanc, lance Harly Bear.

Harlyn le confirme. Son arrière-grand-père avait entendu parler de ces hommes mesurant les terres au sud de son territoire et était allé leur rendre visite. Il les avait trouvés très sympathiques et avait même effectué de nombreux échanges avec eux. Des peaux, du gibier, des chevaux, contre des vêtements et du maïs. Une fois leurs mesures terminées, ils étaient partis vers l'ouest. En juillet 1852, le surintendant des Affaires indiennes pour le Nouveau-Mexique, Harlyn a oublié son nom, avait signé un traité avec Mangas Coloradas, toujours le chef des Indiens de cette région. Par ce traité, les États-Unis s'engageaient à respecter les Indiens, à punir les citoyens américains qui leur causeraient du tort, en échange de quoi des postes militaires et des comptoirs commerciaux seraient établis sur le territoire apache. Les Indiens devaient aussi promettre de vivre en paix avec les citoyens américains, de les laisser circuler librement sur leurs terres et s'engager à interrompre leurs raids au Mexique...

– Et ils ont accepté, cette fois ?

La tête d'Harlyn fait non. Pas Geronimo en tout cas. Il trouvait cette mesure injuste au vu du massacre de sa famille à Kas-ki-yeh et il avait effectué au moins encore une douzaine de raids après la signature de ce traité. D'autant plus déterminé à se venger, que les Mexicains, lors d'une autre attaque surprise, avaient tué sa nouvelle épouse, Nana-tha-thtith, et leur unique enfant...

Je ne peux m'empêcher de lancer un « encore ! » indigné.

– Et ce n'était qu'un début, ajoute Harlyn.

Je déglutis. Juste pour me préparer aux horreurs que je vais devoir encore entendre. Après une inspiration, Harlyn enchaîne :

– Mais malgré ces escapades mexicaines, dont les Américains se fichaient pas mal finalement, les Indiens ont totalement respecté leur promesse de ne pas s'attaquer aux Blancs...

– Alors comment la guerre a pu commencer ?

175

Avant de répondre, Harlyn enlève ses lunettes, masse un peu ses paupières, le haut de son nez, replace les lunettes devant ses yeux, inspire, comme s'il prenait son élan, puis se lance. Les problèmes ont commencé en 1859, peu après la découverte d'un important gisement d'or dans les montagnes au nord-ouest de la ville de Silver City...

– On va en prendre la route tout à l'heure, ajoute-t-il en montrant une direction de l'index, mais on va bifurquer avant. C'est dans cette région où nous sommes en tout cas. Geronimo vivait alors tranquillement près de la Gila, juste au nord de Silver City, il avait épousé Chee-hash-kish, qui lui avait donné deux enfants, Chappo et Dohn-Say, dont je te reparlerai. Donc tous les Apaches étaient calmes et aucune agression envers les Blancs n'avait été signalée...

Il s'interrompt, comme pour ménager le suspense. Mais la ville de Pinos Altos, reprend-il, est sortie de terre juste à côté de la mine d'or. C'était une ville-champignon comme il en a poussé partout au fur et à mesure des découvertes de gisements. Les Apaches, d'ailleurs, ne comprenaient pas bien cet intérêt des Blancs pour ce métal doré, qui, selon eux, n'était même pas assez dur pour en faire des pointes de flèches ou de lances. Mais ils les ont laissés faire. Le problème est que les mineurs fraîchement arrivés étaient violents, sans foi ni loi et sans aucun respect pour les Indiens dont ils envahissaient les terres. En plus ils ont peu à peu encouragé des Mexicains à venir les cultiver pour leur fournir des vivres. Une insulte pour les Apaches dont ce peuple était l'ennemi. Mais les mineurs prenaient systématiquement la défense de leurs protégés. Accusant injustement les Indiens des vols de chevaux commis par leurs compatriotes ou par les Mexicains. Il éclaircit sa voix.

– Et une hostilité latente s'est installée. Vite amplifiée par les agressions des mineurs...

– Le panneau ! coupe Harly Bear, on arrive.

Harlyn met son clignotant pour bifurquer sur la bretelle menant à Truth or Consequences, puis, toujours concentré, reprend son récit.

– Mangas Coloradas, le chef des Apaches de la région, s'est rendu dans la ville de Pinos Altos, pour essayer d'apaiser les choses. Mais les mineurs l'ont attaché à un arbre et frappé avec des fouets à bestiaux, avant de le relâcher. Furieux, Mangas a rassemblé ses hommes et a demandé à son gendre, Cochise, de se joindre à lui. Cochise avait toujours respecté sa promesse de ne pas agresser les Blancs, il avait même conclu un accord pour leur fournir du bois. Mais, face à cette agression injuste, il a accepté de se joindre à Mangas. Harlyn s'interrompt. Sa bouche fait une drôle de moue, les lèvres en avant. Je ne l'avais jamais vu faire ça, encore. Puis il reprend, la voix en retrait : Les affrontements ont commencé en septembre 1861. les Apaches se sont emparés du maïs des Mexicains, ont volé leurs troupeaux, leurs chevaux, ont attaqué leurs habitations, un train de ravitaillement, ils ont aussi brûlé les chariots d'un convois d'émigrants en route pour la Californie...

Coup d'œil au rétroviseur. Clignotant. Il change de file.

– Ils ont épargné les femmes et les enfants mais une quinzaine d'hommes sont morts. Alors les mineurs ont répliqué et la guerre a démarré.

– Et Geronimo ?

– Ces évènements avaient eu lieu bien au sud de son territoire, mais il soutenait ses frères, et, de toute façon, un autre acte arbitraire, commis cette fois par les militaires, allait bientôt amener la guerre chez les Chiricahuas...

– J'en ai marre, quand est-ce qu'on arrive ? dit soudain Nia d'une voix traînante.

Harlyn la rassure, deux minutes au plus. Il s'engage sur une nouvelle bifurcation, puis reprend son récit, absolument pas déconcentré. En même temps que du bétail, dit-il, un garçon de douze ans avait disparu d'un ranch. On a accusé Cochise. Les soldats ont monté une expédition punitive, mais, avant qu'ils aient pu le trouver, Cochise s'est présenté en personne avec quelques guerriers, affirmant qu'il n'avait pas enlevé le jeune homme. Les soldats ne l'ont pas cru. Ils l'ont fait entrer dans une tente, soi-disant pour discuter, mais, une fois à l'intérieur ils ont commencé à menotter ses guerriers. Cochise a juste eu le temps de sortir son couteau et de déchirer la paroi de la tente pour s'échapper. Une fois dehors, il a emmené trois otages avec lui, comptant les utiliser comme monnaie d'échange contre ses hommes, restés prisonniers. Mais les soldats ont finalement refusé son marché. Alors il a tué les otages, et les soldats ont pendu ses guerriers.

– Ouaiiis, on arrive ! lance Nia. Moi je veux un *Happy Meal* avec la surprise…

Harlyn se gare sur le parking du McDonald's, pratiquement vide. Nia détache immédiatement sa ceinture et ouvre sa portière. Harly Bear ne se fait pas prier pour en faire autant, mais prend quand même le temps de me dire :

– Geronimo, il a eu plein de femmes !

Harlyn sourit en coupant le contact. Les Apaches pouvaient en avoir plusieurs effectivement, et, jusqu'à la fin de sa vie, son arrière-grand-père en a souvent eu deux ou trois simultanément. À l'époque de cet incident de la tente, il semble qu'il ait épousé une proche de la famille de Cochise, du nom de She-gha, puis une jeune fille bedonkohé du nom de Shtsha-she. Les filles, déjà dehors, viennent ouvrir la porte d'Harlyn.

– Allez, dépêche toi ! lui dit Nia, en attrapant sa main gauche pour l'obliger à descendre plus vite.

Il rit. Je descends à mon tour. Harlyn verrouille les portes. Clac. Les filles, main dans la main, se dirigent en sautillant vers l'entrée du restaurant. Harlyn les suit du regard, vérifiant qu'aucune voiture ne puisse les renverser. J'aime bien son air de papy poule, prêt à tout pour protéger ses joyeux petits poussins. Qui sont déjà en train de pousser la porte vitrée. Harlyn presse le pas, mais elles sont devant le comptoir quand enfin nous arrivons à les rejoindre. La salle, presque vide, sent la vieille friture. Mais ça n'a pas l'air de les déranger. Super-excitées, elles commandent deux *Happy Meal*. Il manque une figurine à la collection de Nia, je ne comprends pas très bien laquelle, mais Harly Bear lui promet qu'elle lui donnera la sienne si elle l'obtient. Tope là. Après avoir remonté ses lunettes de soleil sur son chapeau, Harlyn commande une *Caesar Salad*. À cinquante-neuf ans, ajoute-t-il en voyant mon sourire, il doit faire attention à sa ligne.

– Geronimo aurait préféré un hamburger, lui assène Nia, sur un ton de reproche.

– Mais plutôt avec de la viande de cheval, alors ! répond Harlyn. C'était sa préférée. Et tu sais, quand les Indiens, pour des raisons de sécurité, devaient se séparer de leurs chevaux, ils les mangeaient !

Nia pousse un cri d'horreur.

– Mais moi je pourrais pas manger mon cheval, je l'aime trop !

Harlyn me rappelle qu'il élève des chevaux, il en a donné un à sa petite-fille.

– Tu as tort, Nia, insiste-t-il, c'est délicieux au barbecue...

Nouveau cri d'horreur, mais cette fois elle se bouche les oreilles. Alors Harlyn la rassure, il n'a aucune intention de cuisiner son cheval. Harly Bear, sans doute pour faire diversion, lui dit qu'elle a de la chance. Intriguée, Nia retire ses mains de ses oreilles.

– Tu imagines, à l'époque de Geronimo, tu aurais dû aller chasser le bison pour faire ton hamburger...

Nia prend son air froncé.

– Et le ketchup ? Comment j'en aurais eu ? finit-elle par dire, l'air visiblement terrifié à l'idée d'envisager une vie entière sans ce condiment.

Nous éclatons de rire. Le serveur dépose les commandes sur le comptoir en me demandant si j'ai choisi. Oui. Un *Chicken McNuggets* avec un grand café. Six morceaux ou douze ? Six. Dressée sur la pointe des pieds, Nia attrape son plateau en concluant qu'elle n'aurait vraiment pas aimé vivre au temps de Geronimo.

– Moi oui, dit Harly Bear, de toute façon c'est pas moi qui aurais chassé, c'est mon mari et j'aime pas le ketchup…

Nia hausse les épaules. Harlyn et moi récupérons nos commandes en souriant. Direction une table rouge entourée de quatre hauts tabourets, près de la baie vitrée avec vue sur le parking. Les filles déposent leur plateau sur la table avant de grimper sur leur siège. Harly Bear fait le geste d'aider sa cousine. Évidemment elle refuse. Ho ! Hisse ! La voilà installée, déjà en train d'ouvrir la boîte censée contenir la surprise. Déception, elle a déjà la figurine. Harly Bear ouvre la sienne. Encore la même. Pas de chance. Elle attaque ses frites. Nia recouvre les siennes de ketchup. Harlyn pique sa fourchette en plastique dans une feuille de salade, qui tombe sur la table avant d'arriver à sa bouche. Les filles se moquent de lui. Pour une fois il réplique :

– Les enfants de Geronimo n'auraient rien osé lui dire, eux. Alors un peu de respect, s'il vous plaît !

En riant, elles plongent leur nez dans leur Coca. Je vais chercher une carafe d'eau. De retour à la table, je vois Nia descendre de son tabouret. Elle a envie de faire pipi. Harlyn lui demande de remonter immédiatement. La politesse apache veut qu'on ne se lève pas de table avant d'avoir terminé son repas. Elle grimpe sur son tabouret en ronchonnant. Je lui dis qu'en France c'est aussi la même chose.

– Mais j'ai envie de faire pipiiiii !

Harlyn ne cède pas, Nia donne toujours ce genre de prétexte pour se lever de table. Elle devra donc d'abord terminer son repas. Comprenant qu'aucune négociation ne sera possible, elle baisse la tête et attrape son hamburger. Des deux mains. Je demande à Harlyn de me donner d'autres traditions de politesse. Il réfléchit un instant. Harly Bear en profite :

– Il ne faut rien prendre à un autre enfant, juste parce que tu es plus grand que lui !

– Et un garçon ne doit pas se battre avec une fille, enchaîne Harlyn, comme s'il jouait soudain à qui trouverait le plus de réponses. Pendant un repas aussi, on ne se sert pas directement dans les plats, il faut attendre d'être servi et ne pas manger plus que nécessaire. On ne demande pas non plus de la nourriture en train de cuire...

– Et on ne doit pas se moquer d'une personne vieille ou faible, ou monter un cheval sans l'autorisation de son propriétaire, ajoute Harly Bear visiblement amusée par ce petit jeu. Et puis aussi, un enfant ne commence pas à manger ou à boire avant un adulte et, pour ne pas avoir très mal au ventre, il ne faut pas remuer la nourriture en train de cuire avec un couteau...

Je me sers un verre d'eau. Sans en proposer puisque tout le monde semble préférer les boissons gazeuses. Harlyn me regarde.

– Tu vas vieillir prématurément !

Je le regarde à mon tour, surprise. Harly Bear glousse.

– Dans notre tradition, si quelqu'un apporte de l'eau et la boit en premier, on dit qu'il va vieillir prématurément !

Je souris en attrapant un morceau de poulet. Nia boude toujours. Les lèvres juste posées sur son hamburger, elle fixe ses genoux. Comme si de rien n'était, Harlyn enchaîne. Un Apache ne devait jamais aller se nourrir dans un autre camp. S'il avait faim, il retournait dans le sien. Et en présence d'un visiteur, il ne devait rien découper. Nia renverse son Coca. Harlyn semble habitué ; sans arrêter son explication, il éponge avec une serviette en papier. Un Apache ne doit jamais non plus enjamber une personne...

– Comme en Mongolie ! dis-je. Là-bas, s'il t'arrive de le faire, tu dois immédiatement serrer la main de la personne pour laver l'affront.

Pas de serrage de main chez les Apaches, explique Harlyn, mais quand on va dans un autre camp, il ne faut pas rester devant la porte d'une habitation. On entre et on va s'asseoir.

181

– Comme en Mongolie ! dis-je encore une fois.

Harlyn semble surpris de tant de similitudes. Je lui explique à quel point, là-bas, j'ai eu du mal à m'habituer à voir entrer les gens dans le tipi, sans s'être annoncés. Ça me faisait toujours sursauter.

– Wuai Wini ! lance Nia, les joues gonflées de nourriture.

Harlyn lui demande d'avaler avant de répéter. Elle déglutit en grimaçant. J'ai envie de rire.

– J'ai fini ! Je peux aller faire pipi ?

Harlyn fait signe à Harly Bear de l'accompagner. Le sourire revient sur le visage de Nia et, main dans la main, elles disparaissent. Je demande à Harlyn si les Apaches fumaient. Seulement les adultes, me répond-il. Ils roulaient du tabac dans des feuilles de chêne. Du tabac sauvage. Et si un jeune voulait en consommer, on lui disait que la fumée allait le rendre flemmard et mauvais travailleur.

– Et le calumet de la paix, il y avait quoi dedans ?

– Les Apaches ne fumaient pas de calumet de la paix. Que des cigarettes roulées. Mais on ne fumait pas si on avait du sang sur les mains ou sur son couteau, par exemple. Ça portait malheur...

– Et toi, tu fumes ?

Sa tête fait non. Les filles reviennent, le visage et les cheveux mouillés. Elles ont dû s'asperger d'eau dans les toilettes, mais Harlyn ne relève pas. Il picore sa salade, l'air pas vraiment emballé par cette nourriture de régime, puis boit une gorgée de Sprite. Après un échange de regard, les filles plongent une paille dans leur Coca et l'aspirent bruyamment, comme pour embêter leur Grand-père. Mais, toujours imperturbable, il continue de siroter son Sprite, l'air perdu dans ses pensés. Il doit posséder un réel pouvoir de concentration. De toute façon, elles se lassent avant lui. J'avale un peu de café, encore brûlant. Harlyn me demande soudain si les Mongols souffrent autant d'alcoolisme que les Apaches.

– Ils boivent énormément de vodka. Mais les chamanes utilisent un rituel censé les faire décrocher.

– Un rituel contre l'alcoolisme ?

– Oui. Pendant la cérémonie, le chamane les frappe avec une espèce de cravache, puis leur fait boire une potion magique...

Sans lâcher leur paille, les filles me regardent, l'air soudain très intéressé. Harlyn me demande de quoi il s'agit. Je souris, certaine de l'effet que va produire ma réponse.

– C'est de l'eau mélangée à de la poudre de genévrier et...

Coup d'œil aux filles. Elles attendent, les yeux fixés sur ma bouche.

– Du caca de mouette !

Elles crachent leur paille en poussant un beeeeeeeurk. J'éclate de rire. Harlyn aussi.

– Difficile de trouver plus dissuasif ! dit Harlyn. Cette mixture rendrait sobre le pire des alcooliques. Tu l'as déjà utilisée ?

– Oui, l'été dernier. L'homme pour lequel je devais faire le rituel était déjà saoul en arrivant. Ses amis le soutenaient et il me regardait en poussant des mêêêêê, mêêêêê. Comme je ne comprenais pas ce qu'il voulait me dire, on a fini par m'expliquer. Il me promettait de me donner une chèvre si le rituel fonctionnait...

– Ils paient en chèvres là-bas ? demande Harlyn

– En principe non, ils ont le tögrök, leur monnaie, mais dans les campagnes, le troc est une pratique courante.

– Et tu as eu ta chèvre ? demande Harly Bear décidément très intéressée par le sujet.

– Il n'a pas bu de vodka pendant quelques semaines, puis il a recommencé. Mais pour lui c'était une réussite, j'ai donc une chèvre qui m'attend en Mongolie !

Harlyn me demande si les Mongols élèvent d'autres animaux. J'énumère. Moutons, chevaux, chèvres à cachemire, yaks. Les filles ne connaissent pas les yaks. Je leur explique qu'il s'agit d'une sorte de vache à poils très longs et je pense soudain à la mini-yourte dans mon sac à dos. Je descends du tabouret pour l'ouvrir. Tous les regards convergent vers moi. Je finis par poser la miniature sur un coin de table, libre de ketchup et de Coca.

– Voilà une maison mongole...

Les filles ouvrent de grands yeux.

– Elle ressemble vraiment à un wickiup ! dit Harlyn. Sauf l'habillage, chez nous il est fait de branches. C'est quoi cette matière ?

– Du feutre, fabriqué à partir de la laine des moutons ou des yaks, justement. Plus il fait froid, plus ils mettent de couches...

– Autour du wickiup aussi ! dit Harly Bear en touchant le feutre. Il fait froid en Mongolie ?

– Jusqu'à moins cinquante en hiver...

Cri de surprise général. Même dans leur congélateur, dit Harlyn, il fait moins froid. Je confirme en souriant. Il ajoute qu'il rêvait d'aller en Mongolie avec moi...

– Mais de préférence en été alors !

Les filles acquiescent en chœur. Harlyn prend la yourte dans ses mains. La tourne, regarde le trou à fumée au sommet, la retourne, observe la petite porte en bois.

– Moi ça me fait penser à une soucoupe volante ! dit Nia en balançant ses jambes sous son tabouret.

Je lui demande si elle en a déjà vu. Sans répondre, elle jette un regard inquiet à Harlyn, qui prend un air mystérieux. Le même que dans la voiture quand je lui avais parlé de Roswell. Cette fois j'insiste. Il finit par me dire qu'il y en a beaucoup dans la région. Mais il ne faut vraiment pas en parler. Il se tait encore. Je regarde les filles. Muettes également.

– Mais c'est quoi ce mystère, à la fin !

Après avoir tricoté un moment sa réponse, Harlyn ouvre la bouche.

– Beaucoup d'histoires circulent à ce sujet. Les Apaches les connaissent depuis plus de deux cents ans. Mais voilà.

Si on en parle trop, les aliens se posent près de votre maison et vous emmènent avec eux...

Je le regarde, les sourcils en accent circonflexe...

– Certains d'entre vous ont déjà été enlevés ?

Haussement d'épaules, comme si j'avais posé la question la plus idiote du monde. Harly Bear répond à sa place.

– Ben non, puisqu'on n'en parle pas !

Évidemment. Nia trempe de nouveau sa paille dans le Coca. Elle souffle dedans cette fois. Le liquide glouglute en faisant des bulles. Le sujet des extra-terrestres semblant définitivement clos, je plonge de nouveau dans mon sac à dos pour en retirer la guimbarde de chamane. De ça au moins ils voudront bien parler. Harlyn la regarde avec attention. Deux grands rubans de soie bleu et jaune y sont attachés avec un petit disque de laiton. Je lui explique qu'on se sert de cette guimbarde pour appeler les esprits en début de cérémonie. Il regarde le cercle de métal et me demande à quoi il sert.

– C'est une sorte de miroir censé protéger le chamane en reflétant les mauvaises énergies pour les renvoyer d'où elles viennent.

– C'est comme ça alors ?

Il sort le collier dissimulé sous son tee-shirt. Celui dont je ne voyais pas le bout, au motel. Je découvre un coquillage rond et plat d'environ quatre centimètres de diamètre. Un abalone, me dit-il. Ce coquillage aussi est censé le protéger en renvoyant les mauvaises énergies. J'ajoute qu'un autre miroir de ce type, plus grand, est utilisé par les chamanes pour prédire l'avenir...

– Comment ?

– Ils pointent un index au centre du miroir en disant l'année de naissance de la personne venue les consulter et sont capables de voir les évènements importants liés au futur de cette personne...

– Tu arrives à les voir, toi ?

– Jamais réussi, non...

185

– Moi c'est plutôt dans les rêves, comme je te l'ai dit, que je peux voir l'avenir.

Après un instant de réflexion, il me demande si je sais en jouer. Of course. Je lui montre. Dzinn, dzinn, bing dans les dents. Le trac sans doute de jouer devant un Apache. Dans un McDonald's de surcroît. Je regarde autour de nous. La salle est vide. Tout va bien. Chaque artiste a droit à un échauffement, non ? Je recommence. Le regard d'Harlyn et des filles reste suspendu à mes lèvres. Et voilà. Une douce mélodie s'élève enfin. De plus en plus envoûtante. Je vois soudain le visage d'Harlyn tourner à la gêne, puis à l'anxiété. Il lance des coups d'œil derrière moi, l'air de vérifier quelque chose. Je m'arrête de jouer pour regarder à mon tour.

– Il y a quelqu'un ?

– Pas encore, mais tu ne dois pas jouer plus longtemps. Si les esprits arrivent, ils peuvent être dangereux pour toi…

– Ah bon ? Ils sont pas gentils ?

Sa tête fait non…

– Pas tous. Moi j'ai appris à m'en protéger. Une nuit, alors que j'étais à l'hôtel à San Francisco pour une conférence, j'ai senti qu'on me secouait une jambe. J'ai allumé et il n'y avait personne dans la chambre. Alors j'ai compris que c'était un esprit. J'ai fumé un stick de sauge, j'ai récité une prière et je me suis recouché. L'esprit n'est plus revenu. Mais toi, je ne sais pas si tu sais t'en protéger…

Je sens un frisson parcourir mon échine. Il me ficherait presque la trouille, avec ses histoires. Mais je le rassure sur ma capacité à me protéger des mauvais esprits. Je n'ai pas passé autant de temps en Mongolie pour rien ! Harly Bear fait le geste de prendre la guimbarde. Harlyn le lui interdit d'un ton sec. Toucher les objets sacrés est dangereux pour ceux qui n'y sont pas préparés. Elle retire sa main sans rien dire. Je dis à Harlyn qu'il peut la toucher, lui, s'il le veut. Sa tête fait non, il ne préfère pas.

– Tes esprits protecteurs sont à l'intérieur. Il ne faut pas les déranger...

Sans me donner le temps d'insister, il regarde sa montre et donne le signal du départ. Je range la guimbarde. Tout le monde se lève. Harlyn, en montrant l'exemple, dit aux filles d'aller vider le contenu de leur plateau dans la poubelle. La petite troupe s'exécute. Nous les déposons sur une pile de plateaux vides. Voilà.

En montant dans la voiture, Harlyn me demande si j'ai bien retenu le nom de Mangas Coloradas, le chef des Apaches du Sud-Ouest. Oui ! Il me donne alors une date, en précisant de bien la retenir. Je la répète. Janvier 1863. Janvier 1863...

« *Les seuls bons Indiens que j'aie jamais vus,* *étaient des Indiens morts.* »

Major-général Philip Sheridan

« *Plus nous tuerons d'Indiens cette année,* *moins nous aurons à en tuer l'année prochaine,* *car tous les Indiens qui ne sont pas sur les réser-* *ves resteront hostiles tant que nous ne les tuerons* *pas.* »

Lieutenant-général
William Tecumseh Sherman

« *Un Apache peut supporter stoïquement la* *mort sans proférer autre chose qu'un grogne-* *ment, mais la perspective de l'emprisonnement le* *terrorise.* »

Un journaliste, 1886

« *L'Apache est l'animal le plus vif et le plus* *rusé du monde, avec, en plus, l'intelligence d'un* *être humain.* »

Commandant Wirt Davis, 1885

Un renégat...

Janvier 1863. La plus grande injustice jamais faite aux Indiens venait d'être commise par les Blancs et toi, Grand-père, tu étais en fuite avec la moitié de ta tribu.

Pour que les soldats ne puissent vous suivre, vous mar-chiez de nuit, sur des rochers, des sentiers caillouteux ou des mottes et effaciez vos traces inévitables avec des touffes d'herbe. Vous aviez perdu la moitié des vôtres, de vos armes, vous n'aviez plus de vivres. Et tu sentais la colère gronder dans ton cœur. Colère d'autant plus forte que tu t'étais douté d'un piège. Tu avais même prévenu Mangas. Il ne t'avait pas écouté. Les habitants et les soldats de la petite ville d'Apache Tejo, près de Silver City, lui avaient proposé de venir signer un traité de paix. Ils promettaient, si Mangas acceptait, de le laisser s'installer sur ce territoire avec les siens, de lui procurer des vivres, de la viande, des couvertures, de la farine, et d'enfin vivre en paix. Ce que Mangas désirait avant tout. Toi, Grand-père, tu t'y étais opposé. Tu n'avais pas confiance. Mais la moitié des mem-bres de la tribu était malgré tout partie pour Apache Tejo, où enfin ils avaient l'espoir de vivre dans l'abondance, auprès d'hommes blancs qui les respecteraient. Si tout se passait bien, Mangas devait revenir chercher le reste de votre tribu. Vous étiez donc convenus d'un lieu où l'atten-dre. Un endroit secret où, en cas de problème, lui et ses guerriers auraient pu vous rejoindre, après s'être séparés en petits groupes impossibles à suivre par les soldats. L'une de vos tactiques de guerre. Tu avais aussi insisté pour ne pas les laisser partir sans la moitié de vos armes. Ils avaient fini par accepter et, après leur départ, vous aviez pris le chemin du point de rendez-vous.

Vous l'y aviez attendu pendant des jours. Jusqu'à manquer de vivres. Mais comme tu l'avais supposé, Mangas n'était jamais revenu. Vous aviez fini par apprendre qu'il avait été torturé et assassiné. Après l'avoir décapité, on avait même exposé sa tête à la curiosité des Blancs. Son crâne serait présenté quelque temps plus tard à Washington...

Voilà pourquoi tu étais en fuite. Cet assassinat t'avait définitivement ouvert les yeux sur les véritables intentions des Blancs envers ton peuple et tu refuserais dorénavant de te montrer amical envers eux. Malheureusement, seuls quelques-uns des membres de ta tribu avaient accepté de te suivre dans les montagnes autour de Hot Springs, près de la Gila. Les autres, fatigués par le harcèlement des soldats, avaient finalement accepté les conditions des Blancs. S'abstenir de toute hostilité en échange de vivres, d'objets de première nécessité et d'une terre sur une réserve aux alentours de votre territoire d'origine. Bien trop beau pour être vrai. Tu l'avais deviné, Grand-père...

Non seulement ces Apaches n'ont jamais obtenu de titre de propriété, mais en 1875, soi-disant pour des raisons économiques, le gouvernement a décidé de mettre en place ce qu'ils ont appelé « la politique de concentration ». Proposée par les hommes de terrain chargés des Affaires indiennes, elle prévoyait de rassembler tous les Apaches sur un même territoire. Chaque jour, en effet, de nouvelles villes surgissaient de terre. Chercheurs d'or, mineurs, fermiers ou colons affluaient et il ne fallait pas que ces Indiens puissent gêner leur installation, ou rendre peu sûres les voies de passage vers les meilleurs territoires du Nouveau-Mexique, dorénavant ouverts à la colonisation.

Les anciennes réserves ont donc été fermées, et les Apaches transférés sur celle de San Carlos, en Arizona. Mais tous ceux qui comme toi, Grand-père, étaient hostiles à cette politique, se sont échappés pour rejoindre les montagnes. Du coup, toutes les tribus qui vivaient relativement en paix sur chaque réserve se sont retrouvées dispersées dans la nature, et incontrôlables. Cette décision de concentration n'avait donc eu pour effet que de relancer les guerres apaches. Elles allaient durer plus de dix ans...

Devenu un renégat, il a été facile de t'attribuer tous les vols et assassinats commis dans la région. Même ceux dont tu n'étais pas responsable. Ta réputation a donc très vite dépassé la réalité et les soldats ont tout tenté pour t'attraper. Mais comme tu restais insaisissable par la force, ils ont décidé d'essayer d'obtenir ta reddition par la négociation. Ils t'ont envoyé un messager pour t'annoncer leur désir de parlementer. Dans son discours transparaissait une véritable intention d'arranger les choses au mieux pour toi et les tiens. Tu as donc décidé d'accepter la rencontre qu'il te proposait pour entamer cette négociation. Mais à peine arrivé, on t'a désarmé et emmené au quartier général où tu as été jugé par une cour martiale. Comme le tribunal n'a pu prouver tous les actes d'accusation, on t'a condamné pour n'avoir pas accepté d'aller vivre sur la réserve de San Carlos et pour t'être enfui avec tes hommes. Ils t'ont enchaîné et transféré à San Carlos où on t'a gardé prisonnier pendant quatre mois. Puis on t'a transféré un peu plus au nord, dans un endroit appelé aujourd'hui Geronimo, où on t'a fait cultiver du maïs, et où tu es resté tranquille pendant deux ans. Sous haute surveillance.

Mais pendant l'année 1881, le bruit a couru que les officiers de San Carlos avaient projeté de juger de nouveau les chefs apaches pour leurs actions passées. L'idée de ce procès factice, organisé dans le seul but de se débarrasser de vous, du danger que vous représentiez, ajouté au souvenir des injustices commises par le passé, t'a poussé à te dire qu'il valait mieux t'échapper.

Accompagné de deux cent cinquante Apaches, tu as donc traversé la frontière du Mexique pour te réfugier dans la Sierra Madre, où vous avez réussi à vous cacher pendant un an. Malheureusement, les soldats mexicains ont fini par vous localiser et ont commencé à envoyer des troupes dans les montagnes où vous aviez établi votre camp. Il devenait urgent de trouver de l'aide et la seule solution envisageable, alors, a été d'aller convaincre vos frères, restés sur la réserve de San Carlos, de s'échapper pour se joindre à vous.

En avril 1882, avec quelques-uns de tes hommes, tu as donc repassé la frontière mexicaine. Une quinzaine de jours de marche après votre départ, vous avez campé à proximité de San Carlos. Là, tu as chanté quatre prières et interrogé ton « pouvoir ». Il t'a donné l'assurance que le raid serait réussi. Il contribuerait aussi au succès de l'opération en endormant les soldats et employés de la réserve. Fort de cette assurance, tes guerriers et toi avez parcouru de nuit la dernière étape jusqu'à la réserve. Au lever du jour, vous avez réussi à entrer en contact avec ceux de ta tribu. Mais ils ont catégoriquement refusé de vous suivre. À la liberté, ils préféraient la paix. Décision impossible à accepter, puisque, sans leur aide, c'était ta liberté, ton choix à toi, qui était compromis. Alors tu as ordonné à tes guerriers de les emmener de force et de tuer ceux qui résisteraient. Sous cette menace, une centaine d'hommes et environ trois cents femmes et enfants se sont finalement joints à vous.

Mais ils étaient lents. Leur séjour sur la réserve et leur manque d'entraînement leur avaient fait perdre leur endurance. Les jeunes n'avaient jamais reçu de formation de guerriers et ils ne chassaient même plus, le territoire de la réserve ayant été réduit à cinq reprises pour satisfaire mineurs et éleveurs. Tu te retrouvais donc avec des centaines d'Apaches inaptes à te suivre dans les conditions requises pour échapper aux soldats de l'armée, déjà lancés à vos trousses. Tu as donc décidé d'envoyer tes guerriers voler des mules et des chevaux pour les transporter plus rapidement. Quand tout le monde a été équipé, tu as ordonné que vous vous déplaciez uniquement la nuit. Mais les soldats avaient engagé des éclaireurs indiens, qui ont très vite repéré votre groupe, difficile à dissimuler. Tu as alors décidé de faire transférer les non-combattants en haut d'un canyon inaccessible pendant que toi et tes guerriers attireriez les éclaireurs ennemis.

Dès qu'ils ont repéré le chemin sur lequel vous étiez, vous vous êtes cachés, puis séparés en deux groupes. Tu poussais de petits hurlements de loup pour signaler ta position à tes frères. Les soldats, dirigés par les éclaireurs, n'ont pas vu la manœuvre et ont continué tout droit, à votre poursuite. Le groupe embusqué devant eux sur le chemin leur a tiré dessus avec des fusils, le temps des flèches était révolu, les obligeant ainsi à faire demi-tour. Alors tes hommes, embusqués sur leur côté, les ont achevés.

Victorieux, vous avez pu aller rejoindre le reste du groupe en haut du canyon. Le danger n'était pas éliminé pour autant. D'autres soldats étaient à vos trousses et, pour les semer définitivement, vous deviez encore réussir à atteindre un piton recouvert de forêts. Une bonne cachette. Mais pour laquelle vous deviez d'abord traverser une longue zone à découvert, impossible d'après tes calculs, à parcourir totalement avant le lever du jour. Les soldats allaient forcément vous repérer. Il ne te restait alors d'autre solution que de faire appel à ton arme secrète. Pour que le jour ne se lève pas avant la fin de cette traversée, tu as demandé à ton « pouvoir » de prolonger la nuit. Il t'avait dit qu'il pouvait le faire. Ce soir-là, tu l'as donc prié de toutes tes forces, de toute la confiance que tu avais en lui. Et, à la nuit tombée, t'en remettant à lui, tu as donné le signal du départ. Comme tu l'avais prévu, vous n'aviez pas terminé la traversée à l'heure où le jour devait se lever. Mais ce matin-là, oui, il a pris son temps. Et la nuit s'est prolongée de deux ou trois heures. Juste le temps d'atteindre le piton rocheux où votre groupe a pu disparaître et poursuivre tranquillement son périple jusqu'au Mexique.

De la Sierra Madre, vous avez lancé de nombreux raids pour voler du bétail, des convois et des munitions. Chappo, ton fils aîné, devenu un excellent guerrier, combattait à tes côtés. Personne ne vous voyait, sauf vos victimes. Bien organisés, rapides, efficaces, ne dormant qu'à cheval et vous autorisant seulement de brefs moments de repos pour vous restaurer, vous avez réussi à mettre à feu et à sang toute la région frontalière entre le Mexique et l'Arizona. Les journaux faisaient leurs gros titres de la terreur que vous inspiriez et les soldats, mis face à leur incapacité à vous arrêter, étaient sur les dents. Lors d'un affrontement, les troupes mexicaines ont bien réussi à capturer ta femme Chee-hash-kish, la mère de Chappo et Dohn-say, mais, plutôt que de t'inciter à céder, cet évènement a décuplé ton désir de vengeance. L'aide de ton « pouvoir » allait alors se révéler précieuse…

Un jour, tu l'as donc appelé. Vous étiez sur le point d'être rattrapés par un régiment de cavalerie, et il semblait être ta dernière chance. Après les prières rituelles, il t'a dit de tracer des dessins au pollen sur le chemin par lequel les soldats devaient arriver. Ils ne pourraient traverser ces marques magiques. Une fois les dessins tracés, vous êtes allés vous cacher dans les collines. Et l'incroyable s'est produit. Arrivé à leur niveau, le régiment, sans raison apparente, a fait demi-tour. Vous avez pu vous enfuir et aller installer votre camp sur une montagne très escarpée au nord du Mexique, près de la frontière avec l'Arizona. Entre deux raids, tu y retrouvais une vie paisible. Tu as même épousé Zi-yeh, une jeune Indienne Nedni. Avec elle, les femmes du camp séchaient la viande, allaient cueillir les baies, préparaient la nourriture. Cette ambiance de ta jeunesse t'apportait beaucoup de réconfort dans les moments les plus difficiles des combats. Tu avais l'impression qu'une terre était de nouveau à vous. Tu te sentais libre, invincible et, toi vivant, personne ne pourrait jamais vous obliger à vivre sur une réserve...

Pendant ce temps pourtant, aux États-Unis, le gouvernement continuait de tout mettre en place pour vous éliminer. En septembre 1882, le général Crook a été appelé pour prendre le commandement de la région militaire de l'Arizona. Après avoir fait le point de la situation, il a décidé que la seule solution, pour mettre fin à vos raids incessants, serait d'aller vous traquer jusque dans votre refuge au Mexique et de vous attaquer sans relâche pour vous affaiblir et finalement vous contraindre à la reddition. Après avoir obtenu l'autorisation d'entrer sur le territoire mexicain, il a soigneusement préparé son expédition.

Totalement ignorant de ce danger imminent, Grand-père, tu étais allé faire un raid dans l'État de Chihuahua. Votre conseil avait décidé d'y kidnapper des Mexicains pour pouvoir les échanger contre des prisonniers apaches. Pourtant, un soir, alors que vous partagiez vos provisions autour d'un feu, tu as eu une vision. Votre camp venait d'être attaqué par les soldats américains. Tu l'as dit à tes frères, qui, habitués à ce phénomène, ont immédiatement décidé de s'y rendre. Durant le trajet, tu as eu une autre vision. Tu as déclaré que, le lendemain, un homme arriverait de la gauche sur votre chemin, pour vous annoncer la prise du camp. C'est exactement ce qui s'est passé : juste avant votre arrivée, l'un des guerriers chargés de protéger les tiens t'a annoncé que Crook avait engagé des éclaireurs apaches pour découvrir ton camp. Ses soldats l'avaient ensuite encerclé et avaient sommé les membres de ta tribu de se rendre.

Tu as alors réuni tes guerriers pour faire le point. Ce conseil a vite conclu que si les Américains et les Mexicains étaient aidés et renseignés par des éclaireurs apaches, vous n'aviez aucune chance de leur échapper. Vos femmes, en plus, semblaient lasses de cette vie de fuyards, dans la peur incessante d'une attaque. Vous ne pouviez compter non plus sur l'aide de ceux de San Carlos, emmenés de force l'année précédente. Ils ne s'étaient jamais vraiment intégrés et ne pensaient qu'à y retourner pour vivre en paix Vous n'aviez donc d'autre choix que celui de vous rendre. En mai 1883, tu as accepté de rencontrer Crook.

7.

– C'est quoi ta couleur préférée ? me demande Harly Bear.

– Bleu turquoise, répond Harlyn, sans me donner le temps de répondre.

– Et moi rose, enchaîne Nia en tirant sur le bas de son tee-shirt.

Je m'apprête à dire que la mienne est le jaune orangé, mais Harlyn se gare. Bizarre, nous venons à peine de quitter le McDonald's de Truth or Consequences. Je lui demande où nous allons, mais, comme d'habitude, il affiche un sourire mystérieux accompagné d'un « Suis-moi ». Coup d'œil aux filles. Même sourire. Bon. Nous descendons de la voiture pour marcher sur une centaine de mètres, jusqu'à un bâtiment en ciment jaune clair.

– Le musée Geronimo ! s'exclame Harlyn dans un grand sourire.

Je lève la tête, surprise. Un immense Apache est dessiné sur la façade. Harlyn m'invite à entrer. À l'intérieur, une sorte de grande librairie occupe le hall, avec un comptoir sur la droite. Harlyn va saluer l'employée chargée de vendre les billets. Elle le reconnaît, lui demande comment il va. Très bien. Il me présente, Corine va écrire un livre sur Geronimo. Vraiment ? répond-elle en se tournant vers moi pour me souhaiter la bienvenue. Elle espère que j'appré-

197

cierai ma visite. J'en suis certaine. Elle me donne alors un ticket sur lequel apparaît la mention « gratuit ». Je la remercie pour ce geste. *You are welcome !* me dit-elle en regardant Harlyn, qui sourit comme s'il était chez lui, puis m'invite à commencer la visite. J'avoue que je ressens une certaine fierté, à ce moment précis, d'avoir comme guide l'arrière-petit-fils de Geronimo. Les filles sont déjà dans les salles d'exposition, je les entends parler et rire, au loin.

Après avoir franchi la porte de la première salle, Harlyn revient dans le hall, l'air d'avoir pensé à une chose importante. Il me fait signe de le suivre à la librairie. Nous nous retrouvons devant un mur de livres. Son regard parcourt les étagères à la recherche, m'explique-t-il, d'un ouvrage dont j'aurai besoin pour écrire le mien. Voilà. Du rayon « anthropologie » il sort un livre intitulé *An Apache Life-way* de Morris Opler.

– Ce livre te donnera tous les détails de la vie et des coutumes des Chiricahuas au temps de Geronimo. Il sourit. Parce que moi j'ai pu oublier des choses !

Il tourne les talons pour aller confier le livre à la dame derrière le comptoir, puis m'invite à le suivre.

La première salle abrite une reconstitution d'une habitation apache. Un wickiup, me dit Harlyn. Il entre dans l'habitation, je m'apprête à le suivre, mais il en ressort déjà, l'air préoccupé. Je lui demande s'il a un problème. Sa tête fait non. Puis oui. Il me demande de m'asseoir. Il a des choses importantes à me dire. Je cherche un siège. Il n'y en a pas. D'une main, il me fait signe de m'installer par terre, là, devant le wickiup. Bon. Il s'agenouille à côté de moi, reste silencieux un moment. J'entends les rires des filles, au loin. J'étends mes jambes, les replie, à la recherche de la position la plus confortable. La voix d'Harlyn s'élève enfin. Celle en retrait, obscure et monocorde. Sa grand-mère Lana lui a transmis ces informations, commence-t-il, en regardant l'intérieur de ses mains ouvertes sur ses cuisses, comme s'il allait m'en offrir le contenu. Mais il ne les a jamais révélées à personne. Aujourd'hui

198

pourtant, il sait qu'il est temps d'en parler. Il relève sa tête vers moi. Ces évènements ont eu lieu dans les années 1880, après la décision du gouvernement de concentrer les Apaches sur la réserve de San Carlos. Il plonge son regard dans le mien.

– Comme tu le sais, beaucoup ont refusé d'être arrachés à leur terre pour aller vivre sur cette réserve et ils se sont enfuis, Geronimo en tête…

Petit raclement de gorge.

– Le problème, continue-t-il, la voix un peu plus claire, est que le gouvernement des États-Unis avait ouvert le Sud-Ouest à la colonisation. Aventuriers et colons arrivaient déjà en masse dans cet Eldorado où on leur promettait des terres, de l'or et la possibilité d'une fortune rapide. Du coup, les Indiens, toujours incontrôlables, sont devenus bien trop gênants pour le développement économique de la région. Le gouvernement a donc décidé de les éliminer purement et simplement de leur territoire. Les méthodes utilisées alors, ont parfois dépassé l'entendement. (Sa voix s'élève encore un peu.) Ce que je vais te dire, les Américains le nient. Mais c'est ce que Lana, ma grand-mère, m'a raconté. Et sans toutefois pouvoir affirmer qu'il s'agit de la stricte vérité, je tiens quand même à te livrer son témoignage.

Sans commentaire, j'ouvre mes oreilles. Les soldats, me confie-il, ont commencé par mettre des Indiens en contact avec des gens portant le virus de la variole et de la tuberculose. Ils leur ont même fourni des couvertures infectées par ces virus. Sur les réserves, ils ont aussi réduit les portions de nourriture pour les affamer et mis du poison dans celle qu'ils leur vendaient. Mais comme de nombreux Apaches continuaient de résister, ils ont envoyé des soldats les pourchasser, profitant parfois du moment où ils étaient hors de leur camp pour tuer les femmes et les enfants. Harlyn baisse la tête. Me demande si je suis prête à entendre la suite. J'accepte, l'air inquiet. Sa voix redevient obscure, monocorde, comme si personne d'autre que moi ne devait entendre...

– Une fois, m'a dit Lana, des soldats avec des baïonnettes ont même transpercé des bébés et des femmes enceintes, vivantes, pour arracher leur fœtus...

Je détourne le regard. Besoin d'échapper à celui d'Harlyn, dans lequel soudain des larmes apparaissent. Il me demande d'écouter encore. Juste un peu. Je baisse les yeux.

– Ils... Ils ont aussi pris des nouveau-nés par les pieds et ont écrasé leur crâne contre des rochers.

Cette fois je me lève. Envie de vomir. De sortir de cette pièce. Harlyn a l'air de comprendre. « Je sais, c'est insupportable, me dit-il, mais tu devais savoir pour en parler dans le livre. » Il me demande de revenir m'asseoir. Je m'installe de nouveau près de lui.

– Par ces méthodes, continue-t-il, les Blancs ont réussi à mettre les Apaches à genoux. Tous les survivants ont fini par accepter d'aller sur les réserves, dont les superficies s'amenuisaient au fur et à mesure du besoin d'expansion des colons. Provoquant des famines.

De l'index, il essuie une larme au coin de son œil droit, inspire, puis reprend :

– De dix mille personnes, la population apache est tombée à deux ou trois mille. Mais les Blancs s'en fichaient. Tout ce qu'ils voulaient, c'était prendre nos terres, exploiter les mines d'or et d'argent et mener des vies confortables. Les Apaches ont ainsi perdu l'équivalent de trois États, l'Arizona, le Nouveau-Mexique et le Chihuahua au Mexique.

Sa voix et son regard se durcissent subitement. À l'image de son énergie. Je n'en avais jamais ressenti une de cette sorte. Un peu comme une pupille capable de se dilater en douceur, en nuage de coton, ou de se contracter soudain en un noyau extrêmement compact, dur, et prêt à tout supporter.

– Les États-Unis gagnent aujourd'hui deux milliards et demi de dollars chaque année, juste avec le revenu des ressources naturelles de nos terres. Mais aucun de ces bénéfices n'est redistribué aux Apaches...

Les filles déboulent, le visage hilare et rouge, elles ont dû courir. « Viens voir ! » me disent-elles en chœur. Je les suis, contente de changer d'air. Elles s'arrêtent devant une statue en cire de Geronimo d'environ ma taille. Je suis surprise de me retrouver là, face à lui, avec son descendant qui vient de nous rejoindre. Il lui ressemble ? Même carrure compacte. Même visage carré. Même nez. Le regard n'est pas le même, mais un regard de cire ne peut refléter la réalité. Harlyn dit que celui de son arrière-grand-père pouvait faire baisser les yeux de n'importe quel adversaire. Quand il est arrivé sur la réserve de San Carlos sur son cheval préféré, beaucoup d'Indiens s'étaient rassemblés pour assister à son arrivée. Mais devant le regard de Geronimo ils ont détourné le leur et leurs descendants en parlent encore aujourd'hui. Sa force implacable les renvoyait à leur propre lâcheté de n'avoir pas voulu poursuivre le combat à ses côtés.

– On peut aller voir les vidéos ? demande Harly Bear.

Harlyn acquiesce. Ce sont des projections des paysages alentour. Une façon de découvrir, dans un fauteuil, les lieux où Geronimo a vécu et les étapes historiques de la colonisation de la région. Je demande à Harlyn en quelle année son arrière-grand-père est arrivé à San Carlos. En février 1883. Mais une fois installé, Geronimo a constaté que l'herbe manquait, que l'eau était mauvaise, et les maladies décimaient son peuple. Il a demandé à retourner sur sa terre de la Gila River, plus riche, avec du gibier, des champs à cultiver et de l'eau pure en abondance. Comme personne n'a pris la peine de lui donner une réponse, il a demandé au général Crook d'au moins supprimer la frontière autour de la réserve, devenue bien trop petite pour nourrir tous les Indiens. Pourquoi imposer une frontière à un peuple en paix ? Il a aussi demandé que les prisonniers apaches restés aux mains des Mexicains puissent être rapatriés aux États-Unis. Il n'a pas obtenu davantage de réponse et a enfin compris qu'il n'aurait jamais les mêmes droits que les Blancs. Harlyn me regarde, l'air triste.

– Tu vas bien écrire tout ça dans ton livre, n'est-ce pas ?

Je le lui confirme. Le sourire revient sur son visage.

– Je savais que je pouvais compter sur toi.

Je regarde la statue de Geronimo. Je regarde Harlyn. Je pense une fois encore à la vision qui m'a conduite ici. Je dois lui en parler. C'est le moment, oui. Ses yeux me fixent. Comme si une fois encore il avait deviné mes questions. Alors je me lance. Je lui raconte tout. La transe. La vision de Geronimo. Il reste silencieux tout le temps de mon explication. Même pas l'air étonné. Je me demande pourquoi j'ai tant hésité. Puis il finit par me dire :

– Je savais déjà que tu n'étais pas là par hasard. Et j'ai d'autres choses importantes à te raconter. Mais plus tard, quand nous serons arrivés sur le lieu de notre rendez-vous...

– Là où le passé et le présent...

Il opine. Je lui demande si sa *medicine*, aujourd'hui, pouvait lui donner des indices quant à l'avenir des Apaches. Il réfléchit un instant. Elle ne l'a pas encore fait, non. En revanche, Geronimo a évoqué une vision qu'il avait eue dans les montagnes au-dessus des mines de Santa Rita au nord de Silver City. On y avait trouvé des gisements de différents métaux, cuivre, argent, or. Elles étaient déjà exploitées. Bref, son aïeul était caché dans ces montagnes, poursuivi par la cavalerie américaine et, une nuit, il avait fait un rêve. Il avait vu des rochers tomber, de la poussière s'élever des mines, les métaux se soulever, il avait aussi vu des animaux étendus, morts au bord des rivières. Le lendemain, il avait dit à ses guerriers que si on ne respectait pas la terre, si on la creusait encore pour en extraire la « sève », l'esprit de cette terre finirait par se révolter et par provoquer de graves problèmes qui causeraient la mort et la disparition de l'espèce humaine. Harlyn me regarde et opine doucement en faisant son « Hun, hun ».

– Cette nuit-là, Geronimo avait donc bien vu l'état actuel de notre Terre et en quelque sorte avait prédit les problèmes que nous avons aujourd'hui. La destruction de la couche d'ozone, le réchauffement de la planète, les bouleversements climatiques à cause de la pollution de l'air et des produits chimiques déversés dans les rivières. Il a ressenti, avant tout le monde, que cet irrespect de l'humain pour son environnement provoquerait des catastrophes majeures dans le futur. L'état de notre terre aujourd'hui lui donne malheureusement raison...

C'est pourquoi, ajoute Harlyn en me faisant signe de le suivre, lui-même se consacre autant à la préservation de la nature au sein de la réserve. Il a même entamé une campagne auprès des jeunes Apaches pour les sensibiliser à ce problème.

– Je leur enseigne que nous ne devrions jamais nous considérer à part de notre environnement. Le détruire, c'est nous détruire. Alors n'oublie pas, c'est vraiment important, tu dois parler de ce combat pour sauver notre terre, dans le livre.

Je le lui promets. Mais j'ai une autre idée soudain. Je lui demande s'il serait prêt à venir à Paris pour le lancement du livre. Ainsi il pourrait lui-même parler de tout ça. La joie cette fois éclaire son visage.

– Bien sûr ! Mais quand ?

– Quand il sortira...

Il réfléchit. Sourit de nouveau.

– S'il fait assez chaud, je pourrai me baigner...

Je le regarde, l'air surpris.

– Te baigner ? À Paris ?

Il fronce les sourcils.

– Il n'y a pas la mer à Paris ?

– Euh... Non...

– Mais c'est où alors, la *French Riviera* ?

Íquot;Naałʼaʼánahałaaí nahí Chidikáágo hongéí doobaayándzįda.
Han kʼaa naháʼágólaanáʼań ʼáńá yaayáńzįhálí.
ʼÁkoo, dííjį́. ʼindaanałį́í ʼíłtį́ ʼiłʼango daadiłtałí tsįníntsaazí
bééshntłʼizí dáʼáída dííkʼeh ghádaaniidágo naháʼájílaa.
ʼÁkoo, nahí Chidikáágo hongéí, kʼaa naháʼájílaaní ʼitʼago
biyeeshxahyá doołiʼnaháʼánáájídlaada.Íquot;

*Nous, les Chiricahuas, n'avons pas honte que vous ayez fait de nous
des esclaves.
Peut-être que celui qu'on dit avoir créé les flèches pour nous a honte, lui.
Aujourd'hui il a fait pour vous, les hommes blancs, différents types de
pistolets qui tirent et transpercent tout,
même de gros troncs et des métaux durs.
Et pour nous, les Chiricahuas,
rien d'autre n'a été fabriqué que ces flèches,
créées dans le passé.*

La réserve de San Carlos...

Sur la réserve de San Carlos, ils vous ont fourni des pioches, des pelles, des semences. Et le comble pour un Apache, Grand-père, tu as dû dresser ton cheval à tirer une charrue pour labourer la terre. Au début, habitué aux grands espaces, il partait au galop en plein champ, aussi incapable que toi de s'habituer à sa nouvelle vie de bête de trait. Tu devais t'accrocher de toutes tes forces aux poignées de la charrue pour le retenir, provoquant l'hilarité générale. En quelques mois pourtant, tu as réussi à devenir un excellent cultivateur. L'un des meilleurs de la réserve, d'après certains rapports. Tu étais même fier de tes récoltes de pastèques, d'orge, de maïs.

Des photographes vous ont fait poser devant des décors pour publier ces photos dans les journaux et montrer à quel point vous étiez heureux de vivre cette expérience. Mais heureux, tu ne l'étais certainement pas. Le manque de respect de nos traditions était ton lot quotidien. On vous avait interdit de fabriquer le *tiswin*. Ce qui te paraissait injuste. Tous les Blancs avaient le droit de boire leur alcool. Pourquoi pas vous ? Ils voulaient aussi vous obliger à manger du porc. Tu as résisté. Un Apache ne pouvait avaler la viande d'un animal qui se nourrissait parfois de serpents. Et puis tu t'es vite rendu compte que des espions apaches au service de l'armée avaient été engagés pour surveiller vos familles. Une trahison, pour toi. Depuis ton arrivée, deux ans auparavant, tu avais respecté ta parole de vivre en paix. Crook était satisfait. Alors pourquoi ne te faisait-on pas confiance ?

À cause de cette surveillance sournoise, les tensions latentes se sont exacerbées et les inimitiés entre Apaches se sont transformées en querelles ouvertes. Le fait aussi de vous empêcher de respecter vos traditions est devenu de plus en plus difficile à supporter. Au même titre que les sarcasmes des soldats et des éclaireurs indiens qui, outre leurs insultes, entretenaient votre insécurité en distillant des menaces. Selon eux, certains d'entre vous allaient être pendus ou déportés. Des menaces que tu as essayé, dans un premier temps, de ne pas prendre trop au sérieux. Mais quand des journaux, à coups de gros titres, ont commencé à réclamer ton exécution, tu t'es enfin décidé à consulter ton « pouvoir ». Et il a été très clair. Tu étais en danger, Grand-père. Alors, au printemps 1885, tu as convaincu environ cent cinquante des tiens de s'échapper. Parmi eux, tes femmes, tes enfants, ton fils Chappo et des leaders comme Naiche, le fils de Cochise mort en 1874, Mangas, le fils de Mangas Coloradas, Nana, Daklugie et Chihuahua.

À peine votre disparition signalée, les journaux du Sud-Ouest ont créé une sorte de panique en titrant que les Apaches avaient quitté leur réserve. Des colons, des chercheurs d'or ont pris la fuite. D'autres se sont regroupés et barricadés pour faire face à vos attaques éventuelles. Mais vous étiez déjà au Mexique. Le général Crook, exaspéré, c'était ta quatrième évasion, a posté des soldats à la frontière de l'Arizona et du Nouveau-Mexique pour protéger ces États de toute nouvelle tentative de raid. Et des troupes dirigées par le capitaine Crawford sont parties à votre poursuite dans la Sierra Madre.

Une fois de plus, grâce à l'aide des éclaireurs indiens et particulièrement de Chato, ton ancien compagnon de combat qui avait refusé de te suivre, les soldats ont découvert ton campement. En août, une attaque de ces éclaireurs apaches, les seuls à vraiment représenter un véritable danger pour vous, a fait de nombreuses victimes parmi vos guerriers. Ils ont pris vos chevaux, vos vivres et fait des prisonniers, parmi lesquels tes trois femmes, She-gha, Shtshashe, Zi-yeh et cinq de tes enfants, dont Fenton, le bébé de Zi-yeh, ta petite fille de trois ans, et un autre fils, Little Robe, qui est mort en captivité peu de temps après son arrivée à Fort Bowie en Arizona. Tu as même été blessé, Grand-père, mais tu as réussi à t'échapper avec quelques guerriers et ton fils Chappo, le seul membre de ta famille à ne pas avoir été capturé.

Une fois à l'abri dans l'une de vos cachettes, tu as pu préparer du *hia* et l'appliquer sur ta blessure et sur celles de tes guerriers. Pendant quatre jours, tu leur as interdit de manger de la viande de cerf. Le quatrième jour, tu as marqué la viande avec du pollen, tu l'as mise trois fois devant la bouche de chacun des guerriers blessés, et, la quatrième fois, ils ont eu le droit de la manger. À peine remis, vous avez décidé d'aller délivrer et récupérer les membres de vos familles.

En cet automne 1885, avec quatre de tes guerriers, dont les femmes et les enfants avaient aussi été faits prisonniers, vous avez donc repassé la frontière pour vous rendre sur la réserve où ils avaient été emmenés. Profitant de la nuit, vous vous êtes infiltrés dans les habitations et avez réussi, avant que l'alerte ne soit donnée, à libérer quelques-uns d'entre eux, dont She-gha et ta fille de trois ans.

Avant de repasser la frontière, toujours insaisissables, vous avez encore commis quelques raids pour voler ce dont vous aviez besoin. Du bétail, des chevaux et des vivres. L'armée a passé la région au peigne fin, mais vous étiez déjà au Mexique, où vous êtes restés tranquillement à l'abri jusqu'au mois de novembre. Tu as même pris une nouvelle épouse, Iteeda, d'une tribu mescalero.

Inutile de dire que l'humeur du général Crook, à l'évocation de ton nom, commençait à tourner à l'hystérie. Mais cette menace, Grand-père, loin de t'inquiéter, ne t'a même pas empêché de tenter un nouveau raid sur son territoire. Il te restait un compte à régler avec les Indiens installés à Fort Bowie en Arizona. Ceux qui vous avaient trahis en s'engageant dans l'armée comme éclaireurs. Sans qu'aucun soldat n'arrive à vous arrêter, vous avez ainsi réussi à pénétrer dans l'enceinte du camp, à tuer une dizaine d'entre eux et à faire autant de prisonniers.

Cette fois, le général Crook, en accord avec le chef d'état-major des armées, a mis en état d'alerte l'ensemble des troupes du Sud-Ouest et a ordonné de tout mettre en œuvre pour aller détruire ton repaire au Mexique.

Son armée, sous les ordres du lieutenant Crawford, a passé la frontière en novembre 1885. Les éclaireurs ont mis environ deux mois à découvrir ton repaire. Tu l'avais perché sur une montagne escarpée, difficile à atteindre. Mais une nuit sans lune, les éclaireurs ont réussi à l'attaquer par surprise. Ton « pouvoir » cette fois ne t'avait pas averti. Vous avez quand même réussi à vous enfuir à temps, mais les soldats ont pu s'emparer de tous vos chevaux, de vos munitions et des réserves de vivres. Ce jour-là, isolé, harcelé par les soldats, tu as réalisé qu'aucun refuge désormais ne serait sûr. Ta seule chance serait d'accepter de parlementer. Tu as donc fait savoir à Crawford que tu acceptais de rencontrer Crook, resté posté à la frontière de l'Arizona, et seulement lui, pour parler des conditions de ta reddition.

Deux lunes plus tard, le 25 mars 1886 au canyon de Los Embudos, à la frontière entre le Mexique et l'Arizona, la rencontre a eu lieu. Tu as expliqué à Crook ce qui t'avait poussé à t'échapper, les menaces, l'interdiction de pratiquer vos traditions, la surveillance de vos familles par des espions apaches. Le général t'a répondu que cela n'avait jamais existé. Tu n'as pas protesté. Tu commençais à comprendre que les Blancs auraient de toute façon toujours raison. Et puis, las de ces années d'errance, tu voulais enfin vivre en paix et retrouver les membres de ta famille restés en captivité. Tu as proposé au général de retourner sur la réserve et de prendre un nouveau départ. Mais Crook a refusé. Soit, toi et tes hommes restiez sur le sentier de la guerre et il vous pourchasserait jusqu'au dernier, soit vous vous rendiez sans condition. Tu as demandé à réfléchir, mais deux jours plus tard, le 27 mars, tu as dit à Crook que tu acceptais de te rendre.

Pendant la nuit pourtant, Grand-père, toi et certains de tes compagnons, vous êtes mis à douter de la sincérité de Crook. N'avait-il pas affirmé que les menaces contre toi étaient une pure invention ? Une fois entre leurs mains, ils allaient te juger et t'exécuter, c'était certain. Alors tu as profité de l'obscurité et de la confiance que le général t'avait faite en te laissant libre de tes mouvements, pour t'enfuir une fois de plus. Naiche et Chappo, toujours le seul de tes enfants à ne pas avoir été tué ou fait prisonnier, t'ont accompagné avec une vingtaine d'autres guerriers, leurs femmes et leurs enfants. Selon votre habitude, vous vous êtes séparés en petits groupes, après être convenus d'un lieu de rendez-vous. Les soldats ont tenté de vous suivre, mais ils ont vite compris qu'ils ne pourraient vous rattraper. Vous étiez bien trop rapides pour eux et ils ne pouvaient suivre toutes les traces laissées par vos différents groupes. Ils ont donc repris le chemin de la réserve, emmenant avec eux les prisonniers qui n'avaient pu, ou pas souhaité vous suivre. Dont Nana et Chihuahua.

Une fois de retour dans la Sierra Madre, vous avez dû combattre les soldats mexicains. Mais sans éclaireurs indiens ils ne représentaient pas un réel danger. Depuis l'arrivée des Blancs, vous disposiez en plus de bons fusils et d'un nouveau moyen de communication. Finis les signaux de fumée que les soldats savaient repérer. Le miroir était bien plus discret. Vous dirigiez son reflet droit sur un groupe pour dire « Vous pouvez venir, la voie est libre. » Vous le dirigiez à droite ou à gauche pour indiquer la direction à suivre.

Une fois encore tu goûtais aux joies de la liberté.

8.

Je mets un petit doigt dans mon oreille droite. Elle siffle.
Harly Bear me demande ce que je fais. J'explique. C'est
bien, affirme-t-elle, une bonne nouvelle va bientôt arriver !
Je la regarde, l'air suspicieux. C'est vrai, insiste-t-elle, on
dit ça chez les Apaches. Je lui réponds qu'en France, on dit
qu'une personne parle de vous.

— Et quand on éternue, reprend Harlyn, c'est qu'une
personne pense à vous.

— Et il va pleuvoir si un chien se roule sur le sol, continue Harly Bear.

— Station-service en vue ! crie Nia.

Harlyn met son clignotant, engage la voiture sur la
voie d'accès et s'arrête de façon à ce que le réservoir
tombe pile devant une pompe. Toujours aussi précis.
Nous descendons pour nous dégourdir les jambes. Il fait
encore très chaud. Je regarde ma montre. Seize heures
douze. Les filles demandent de l'argent à leur Grand-
père. Elles ont faim. Normal, ça fait deux heures
qu'elles n'ont rien avalé. Harlyn donne dix dollars à
Harly Bear, qui prend Nia par la main et l'entraîne dans
le magasin, puis il s'approche de la pompe pour choisir
son carburant. Diesel. Il dévisse le bouchon à essence,
décroche l'embout, le met dans l'entrée du réservoir,
appuie sur la poignée de déclenchement. L'air se met à

211

trembler autour de sa main. Ça sent le gasoil. Je m'éloigne un peu. Il me demande s'il y a beaucoup d'habitants en Mongolie. Trois millions. Il rit.

– C'est tout ! Mais c'est juste le double de la population du Nouveau-Mexique.

Je lui dis que c'est même le pays où il y a plus de chevaux que d'habitants. Il rit de plus belle.

– Geronimo aurait adoré y vivre ! Et c'est grand comment ?

Je réfléchis.

– Environ cinq fois la superficie du Nouveau-Mexique, mais je vais t'y emmener, comme ça tu pourras galoper à la mémoire de ton arrière-grand-père sur les immensités de la steppe...

Cette fois il ne rit plus. La main toujours sur la poignée de la pompe, les doigts blancs à force de serrer, il semble rêveur. Ou ému, je ne sais pas. La turquoise pendue à son oreille reste immobile. Pas longtemps, les filles arrivent en sautillant, les bras chargés de sucreries. Nia me propose des bonbons roses et bleus. Je décline, je dois encore avoir une pomme ou un abricot dans mon sac à dos. Elle prend son air froncé.

– Toi tu manges que des pommes et tu bois que du café !

Je souris. Elle a raison, mais je n'ai pas envie de prendre dix kilos pendant ce séjour. Mon argument n'a pas l'air de la convaincre, elle trouve que je suis vraiment trop maigre. Harlyn retient un sourire. Harly Bear, toujours conciliante, dit à sa cousine que j'ai raison de faire attention, elle devrait bien en faire autant parce que dans sa classe beaucoup d'élèves souffrent déjà de diabète. Nia baisse la tête en serrant les bonbons contre son ventre. On entend un petit clic. Le réservoir est plein. Harlyn remet l'embout sur la pompe. Après avoir dit aux filles de remonter dans la voiture, il va régler. Je récupère mon mug et le rejoins. Envie d'un café. Nous entrons dans le magasin. Harlyn se dirige vers la caisse, je cherche la fontaine à café.

– Par là, me dit-il en pointant un index vers la gauche. Tu peux me prendre une bouteille d'eau ?

– O.K.

Il est déjà en train de signer son reçu de carte de crédit quand je le rejoins. Je règle mes achats. Il remet la carte dans son portefeuille, puis en sort une photo en me faisant signe d'approcher.

– C'est un cliché de la rencontre de Crook et de Geronimo au canyon de Los Embudos en mars 1886. Juste avant qu'il ne s'échappe de nouveau. Il y en a d'autres, mais ils sont dans la voiture.

Il me tend la photo. Je sens mon cœur faire une pirouette en découvrant un groupe d'hommes dans une forêt d'agaves et d'arbres déplumés au tronc blanc. Ils sont assis en cercle sur un sol recouvert de feuilles. Des taches de soleil éclairent certains visages. Je reconnais celui de Geronimo au centre, un bandeau sur le front. Son corps est un peu dans l'ombre, mais il semble être vêtu d'une veste en peau, d'une sorte de jupe claire ou de pagne court et de hauts mocassins. Je suis émue. De voir cet instant posé là, sur cette photo comme une tranche de temps. Une image du film dont il suffirait d'empiler tous les clichés pour en faire renaître le mouvement, et dans lequel, soudain, j'ai l'impression d'entrer. J'entends le son des feuilles sèches, froissées par les bottes des officiers, je sens leur odeur de poussière sucrée, je ressens le souffle inquiet des Indiens postés debout, autour des soldats. Tous les regards sont tournés vers l'objectif du photographe. Pas un seul sourire. À l'époque on ne devait pas leur faire dire « cheeeeese » pour leur donner un air joyeux. Geronimo est assis dans les feuilles, les jambes repliées devant lui, les deux bras posés sur ses genoux. Lui aussi fixe l'objectif. Mais son regard lance un défi. Peut-être est-il déjà en train de méditer son évasion ? Il a l'air calme, stable, déterminé. Je comprends soudain comment il galvanisait ses guerriers. Une force incroyable émane de tout son être. La voix d'Harlyn se glisse dans ce passé. Comme pour faire le lien, doucement, entre lui et notre présent. Il me montre un des soldats, avec un casque blanc et des gants en peau. Le général Crook, précise-t-il. Son visage et son uniforme sont dans l'ombre. Impossibles à voir.

– Et l'Apache debout près du cheval en haut de la photo, c'est Nana, un des leaders. Lui ne va pas s'évader avec mon arrière-grand-père…

Je regarde ses cheveux longs, retenus par un large bandeau blanc. Il a l'air triste. Ses bras pendent le long de son corps. Lui aussi porte un pagne court. Une de ses jambes, légèrement pliée, est en plein soleil. La cuisse est musclée. La voie d'Harlyn revient. À la suite de cette évasion, Crook a été démis de ses fonctions et muté à la tête d'une autre région militaire. Le général Miles l'a remplacé. Il a réuni cinq mille hommes cette fois, soit un quart des effectifs de l'époque, pour aller traquer Geronimo et sa vingtaine de guerriers.

Mais à peine parti, le général s'est vite rendu compte que les chevaux ne pouvaient avancer sur les flancs escarpés des montagnes dans lesquelles Geronimo se cachait. Il a donc ordonné à tous les soldats de mettre pied à terre. Évidemment ils n'avaient pas l'endurance des Apaches, qui de leurs cachettes pouvaient les regarder progresser en riant, absolument pas gênés par ces soldats auxquels leur petit groupe, aussi rapide qu'invisible, échappait facilement. Mais comme ces milliers d'hommes les pourchassaient, Geronimo et les siens n'avaient d'autre choix pour survivre que de voler, piller et tuer. Semant la terreur sur son passage, sa légende de sauvage sanguinaire s'est vite façonnée. Aux enfants on disait même « Si tu n'es pas sage, j'appelle Geronimo ! » Harlyn sourit. Comme Miles n'arrivait décidément pas à l'attraper, il a décidé de s'en prendre aux Apaches qui étaient à sa portée. Ceux des réserves. Harlyn tend sa main droite vers moi, je lui rends la photo. Il la regarde encore un instant, tout en continuant son explication. Une dizaine d'anciens leaders ont donc été arrêtés et placés en détention à Fort Leavenworth dans le Kansas. Les cinq cents autres membres de la tribu ont été déportés en Floride. Le seul État à bien vouloir accepter ces Indiens réputés féroces, parce qu'ils voyaient en eux une attraction touristique susceptible de leur rapporter beaucoup d'argent ! Harlyn opine en me regardant. Hun, hun. Mais pendant ce temps Miles avait opté pour une nouvelle tactique. Harly Bear pousse soudain la porte vitrée de la station-service.

– Mais qu'est-ce que vous faites ? On attend dans la voiture, nous !

Harlyn la regarde, l'air désolé. Il n'avait pas vu le temps passer. Harly Bear lui rappelle que c'est toujours comme ça quand il regarde ses vieilles photos. Geronimo et Crook retournent sagement dans son portefeuille. Il me chuchote, comme pour me rassurer, qu'il me montrera les autres clichés un peu plus tard…

Nous remontons dans la voiture. Sur la banquette arrière s'étalent les vestiges de deux paquets de bonbons. Les filles n'ont pas perdu leur temps. Nia, encore en train de mâchouiller, ouvre déjà un troisième paquet. Des caramels. Harlyn en prend un. Pas moi. Il redémarre. Je lui demande de continuer son explication, impatiente de découvrir la dernière tactique utilisée par le général Miles pour coincer son arrière-grand-père. Pas de réponse. Harlyn a mis son clignotant, il vérifie l'état de la circulation avant de s'engager sur la route, regarde à droite, à gauche, la turquoise suit les mouvements de sa tête. Pas de voiture en vue ? Non. Nous prenons la direction de San Lorenzo. Il s'apprête maintenant à me répondre, mais ses mâchoires restent un peu collées. Les filles éclatent de rire, leur caramel a fait son effet. Je dis à Harlyn qu'il va y laisser ses dents…

– Et en Mongolie, tu sais, quand un chamane perd ses dents, on dit qu'il perd aussi son « pouvoir ».

Je vois sa tête faire non. Puis, dans une dernière grimace pour enfin se débarrasser de son caramel, il me dit que même édentés, les chamanes apaches gardent leur pouvoir.

– La seule façon de le perdre, c'est de ne pas le respecter. Le pouvoir peut alors se fâcher et même tuer le chamane. Mais tu le sais déjà.

Il déglutit, puis reprend son explication à propos du général Miles. Sa tactique a été d'envoyer dans le camp de Geronimo deux anciens guerriers apaches pour lesquels il avait beaucoup de respect. Ils auraient sans doute plus de chance de le convaincre de se rendre. Avec une escorte de seulement six hommes dirigée par un officier, ils sont donc partis pour le Mexique. Quand Geronimo a vu les deux hommes approcher de son camp, il a voulu les tuer. Mais il a reconnu ses frères d'armes. Incapable de leur tirer dessus, il les a laissés approcher. C'était en août 1886. Ses anciens compagnons lui ont alors proposé de se rendre. Lui et ses hommes iraient rejoindre les membres de leur tribu, en attendant que le gouvernement décide de leur sort. Sans quoi, ils seraient tués jusqu'au dernier, les soldats étaient partout, ils n'avaient aucune chance...

Geronimo leur a dit que ses hommes et lui se rendraient, mais à condition d'avoir l'assurance de ne pas être pendus et de pouvoir aller vivre sur la réserve, auprès de leurs familles comme par le passé. L'officier en chef lui a fait répondre qu'il devrait se rendre sans condition. Les siens avaient de toute façon été envoyés en Floride ; s'il ne se rendait pas, il perdrait tout espoir de les revoir un jour...

– Tu sais comment on dit « c'est ma maison » en apache ? me demande Harly Bear

– Non, comment ?...

– *Shi ku yai.*

Je répète

– *Chekouyi ?*

Les filles se mettent à rire. Harlyn articule lentement. *Shi-ku-yai !* Je répète. Cette fois correctement. Bruits de papiers de bonbons à nouveau. Je ne sais pas comment

216

elles font pour avaler autant de sucreries. Je demande à Harlyn quelle a été la décision de Geronimo. Du bout de l'index droit il masse son front, entre son chapeau et ses lunettes de soleil. Un mouvement circulaire. Puis repose sa main sur le volant, position à dix heures dix, toujours.

– Mon arrière-grand-père, dit-il enfin, de sa voix en retrait, a été très ébranlé par l'annonce de la déportation de sa famille en Floride. Il a donc réuni ses hommes en une sorte de conseil, au terme duquel il a annoncé à l'officier leur décision de continuer la guerre, à moins de pouvoir négocier les conditions de leur reddition directement avec le général Miles. L'officier a refusé. Alors le lendemain Geronimo n'a eu d'autre choix que de se rendre. En fait tous ses hommes en avaient assez d'être séparés de leurs familles. Ils voulaient les rejoindre et enfin vivre en paix. Resté seul à vouloir combattre, mon arrière-grand-père a dû se plier à l'avis de ses guerriers. Mais il a continué néanmoins à vouloir définir les conditions de sa reddition avec Miles.

Petit raclement de gorge. Sa voix monte d'un ton.

– L'officier a fini par céder et le général Miles, averti de l'arrivée de Geronimo, a proposé une rencontre à Skeleton Canyon, un passage entre le Mexique et l'Arizona à une trentaine de miles au sud de l'actuelle ville de Douglas, en Arizona. Miles y est arrivé dans l'après-midi du 3 septembre 1886. Il a dit à Geronimo et à ses hommes qu'il ne leur serait fait aucun mal. Ils seraient simplement emmenés à Fort Bowie, puis rejoindraient les leurs en Floride. Il leur a aussi promis qu'on leur donnerait une maison, du bétail, des terres, des outils pour la cultiver et qu'ils auraient l'autorisation de retourner sur leur territoire de la Gila River. La cérémonie de reddition aurait lieu le lendemain...

– Et tu connais des mots en mongol ? me demande Nia, son caramel à peine avalé.

Je confirme. Pour dire « oui », on dit *Tim* ! Harlyn répète le premier, parfaitement. Les filles aussi.

217

– Et comment on dit « non » ? me demande Harly Bear
– *Ogoui.*
Concert de *Ogoui* et de *Tim* derrière moi. Je ne sais pas si c'est cette ambiance mongole, soudain, mais je pense à mon tambour dans le coffre. Je demande à Harlyn s'il se sert d'un tambour au cours des cérémonies. Parfois. Un petit de trente centimètres de diamètre environ. Je lui dis que le mien est dans le coffre. Beaucoup plus gros, un mètre de diamètre sur vingt centimètres de profondeur.
– Je pourrais faire une cérémonie si tu veux...
La turquoise à son oreille fait oui, oui, puis non, non. Trop dangereux, finit-il par dire, l'air soudain grave...
– Je veux bien assister à une cérémonie en Mongolie, mais pas que tu en fasses une ici. Tes esprits risquent de perturber ceux des Apaches...

« *Autrefois, j'allais comme le vent. Aujourd'hui, je me rends à toi et tout est fini.* »

Geronimo,
(lors de sa reddition au général Crook)

« *Je vais quitter le sentier de la guerre et vivre en paix pour toujours…* »

Geronimo

« *Les chants et les prières battront toujours au rythme du cœur des Apaches.* »

Edgar Perry,
Apache White Mountain et historien

Ton dernier jour de liberté...

Le soleil commençait déjà à décliner, Grand-père, quand un soldat est venu te chercher pour la cérémonie de reddition. Tes guerriers et toi l'avez suivi jusqu'à un grand rocher ocre en forme de canine de loup, dont le soleil déjà bas sur l'horizon n'éclairait qu'une seule face. Sa teinte orangée, chaude, t'a un instant rappelé celle des ciels de la Gila. Ta rivière te manquait et l'idée de la retrouver, Miles te l'avait promis, l'idée de serrer de nouveau ta famille sur ton cœur, t'a soudain donné l'envie d'en finir au plus vite avec cette cérémonie. Dans cinq jours, avait dit le général. Dans cinq jours, tu serais avec eux. Toi aussi, tu étais fatigué de cette vie de fugitif, et l'espoir de vivre en paix, comme avant, t'a pour la première fois semblé réconfortant. Tu t'étais rendu, certes, mais finalement avec les honneurs. Miles t'avait concédé tout ce que tu voulais. Il empêcherait qu'on te pende, il te donnerait des terres, du bétail, une maison où tu vivrais avec les tiens, et tu aurais l'autorisation de retourner sur le lieu de ta naissance pour y mourir en paix, selon la tradition apache. Cette fois, il serait digne de confiance. Quand tu lui avais dit que les Blancs, jusque-là, n'avaient jamais tenu leurs promesses, il avait été d'accord. Il avait même reconnu tout le mal fait aux Indiens et ajouté que, cette fois, il disait la vérité. Il tiendrait donc ses promesses. Tu osais l'espérer du moins, et tu tiendrais les tiennes.

En arrivant près du rocher au sommet effilé, tu as vu le général, debout au milieu des herbes jaunes, plus grand que toi, son casque blanc sur la tête. Il t'a invité à venir t'asseoir sur une couverture de laine, posée au sol. Son regard était franc, plein de respect. Alors tes dernières réticences se sont envolées. Avant de t'asseoir, Grand-père, tu es allé chercher une grosse pierre que tu as placée sur la couverture, bien au centre. Vous vous êtes assis de part et d'autre et tu as dit à Miles que, sur cette pierre, votre traité serait scellé. Il durerait jusqu'à ce qu'elle tombe en poussière.

Au moment de prêter serment, tu as regardé une dernière fois le paysage autour de toi. Juste pour lui dire combien tu le remerciais de t'avoir caché, nourri, protégé pendant ces onze années où tu avais été un fugitif. C'est là que tu as aperçu le buisson de baies de sumac, juste au pied du rocher en forme de canine. Une bouffée de joie a envahi ton cœur. Un jour, tu retrouverais le tien à la Gila. C'était bien tout ce que tu désirais dorénavant : vivre en paix auprès de ta famille, sur votre territoire.

Tu as prêté serment. Miles aussi, puis il a balayé la terre avec sa main droite devant la couverture. Par ce geste, il effaçait tes actions passées et t'invitait à commencer une nouvelle vie. Des soldats ont ensuite érigé un monument de pierres d'environ trois mètres de large sur deux de haut, au centre duquel ils ont placé une bouteille contenant un papier avec les noms des officiers présents.

Le lendemain, le 5 septembre 1886, tu as suivi Miles pour Fort Bowie, accompagné de Chappo, Naiche et trois autres leaders. Tu te rendais pour la quatrième fois et, tu le savais déjà, c'était la dernière.

Pendant ce temps, les cinq cents membres de ta tribu avaient été déportés à Fort Marion en Floride. Mais, entassés sur un espace inadapté à leur nombre, dans un climat humide, sans mesures d'hygiène et affaiblis par des rations de nourriture insuffisantes – le Département de la Guerre avait décidé de faire des économies – les tiens ont très vite commencé à succomber aux attaques de malaria et de tuberculose. À la fin du mois d'août 1886, deux des tiens étaient déjà décédés, dont ta fille de quatre ans et sa mère Shtsha-she. Mais tu ne l'as pas su, car après Fort Bowie on ne t'avait pas envoyé en Floride les rejoindre, comme Miles te l'avait promis, mais à San Antonio, au Texas, où tu attendais d'être jugé. Tu n'as pas su non plus que Iteeda avait donné naissance à votre fille Lana.

Après ton jugement, tu as été transféré avec Chappo et tes guerriers, soit une quinzaine d'hommes, à Fort Pickens en Floride, sur une île presque déserte. Les autorités locales ont été enchantées de l'arrivée du « célèbre » Geronimo. Tu y es arrivé en octobre 1886. Le fort avait été laissé à l'abandon depuis la fin de la guerre de Sécession, mais on vous a fait travailler à sa restauration. Un travail très pénible, qui a duré des mois pendant lesquels, enfermé, sans nouvelles des tiens et avec le sentiment une fois de plus d'avoir été trahi par les Blancs, tu n'as eu d'autre recours que d'interroger ton « pouvoir ». T'apporterait-il son aide ? Qu'allais-tu devenir ? Allais-tu revoir ta famille ? Mais il ne t'a pas répondu. Lui aussi semblait t'avoir abandonné.

Les seules personnes, finalement, à t'avoir apporté un peu de distraction, ont été les nombreux touristes, agglutinés aux portes du fort pour enfin découvrir le visage de ce Geronimo sanguinaire dont les journaux, à coups de gros titres, avaient décrit la ruse et la cruauté. Introduits dans l'enceinte par petits groupes d'une vingtaine, tu t'amusais de voir leur déception quand ils te découvraient, sagement en train de nettoyer les fossés ou les puits du fort. Peut-être étais-tu content de faire mentir ces journaux.

À la fin septembre 1887, Grand-père, ta famille est enfin arrivée au fort. Ce qu'il en restait du moins, car tes femmes, She-ga, Zi-yeh et Iteeda étaient seulement accompagnées de deux de tes enfants : Fenton, le fils de Zi-yeh et Lana, le bébé d'Iteeda, que tu voyais pour la première fois. Elles t'ont annoncé que ta fille Dohn-say, la sœur de Chappo, s'était mariée et était partie pour l'Alabama avec son époux et les Indiens qui n'avaient pas été envoyés à Fort Pickens. Elles t'ont aussi annoncé le décès de Shtsha-she et de votre petite fille. Tu as pris Lana, ma future grand-mère, dans tes bras. Et tu l'as bercée longtemps, comme souvent tu l'as fait par la suite, à la grande stupeur des curieux. Un sauvage était-il donc capable de bercer son bébé ?

Enhardi par l'arrivée de ta famille, tu as demandé, avec le soutien de Naiche, qu'on vous donne ce qu'on vous avait promis, une maison et une terre. L'officier vous a répondu que vous deviez déjà vous estimer heureux que vos vies aient été épargnées par un gouvernement clément, auquel vous deviez la reconnaissance. Vous avez alors demandé combien de temps vous resteriez prisonniers de guerre, mais personne ne vous a jamais répondu. Et heureusement pour toi, Grand-père, la réponse était : vingt-sept années...

L'officier responsable du camp a malgré tout fait un geste pour ton fils Chappo. Il le trouvait exceptionnellement intelligent et a voulu lui donner une chance de sortir de sa condition, en l'envoyant à l'école indienne de Carlisle, en Pennsylvanie. Tu as tout de suite accepté, content qu'on donne enfin à un Apache la possibilité d'acquérir les connaissances et les techniques des Blancs. Cette joie, pourtant, allait une fois de plus être entachée par un nouveau malheur. Peu de temps après le départ de Chappo, ta femme She-ga est tombée malade. Une pneumonie à laquelle elle n'a pas survécu.

En mai 1888, on vous a tous transférés au camp de Mount Vernon en Alabama, où tu as retrouvé Dohn-Say, ta fille et le reste de ta tribu, enfin réunie au complet. Mais à cause des carences alimentaires et des épidémies de tuberculose tous étaient très faibles. Sur les trois cents prisonniers arrivés huit mois plus tôt, une vingtaine déjà étaient décédés. Les officiers du camp n'avaient pourtant pas l'air de s'en préoccuper. Ils n'avaient même rien trouvé de plus sain pour votre santé que de faire construire vos habitations au fond d'un vallon entouré d'arbres et privé de lumière. Un lieu complètement insalubre au sein duquel, disais-tu, Grand-père, le seul moyen d'apercevoir le ciel était d'escalader un très grand pin...

Chaque maison était constituée de deux pièces, avec un sol en terre battue et des murs en rondins dont vous deviez boucher les interstices à l'argile pour vous protéger du froid et de l'humidité. Une bien insuffisante protection, car malgré vos efforts tout, absolument tout, moisissait. La nourriture, les vêtements, les mocassins. On t'avait donc installé dans l'une d'elles, avec Zi-yeh, Fenton, Iteeda et Lana. N'ayant d'autres meubles qu'un poêle, vous deviez dormir sur des planches et manger par terre. Il y faisait froid en hiver, chaud en été et humide en toute saison, mais une fois encore vos plaintes sont restées sans réponse. L'opinion publique américaine, cependant, a commencé à s'intéresser au sort des Indiens. Des associations se sont mises en place pour vous venir en aide et obliger les autorités à assouplir leur comportement.

Ainsi, au début de l'année 1889, deux femmes missionnaires ont été envoyées par une association amie des Indiens pour créer une école dans votre camp. Tu en as été un partisan enthousiaste, Grand-père. Le matin, tu y emmenais les enfants et tu passais beaucoup de temps avec eux, leur imposant la discipline stricte que tu utilisais dans le passé pour la formation des jeunes guerriers. Tu maintenais l'ordre dans la classe, armé d'une baguette pour couper court à toute tentative d'indiscipline.

Vos conditions de vie dans le camp restaient malgré tout catastrophiques. Les tiens n'arrivaient pas à s'adapter à l'humidité excessive de la région et, deux ans seulement après votre arrivée, un quart d'entre vous aviez succombé aux différentes épidémies de tuberculose, pneumonie, diarrhée ou malaria. L'opinion et les associations de défense des Indiens, de plus en plus outrées par les conditions dans lesquelles on semblait vous avoir abandonnés, ont de nouveau fait pression auprès du gouvernement, qui a fini par accepter d'envoyer quelques-uns d'entre vous sur la réserve des Mescaleros au Nouveau-Mexique. Tu as immédiatement choisi de te séparer d'Iteeda dont c'était la tribu, et de votre fille Lana. Cela te semblait en effet être la seule chance de sauver leurs vies. Iteeda a d'abord refusé. Selon la tradition apache, cette séparation signifiait un divorce. Mais tu as été intraitable et, en février, elles sont enfin parties pour Mescalero, accompagnées d'un groupe d'une dizaine d'autres membres de la tribu. Peu après son arrivée, Iteeda s'est remariée et a eu un fils du nom de Robert.

Sous la pression des associations, le gouvernement a enfin débloqué des crédits pour faire construire aux prisonniers apaches de Mount Vernon un hôpital et de nouvelles habitations. Tu as donc rapidement pu t'installer, avec Ziyah, votre fils Fenton et votre dernier bébé, Eva, née à l'automne 1889, dans une petite maison en bois, cette fois équipée de lits, de chaises, d'une table et d'un sol en parquet.

Il n'existait pas vraiment de tourisme dans la région, mais les passagers qui arrivaient par le train dans la ville la plus proche constituaient une clientèle pour les produits artisanaux qu'on vous avait autorisé à fabriquer. Tu étais très impliqué dans ce négoce, Grand-père. Il faut dire qu'avec ton grand sens de l'économie, tu savais réaliser d'excellentes affaires avec les arcs, les flèches, les carquois, les cannes et autres objets que tu façonnais avec beaucoup d'habileté. Un jour, un touriste t'a demandé si tu voulais bien lui vendre ton chapeau, une sorte de calotte en peau de daim décorée de perles et d'ornements d'argent représentant le soleil, la lune, les étoiles. Tu as un peu hésité, mais il t'en proposait beaucoup d'argent, alors tu le lui as vendu. Quand il l'a eu entre les mains, il t'a demandé si tu pouvais inscrire ton nom à l'intérieur, comme si ta signature pouvait lui donner une valeur inestimable. Ton nom était la seule chose que tu savais écrire, tu as donc accepté. Mais en traçant les lettres une à une, avec application, tu as pensé que tu pourrais lui faire payer un supplément pour ce geste auquel il semblait tenir. Le touriste a payé sans protester. Tu n'as rien dit, mais quand il est parti, apparemment très fier de son acquisition, tu as compris que ton nom, devenu une légende, était un atout. Tu ne te priverais plus de le faire payer très cher. Ta revanche à toi...

Et tu allais en avoir bien besoin, parce qu'une fois encore le malheur allait te frapper. En 1893, ton fils Chappo, toujours à l'école indienne de Carlisle, a contracté la tuberculose qui, surtout chez les jeunes, continuait de faire des ravages. On l'a autorisé à venir te rejoindre en Alabama, mais ce fils sur lequel tu avais fondé tant d'espoirs est mort dans tes bras peu après son retour. De tous tes enfants, seuls Dohn-say, Fenton, Eva et Lana, toujours à Mescalero auprès d'Iteeda, avaient survécu...

9.

Les filles dorment à l'arrière. Peut-être le son de la flûte. Harlyn a inséré un CD dans le lecteur, dès que la route a commencé à serpenter dans Spirit Canyon. Un lieu étroit, sombre, et pourtant plein de colibris. Mon oiseau préféré, me dit Harlyn, et le préféré de Geronimo aussi, qui parcourait souvent le fond de ce canyon, où habitait le sorcier dont sa mère lui avait interdit de croiser le regard. « Tu te souviens ? » Oui, bien sûr. Et je commence même à me douter de l'endroit où nous allons. Mais cette fois je ne pose pas la question. Sans doute pour laisser à Harlyn le plaisir de me faire la surprise. Et puis je peux me tromper. Nous venons d'atteindre un haut plateau parsemé de petits genévriers et de roches grises. Le son de la flûte indienne continue de nous envelopper. Très doux. Sur ses notes, mon regard survole le ravin juste à droite, frôle les falaises, suit les aigles en train de tourbillonner autour d'une pompe de chaleur. Dans mon ventre, je retrouve les sensations du temps où je pratiquais le deltaplane. Harlyn me dit qu'il joue de cette flûte. Geronimo en jouait aussi pendant sa détention. Un moyen pour lui de s'évader dans les paysages de son enfance.

– Tu vois la forêt, au loin ?

Je regarde la masse sombre dans la lumière rasante. La

route serpente pour y arriver, longeant un à-pic impressionnant. Il ajoute qu'il aime bien écouter cette musique en arrivant dans la région, puis il se tait de nouveau, l'air perdu dans ses souvenirs. Je regarde son chapeau blanc suivre imperceptiblement les volutes de la musique. Ses lèvres bougent un peu aussi, donnant l'impression qu'il souffle lui-même dans la flûte. Peut-être s'imagine-t-il en train de jouer en duo avec son arrière-grand-père ? Comme s'il répondait à ma pensée, il me dit que parfois, en jouant, il a l'impression de voir Geronimo lui sourire. Il me lance un coup d'œil.

– Et si on sait l'écouter, le son de cette flûte a le pouvoir d'ouvrir la fenêtre entre les deux mondes…

Il fixe de nouveau la route, maintenant bordée de grands arbres. En musique, comme un vaisseau glissant sur l'asphalte, nous entrons doucement dans la forêt. « Regarde », me dit-il en désignant de l'index le côté droit de la route. Je tourne la tête, et soudain je découvre le panneau « Gila National Forest ». C'était donc bien ce que j'avais imaginé. Les yeux sur le point de déborder, je regarde Harlyn. « Nous sommes sur la terre natale de Geronimo, n'est-ce pas ? » opine lentement de la tête. Presque solennellement.

– Je te fais faire le voyage dont il a tant rêvé. Nous allons sur son lieu de naissance…

Sur la gauche de la route, j'aperçois un petit lac, dans lequel plonge une rivière. La Gila ? Oui.

– Ce lac est toujours un lieu sacré pour les Apaches.

Toutes les descriptions d'Harlyn depuis notre départ me reviennent alors à l'esprit. Grâce à lui, à sa façon de me les avoir fait revivre, j'ai l'impression d'être sur le point de voir apparaître Geronimo, là, au détour de ce méandre, juste caché derrière un buisson, à l'affût d'un cerf…

– Regarde près de la rivière ! crie soudain Harlyn.

Je tourne la tête. Les filles se réveillent en sursaut. Une biche est là, à droite, juste à l'entrée du bois au-dessus de la route, le pelage beige, l'encolure tendue vers une jeune

228

pousse de sapin. Harlyn arrête le moteur. Seul le son de la flûte, maintenant, accompagne nos regards émerveillés, tous dirigés vers l'animal. Harlyn actionne l'ouverture de la fenêtre. La biche a tourné la tête dans notre direction. Ses naseaux se mettent à palpiter, son corps se ramasse en position de fuite, les pattes légèrement pliées et hop, elle bondit sur la route. En deux sauts, elle passe de l'autre côté, dans l'ombre du sous-bois, puis nous regarde une dernière fois et s'enfuit vers la rivière.

– Il y en a une autre près de l'eau ! crie Harly Bear.

Nos regards cherchent. Oui ! Dans une tache de soleil, en train de boire. Nous voyons alors la première biche venir la rejoindre. Comme si elle l'avait prévenue du danger, elles s'éloignent en jetant des coups d'œil vers nous. Harlyn redémarre, le sourire aux lèvres. Je lui demande s'il lui arrive de chasser des biches.

– Bien sûr. Et des cerfs aussi. Mais pas ici, c'est interdit maintenant.

– Tu chasses surtout les lapins ! le corrige Nia.

– Mais toujours à l'arc, précise Harlyn, un brin de fierté dans la voix.

Je me tourne vers lui.

– Un lapin à l'arc ? Ça doit être dur, non ?

– Pas pour un Apache, me répond-il. J'enseigne même cette technique aux jeunes de la réserve. Certains commencent à se débrouiller, d'ailleurs. Je leur apprends aussi la traque. Approcher un animal sans se faire repérer est un exercice bien plus difficile…

Il lance un regard circulaire, sans doute à l'affût d'une autre biche. Mais rien à signaler, il fixe de nouveau la route. Il avait douze ans, reprend-il, quand on lui a appris les techniques de chasse. Il devait comparer les empreintes, observer les branches cassées, les herbes aplaties et la direction du vent pour que l'animal ne sente pas son odeur. Une fois, il a mis une demi-journée pour parcourir seulement quelques mètres. Mais au moins, il a appris la patience et l'observation. Des qualités de plus en plus rares de nos jours. Coup d'œil au rétroviseur. Une voiture est juste derrière nous. Il se met un peu plus à droite pour la laisser doubler, la route pour une fois est étroite.

– Tu comprends pourquoi, reprend-il, je tiens à les inculquer à nos jeunes ! C'est parce qu'il savait attendre le bon moment, que Geronimo a pu si souvent échapper à la surveillance des soldats. À force de les observer, il connaissait leurs habitudes, leurs rythmes, leurs failles, les moments où ils relâchaient leur attention. Ils étaient un gibier pour lui, et ces méthodes de chasse lui ont été très utiles...

La voiture double. Une sorte de gros 4×4 blanc. D'un signe de main, le chauffeur remercie Harlyn de s'être rangé. Je lui demande si Geronimo était resté longtemps prisonnier en Alabama. Sept ans. Leur groupe était tellement affaibli par les maladies que le gouvernement avait finalement décidé de les envoyer à Fort Sill en Oklahoma.

– Ils sont partis en train, dit Harly Bear. Et tout le long du chemin, des gens s'étaient rassemblés juste pour apercevoir et applaudir Geronimo...

Harlyn confirme en souriant. Les gens, comme en Alabama, voulaient repartir avec un souvenir de lui et, à chaque arrêt du train, ils lui demandaient de leur vendre un bouton de chemise, un mocassin ou même son chapeau, tout était bon. Alors il coupait ses boutons et les vendait un à un pour vingt-cinq cents. Pour cinq dollars, il cédait son chapeau. Et les gens se disputaient pour les avoir. Du coup, entre chaque arrêt, il cousait d'autres boutons et se coiffait d'un nouveau chapeau. Ce qui énervait les autorités et les militaires, révoltés qu'un « meurtrier » soit l'objet de tant d'honneurs. Ils avaient peur aussi que cet enthousiasme réveille en lui l'envie de s'échapper de nouveau et regrettaient qu'il n'ait pas été pendu quinze ans plus tôt. Harlyn retire ses lunettes et masse doucement ses paupières supérieures. Tu as mal aux yeux ? Un peu, me répond-il, quand il conduit longtemps. Il doit changer ses verres. Après avoir remis ses lunettes, il reprend son explication.

Les prisonniers sont arrivés à Fort Sill en octobre 1893. Les Comanches et les Kiowas, qui vivaient sur ce territoire, sont venus les accueillir. On les a installés dans des maisons en bois, réparties en petits villages. Geronimo a été nommé responsable du sien et chargé par l'officier du camp de juger les délits mineurs commis par les prisonniers.

— Il était super-sévère, dit Harly Bear.

— Oui, confirme Harlyn. Il a même donné cent ans de détention à un Indien qui avait volé une selle !

Je le regarde, surprise.

— Et la peine a vraiment été appliquée ?

— Non ! On lui a juste demandé de modérer ses jugements. Mais ce n'était pas sa faute : dans la tradition apache, voler était puni de bannissement, ce qui, comme tu le sais, équivalait à une peine de mort puisqu'un homme à l'époque ne pouvait survivre seul en pleine nature. Mais il a vite compris que les temps avaient changé et personne n'a plus jamais pu critiquer ses sentences. On venait même systématiquement le voir pour régler le moindre problème.

— Il a cultivé des pastèques aussi ! coupe Nia en regardant son Grand-père. Tu as la photo ?

Harlyn me demande d'ouvrir la boîte à gants.

— Chaque prisonnier possédait son lopin de terre, continue-t-il. Et mon arrière-grand-père est devenu un excellent fermier. Il faut dire que la terre n'avait jamais été exploitée, elle était très riche. Tu as trouvé ? C'est un petit album noir, sous le téléphone portable...

J'ai trouvé le téléphone, oui. Un Motorola bleu anodisé, le modèle extra-plat. Je lui demande ce qu'il fait dans la boîte à gants, il ne l'utilise donc pas ? Haussement d'épaules, genre, Ça m'énerve ce truc. Harly Bear, l'air exaspéré, le confirme. Il l'oublie toujours et quand on veut le joindre on ne peut pas. Ah, voilà l'album. Je referme la boîte à gants. Harly Bear me demande de le lui passer. Elle l'ouvre, le feuillette.

– C'est cette photo, regarde…

Je découvre Geronimo en veste et pantalon de travail, debout dans un champ entouré d'arbres. Il tient une énorme pastèque dans la main gauche et un chapeau dans la main droite. Les cheveux attachés en queue-de-cheval, je retrouve le même regard perçant, visage buriné, pommettes saillantes, bouche fermée, dessinée comme un trait horizontal et mâchoire inférieure légèrement prognathe.

– La femme et le petit garçon indiens à côté de lui, c'est qui ?

Elle est vêtue d'une jupe longue blanche et d'une chemise noire cintrée à motifs blancs, des pois ou des fleurs, je ne vois pas bien. Elle porte aussi une pastèque dans une main. Le petit garçon est pieds nus, en chemise foncée et pantalon court.

– C'est Ziyah, sa femme, et leur fils Fenton, répond Harlyn. Geronimo ne le sait pas sur cette photo, mais ils vont bientôt mourir de la tuberculose…

Je le regarde. Encore ? Il hoche la tête. La mortalité était encore très importante et son arrière-grand-père était de plus en plus inquiet de voir son peuple ainsi disparaître. Pourtant, disait-il, si *Yusn* avait créé les Apaches, c'est qu'ils avaient une utilité. Mais Geronimo en était persuadé, un Apache déraciné ne pouvait pas survivre longtemps, et la seule solution était de les ramener dans la région de la Gila River, sur leurs terres ancestrales. Alors il n'a cessé de supplier les autorités de leur permettre d'y retourner. Sans résultat.

– Tu sais comment l'appelaient les soldats du camp ? me demande Harly Bear.

– Non…

– Gerry ! Mais il n'aimait pas trop. Les soldats le savaient, et ils faisaient exprès de l'appeler comme ça…

Je feuillette l'album, et m'arrête sur une photo de Geronimo posant debout devant un cheval à côté d'un autre Indien, grand et mince. Les deux portent un gilet, une chemise, un pantalon, un chapeau…

– Ton arrière-grand-père est habillé en cow-boy sur cette photo ?

– Oui, il est avec Naiche, le fils de Cochise, me répond Harlyn, sans lâcher la route des yeux. Tu vois le lasso sur le cheval derrière eux ?

Je regarde Harlyn, surprise.

– Tu connais chaque photo par cœur ?

– Il passe des heures à les regarder, se moque Nia.

Harlyn se contente de sourire, puis enchaîne. Quand ils sont arrivés à Fort Sill, les Apaches n'avaient aucun troupeau. Alors le Congrès a débloqué des fonds pour leur acheter du bétail. En contrepartie, ils ont dû apprendre le travail de cow-boy, le maniement du lasso, le marquage, les soins à donner aux bêtes. Son arrière-grand-père aimait bien cette partie de son travail, mais il a beaucoup moins apprécié que les bénéfices de la vente de ses animaux soient versés, pour la plus grande partie, à un fonds apache géré par le gouvernement. Il trouvait ça injuste et s'en est plaint aux officiers du camp. Sans résultat, bien sûr. Harlyn réajuste son chapeau.

– Mais mon arrière-grand-père, continue-t-il, a trouvé des compensations. Un jour, un artiste envoyé par le président du Field Museum de Chicago a été envoyé à Fort Sill pour peindre le portrait de Geronimo. La première réaction de mon arrière-grand-père a été de savoir combien il serait payé pour ce travail. Le peintre lui a laissé le soin d'en décider et après réflexion il a accepté de poser pour trois dollars, mais à condition que le peintre fasse deux tableaux. Le marché a été conclu, Geronimo a encaissé ses six dollars et il s'est débrouillé, en plus, pour lui vendre des pièces « signées » de son artisanat. Une très bonne opération pour l'époque !

Je souris.

– Il avait un sens inné du marketing, non ?

– C'est certain et d'après sa fille Lana, ma grand-mère, ça l'amusait beaucoup de gagner de l'argent. À sa mort, on a même découvert qu'il avait onze mille dollars sur son compte en banque !

– Regarde, crie Nia, il y a une autre biche là, près de l'eau !

'Iłk'idą, dák ǫǫ da yá'édįná'a.
Ditsį naaki łi' niiyá sitą́go łi' bikáshį́ 'óó'ágo baa'nádaa'shdiłhisgo beek ǫ hanádaaji'áná'a.Ditsį 'áłts ǫǫ ségo daajiyaak'ashí dá'áí 'itsįįsbéézhí beehadaajindíílná'a.'Itsįí tsíghe'yá jiłt'eesgo 'iłdǫ́ dá'áíbee nábé'ijiyałtsiná'a.Ditsį dáha'á'áłts ǫǫ séí bighe' hadaa'jich'iishí dá'áí gobee'nłndédíná'a.Ditsįntsaazí 'idaas'áí nanshį́go ditsįdijoolí baadahnaas'ą́í bighe' hadaa'jiłndií dá'áí daago'ide'ná'a.'Ikałí 'iłdǫ́ daago'ide'ná'a.Dákí gostł'ish 'isaa 'ádaajilaí beedaa'jiłbéézhná'a. Gahée yá'édįná'a.'Ádą́, 'ik'aneída, gołką̄ą̄deída, bihóóleída, díídíí díík'eh, yá'édįná'a.
K'adi, dá'át'ego nahidáń gólį́í beenndá'ádą́í baanáágoshndi.
Díídíí:
'Inaada, goshk'an, nshch'į́, 'ighe'éłtsoi, gołchíde, chíłchį, hoshjishóhé, 'inaadą́ą́', dziłdaiskáné, niigoyáhé, naastáné, hanóósan,'iigaa'e, dzé,'ináshtł'izhee, tséłkanee, deek'oshé dach'iizhé, diłtałé, yóółndáhé, tsinaasdo'é, chííshgagee, gah, góóchi dá'ákodeyáí, téjółgayé, łį́, náa'tsílidiłhiłí, dibéhé, dá'ákodeyáí, ts'isteeł.
'Ádíídíí díík'eh nahidáń.'Áí nahí doobaayándzįda. Jooba'éndéłą́í yee'isdahóóka.

Il y a longtemps, même le feu manquait, ils disent.
Les Indiens avaient l'habitude de faire du feu avec deux bâtons, l'un était posé sur le sol, pendant que l'autre, tenu à la verticale, était frotté en tournant sur le premier, ils disent. Ils retiraient la viande bouillie du

pot, grâce à un mince bâton pointu, ils disent. Avec cela, aussi, ils tournaient la viande qui rôtissait dans les braises, ils disent. Leurs cuillères étaient des sortes de minces bâtons dans lesquels ils avaient fait un creux, ils disent. Leurs tasses étaient des protubérances en forme de boules, qui poussaient sur le tronc de grands arbres et dans lesquelles ils avaient creusé, ils disent. Leurs assiettes étaient faites de peaux séchées. Ils cuisinaient dans des pots en argile qu'eux-mêmes avaient fabriqués, ils disent. Le café manquait, ils disent. En ce temps, même la farine, le sucre, et les haricots, tout cela manquait, ils disent.

Maintenant, je vais dire aussi quelle nourriture ils avaient pour vivre.

Cela :

Mescal, fruits de yucca, pignons, glands, prickly pears, baies de sumac, cactus, maïs, plantes de montagne, pommes de terre sauvages, haricots mesquite, bourgeons de yucca, fleurs de yucca, cerises sauvages, miel, mûres, sel, baies, biches, dindes sauvages, écureuils, chiens de prairie, lapins, peccaries, mules, chevaux, bisons, moufflons, et tortues.

Tout cela était notre nourriture. Nous n'en avons pas honte. Beaucoup de gens pauvres vivaient grâce à cela.

La chasse...

La flèche dont tu étais en train de tester la solidité devant ta maison de Fort Sill, Grand-père, s'est brusquement brisée. Ces roseaux, décidément, ne valaient pas ceux de la Gila. À la fois souples et résistants, tu pouvais y façonner des flèches dont la précision te permettait d'atteindre les cibles les plus inatteignables. Tu as souri, soudain. T'imaginant, bien des années auparavant, en train de chasser. Une biche était là, sur le rivage sablonneux, le pelage brillant dans un cercle de soleil, l'encolure tendue vers l'eau. Le troupeau venait souvent se désaltérer dans cette petite anse où la Gila devenait moins profonde. Le corps collé au sol, caché derrière les roseaux et les hautes herbes jaunies par le soleil, tu avais repéré cette bête isolée. Centimètre par centimètre, depuis le lever du jour, tu avançais vers elle, guettant le moindre de ses mouvements pour t'assurer qu'elle n'avait pas senti ta présence. On t'avait appris tout petit à voir chaque animal comme un adversaire digne du plus grand respect et, lors de tes premières chasses, un guerrier t'avait même suivi de loin pour vérifier que tu te comportais strictement selon les règles. Pour tuer un animal sans le faire souffrir, par exemple, un chasseur n'avait droit qu'à une seule flèche. Une fois, pourtant, il t'en avait fallu trois pour abattre un cerf. Eh bien, tu avais dû t'entraîner de nouveau pendant trois

237

lunes au tir à l'arc avant d'avoir le droit de recommencer à chasser. Comme avant chaque expédition, le chamane avait alors fumé de la sauge, t'avait béni avec du pollen et avait prié *Yusn* de bien vouloir te donner la force mentale de réussir. La biche venait de tourner la tête dans ta direction. T'avait-elle repéré ? Non. Elle avançait tranquillement vers un buisson de créosote. Son pelage beige se confondait avec la couleur de la terre, la rendant presque invisible. Était-ce pour lui donner une chance d'échapper à la vue des prédateurs que *Yusn* avait donné cette couleur à son pelage ? Tes ennemis non plus ne te voyaient jamais arriver. Tu fondais sur eux et la surprise les clouait au sol aussi sûrement qu'un éclat de soleil en plein dans les yeux. Quand tu as été suffisamment proche de la biche, très lentement tu as ajusté ta flèche et arrêté ta respiration. Au moment où tu l'as décochée, la bête a brusquement dirigé sa tête vers toi. Son regard s'est posé dans le tien. Comme si elle avait compris qu'elle allait mourir. Comme si déjà elle l'avait accepté. Son corps a vacillé sous l'impact. Elle s'est effondrée. D'un bond, tu es allé t'agenouiller devant elle en la remerciant d'avoir bien voulu t'offrir sa vie. Puis tu as fait une prière à *Yusn* pour le remercier de t'avoir aidé. Alope allait être contente. Vous auriez de la nourriture pour quelques jours. Elle ferait cuire une partie de cette viande sur un morceau de bois placé au-dessus du feu, ou la ferait bouillir avec des fleurs de yucca. Les pattes, le foie, la langue et les entrailles seraient mis sur les braises, recouverts de cendres et cuits pendant un jour et une nuit. Le reste de la viande serait découpé en fines lamelles qu'elle suspendrait au soleil, pour être séchées. Tu la mangerais pendant tes raids, accompagnée de feuilles de mescal ou de haricots *mesquite,* ton légume préféré.

Mais que te restait-il aujourd'hui, Grand-père, de tous ces moments de bonheur, de ces goûts délicieux et des roseaux de la Gila ? Juste quelques arbres à *mesquite* repérés en arrivant à Fort Sill, déjà cinq ans auparavant, et ces souvenirs surgis de ta mémoire lorsque Ziyah préparait ton plat de haricots *mesquite*. Tu as relevé la tête, posé la flèche brisée à côté de toi et soupiré. De tes anciennes habitudes tu avais au moins pu garder celle de siffler ton cheval pour l'appeler. Le voir arriver les oreilles en arrière provoquait en toi le même plaisir qu'autrefois. Mais tu ne pouvais plus exprimer ton adresse à l'arc. Sauf pour des paris. Tu épinglais alors un morceau de papier de la taille d'une pièce de monnaie sur un arbre et invitais les étrangers à se mesurer à toi. Chacun de vous, à son tour, s'éloignait de plusieurs mètres pour essayer d'atteindre le centre du papier. Tu étais capable de faire mouche à tous les coups. Pas les hommes venus se mesurer à toi. Cette adresse au moins te rapportait pas mal d'argent. Ta seule satisfaction décidément, parce que le sort, malgré tes prières, continuait de s'acharner sur toi. Que faisait donc ton « pouvoir » ? Pourquoi t'avait-il abandonné ? Les membres de ta famille continuaient de disparaître les uns après les autres. Même Dohn-Say, la fille que tu avais eue avec Chee-hash-Kish venait de mourir de la tuberculose avec tous les siens. Seul son fils, ton petit-fils Thomas, avait survécu. Complètement terrorisé à l'idée que lui aussi puisse succomber à cette maudite maladie, tu as de nouveau supplié les autorités, Grand-père.

« Nous disparaissons de la Terre, leur as-tu dit, pourtant je ne peux pas penser que nous sommes inutiles ou que Yusn n'aurait pas dû nous créer. Il a créé toutes les tribus des hommes et avait certainement une bonne raison pour chacune d'elles.

Quand Yusn a créé les Apaches, il a aussi créé leurs foyers dans le Sud-Ouest. Il leur a fait don des graines, des fruits et du gibier dont ils auraient besoin pour vivre. Il leur a donné de nombreuses plantes, il leur a enseigné comment trouver ces plantes et en faire des remèdes. Il leur a donné un climat plaisant, et tout ce qui devait servir à les vêtir se trouvait à leur portée.

Ainsi en était-il au commencement. Les Apaches et leurs foyers créés par Yusn lui-même étaient faits les uns pour les autres. Voilà pourquoi, quand on arrache les Apaches à leurs foyers, ils tombent malades et ils meurent. Combien de temps devrait-il s'écouler encore, jusqu'au jour où on dira qu'il n'y a plus d'Apaches ? »

Malheureusement, cette prière n'a pas réussi à émouvoir les autorités, Grand-père. On ne vous a toujours pas accordé l'autorisation de retourner sur la terre de vos ancêtres...

10.

La route longe maintenant un terrain de camping installé à côté de sources chaudes. Harlyn me dit qu'on pourra s'y arrêter au retour. Les filles crient de joie.

– Tu vas voir, on s'installe dans l'eau au milieu de rochers comme des baignoires, m'explique Harly Bear.

– Et l'eau fume ! crie Nia surexcitée.

Je demande à Harlyn si les Apaches ont un rituel lié à l'eau, comme une sorte de baptême. Sa tête fait non. On bénit le bébé avec du pollen, c'est tout. Le seul rituel encore pratiqué est celui auquel je n'ai pas pu assister à Mescalero, la Cérémonie de la Puberté. Et dès qu'elles auront leurs premières règles, Harly Bear et Nia seront initiées, elles aussi.

– Ça dure quatre jours et toute la famille est invitée, précise Harly Bear.

– Deux chamanes, au moins, supervisent la cérémonie, continue Harlyn. Un homme et une femme. La chamane est chargée de donner à la jeune fille les principales règles de conduite qu'elle devra appliquer tout au long de sa future vie de femme.

– Quelles règles ? demande Harly Bear.

– Tu le sauras en temps voulu, pour l'instant tu es encore une petite fille…

241

Harly Bear baisse la tête et retourne au fond de son siège. Par solidarité, je suppose, Nia en fait autant. L'air soucieux, le regard sur ses cuisses, elle se met à parcourir, du bout de l'index, le contour de chaque fleur brodée sur son jean. Avec cinq sur chaque cuisse, ça va lui prendre du temps. D'autant qu'elle y met la même précision que son Grand-père...

– Le premier matin avant le lever du soleil, on habille la jeune fille avec sa robe de cérémonie, continue Harlyn.

Je lui demande s'il est autorisé à la décrire. Il dit en souriant qu'il peut effectivemment en parler à une non-Indienne.

– Elle est taillée dans cinq peaux de pur cerf. Deux pour la tunique, deux pour la jupe et une pour les mocassins, de hauts mocassins. Les manches et le bas de la jupe sont ornés de franges, la tunique décorée de perles...

– Les chamanes ont aussi un costume ?

– Juste des vêtements traditionnels. Une chemise à frange ou une tunique, un pantalon et un bandeau sur le front. Les chamanes ont un costume en Mongolie ?

– Oui, censé les protéger des mauvais esprits. Une sorte de manteau autrefois en peau, aujourd'hui en tissu, au dos duquel sont accrochées des torsades de neuf couleurs différentes représentant les quatre-vingt-dix-neuf éléments du monde chamanique. Le ciel, le soleil, la terre, le vent, etc. Il y a aussi des pièces métalliques symbolisant des morceaux de ciel et des grelots destinés à permettre aux esprits de s'exprimer...

Harlyn me lance un coup d'œil.

– De s'exprimer ?

– Oui, le tintement pendant la cérémonie sera la preuve de leur présence et de leur désir d'entrer en contact avec le chamane...

Maintenant il hoche la tête, le regard concentré sur la route, toute droite de nouveau. À l'arrière, Harly Bear finit de passer sa déception sur le dernier paquet de bonbons qu'elle partage uniquement avec sa cousine, la seule ici à la comprendre. Je souris discrètement, elles sont vraiment drôles ensemble, puis je poursuis. Le chamane porte aussi des sortes de bottes en peau et un chapeau à plumes avec des franges recouvrant ses yeux.

– Pour quoi faire les franges ?

– Elles sont censées protéger son regard des mondes mauvais qu'il risque de traverser pour accéder au monde des esprits...

– C'est qui tes acteurs préférés ? demande soudain Nia, un dernier bonbon avalé.

– Tom Cruise et Jennifer Lopez, répond Harlyn.

Nia me tape sur l'épaule. « Et toi ? » Moi ? Je lui demande si elle connaît des acteurs français. Moue sur son visage. Non. Harly Bear et Harlyn n'en savent pas davantage, ils se contentent de hausser les épaules en signe de totale incompétence.

– Moi mon film préféré c'est *Ben Hur,* finit par dire Harlyn.

Mes yeux s'arrondissent.

– Le classique de William Wyler ?

– Oui, oui j'adore ! Les gladiateurs, le cirque, tout ça. D'ailleurs, je rêverais d'être choisi un jour pour porter la flamme olympique...

Les filles se mettent à glousser. Harlyn soupire, l'air désespéré par ce manque d'intérêt pour son rêve. Du coup il enchaîne sur la Cérémonie de la Puberté. Une fois la jeune fille préparée et habillée, elle est conduite dans le grand tipi de cérémonie avec deux femmes de sa famille. Les chamanes vont alors chanter des prières sur lesquelles elle devra danser pendant quatre jours. Une danse très physique et épuisante, que la jeune fille doit pourtant supporter sans se plaindre...

– Son premier devoir d'adulte en quelque sorte ?

– Oui, avoir un mental d'acier...

– Ça fait vraiment mal ? demande Harly Bear, soudain inquiète.

– Oui, mais les femmes autour d'elle sont là pour masser ses jambes. Et puis devenir adulte est de toute façon douloureux et le but de cette cérémonie est juste de le faire comprendre à la jeune fille. Au bout de quatre jours, crois-moi, elle est devenue une jeune femme consciente, dans sa chair, de la difficulté de se comporter en adulte…

Froissement de papier. Harly Bear avale un autre bonbon. Sans doute pour se consoler de cette horrible vision de son proche avenir. Nous longeons des prairies où paissent quelques chevaux. Je demande à Harlyn de m'expliquer le déroulement du rituel. Sa turquoise suit le mouvement de sa tête. Non. Il s'excuse, il ne peut pas m'en dire davantage. Bon. Je lui demande s'il existe aussi un rituel pour les garçons.

– Un petit, oui, juste avec les proches. Le chamane bénit le garçon et lui donne des conseils pour sa future vie d'homme.

– Harly Bear a un amoureux ! lance Nia.

– C'est pas vrai ! la corrige sa cousine en lui décochant un coup de coude.

– Si c'est vrai, il s'appelle Charly. Mais il est pas amoureux d'elle…

Harly Bear retourne au fond de son siège et croise les bras en lançant un regard meurtrier à sa cousine. Harlyn se force visiblement à retenir un éclat de rire. Je me tourne vers Harly Bear, qui fixe sans sourciller un point sur sa vitre. Je fais une tentative pour briser la glace…

– Tu sais, en Mongolie, il existe un rituel pour forcer une personne à aimer…

Elle continue de fixer sa vitre. Je poursuis…

– C'est un rituel très secret, mais je peux t'en parler un peu si tu veux ?

Cette fois elle tourne sa tête vers moi, l'air soudain très intéressé. C'est ce que j'aime chez les enfants, leur capacité à changer d'humeur. Je lui explique qu'il faut d'abord voler trois cheveux au garçon, puis faire une cérémonie pendant laquelle, entre autres, on joue du tambour en demandant aux esprits de lui lancer un charme pour qu'il tombe amoureux de vous…

Harly Bear fronce les sourcils, l'air de réfléchir à grande vitesse. Nia ouvre la bouche…

– Mais si les esprits se trompent, le garçon peut tomber amoureux d'une autre ?

Harlyn et moi éclatons de rire. Pas Harly Bear qui tourne son regard vers moi, l'air d'attendre d'urgence une réponse. Je la rassure, les esprits ne peuvent pas se tromper, mais faire ce rituel implique tout de même un gros sacrifice…

Silence dans la voiture. Toutes les oreilles s'accrochent à mes lèvres.

– Tu perds cinq années de vie…

– Cinq années ! dit Nia en se tournant vers sa cousine. Ben t'as intérêt à l'aimer, Charly. Moi je ferai jamais ça pour un garçon…

Harly Bear se contente de hausser les épaules. Harlyn, un sourire en coin, nous annonce qu'il y a aussi un rituel de ce genre chez les Apaches. Les filles le regardent, les yeux ronds. Mais il n'est pas considéré comme un sort, précise-t-il. Tout le monde peut essayer de le faire, il faut juste posséder une chose appartenant à la personne qu'on veut charmer. Un morceau de vêtement ou un cheveu, par exemple.

– Comme en Mongolie alors, dit Harly Bear.

– Oui. Mais on doit aussi placer une chenille dans le lit du garçon ou de la fille, avant de faire la cérémonie.

– Une chenille ! C'est dégoûtant ! crie Nia en tirant la langue.

Harly Bear, ne voulant apparemment pas perdre le fil de cette passionnante discussion, lui demande de bien vouloir arrêter d'interrompre son Grand-père. Harlyn, content de son effet, reprend son explication. Il faut ensuite adresser une prière au soleil, parce que ses rayons peuvent s'étirer comme ceux d'une toile d'araignée et attraper une personne dedans. Puis enfin chanter la prière du papillon, en utilisant une cordelette.

– Une cordelette ? Pourquoi ? Et les prières, elles disent quoi ? demande Harly Bear, très pressée d'avoir toutes les infos pratiques.

Mais Harlyn refuse de lui donner la moindre réponse, elle sera bien capable de se débrouiller sans. Harly Bear prend un air déçu et Nia dit que, de toute façon, elle s'en fiche des garçons, alors du rituel aussi. Ce qui lui vaut un nouveau coup de coude de sa cousine. Une bataille se profile, mais d'un ton sec, Harlyn calme le jeu. Le silence revient immédiatement. Les yeux de nouveau accrochés à la route, il me dit que Geronimo avait demandé l'autorisation d'organiser une Cérémonie de la Puberté à Fort Pickens en Floride, où il était prisonnier. L'officier responsable du camp la lui avait accordée, mais avait présenté le rituel comme une démonstration de coutumes barbares et avait invité trois cents touristes à y assister. Son chapeau pivote vers moi.

– Tu vois l'ambiance ?

Je peux l'imaginer, oui. Il continue :

– Les gens riaient, se moquaient de leurs cris et de leurs coutumes en les traitant de sauvages. Mais je te dis ça pour bien te faire comprendre comment les Indiens sont devenus des enjeux commerciaux. Pour les Blancs, aller les voir était un peu comme aller observer un animal sauvage dans une cage. Frisson garanti, mais sans risque ! La rumeur qui a entouré l'arrivée de Geronimo à Fort Sill, par exemple, disait que, lors de sa capture, il était en possession d'une couverture faite uniquement de…

– De scalps de femmes et d'hommes blancs cousus entre eux ! l'interrompt Harly Bear en faisant une grimace.

Pas de réaction de Nia qui semble encore bouder sa cousine. Son index vient d'entamer un nouveau tour de fleurs brodées.

– Tout ça excitait évidemment la curiosité des Blancs, reprend Harlyn, et Geronimo est vite devenu un véritable enjeu commercial.

Nous arrivons dans une sorte de village. Juste quelques maisons en bois, un grand bâtiment rectangulaire annonçant la vente d'artisanat apache et un fast-food devant lequel sont installés des chaises, deux tables et deux parasols. L'endroit est désert. Harly Bear voudrait s'y arrêter. Nia en lâche ses fleurs, mais cette fois Harlyn refuse, la nuit va bientôt tomber et nous sommes presque arrivés. Froissement de papiers de bonbons en guise de rébellion. Je demande à Harlyn comment son arrière-grand-père a pu être « commercialisé ».

– C'est simple. On le mettait à l'affiche de diverses manifestations pour en garantir le succès. Il a fait sa première expérience en 1898...

Je fronce les sourcils, en me souvenant que c'est l'année de naissance de ma grand-mère. « Quand je suis née, me disait-elle, la France était secouée par l'affaire Dreyfus, Émile Zola venait de publier "J'accuse", la bicyclette fêtait ses dix ans, la tour Eiffel en avait juste vingt et, à Paris, on inaugurait le premier Salon de l'auto... » J'en fais part à Harlyn. Qui n'a pas l'air de comprendre mon émotion soudaine.

– C'est pourtant drôle, non ? de penser que Geronimo et ma grand-mère auraient pu faire du vélo ensemble...

Il sourit. Pour me faire plaisir, je crois. Il n'a pas l'air de saisir que, pour moi, c'est comme un rétrécissement du temps. Geronimo était là, juste au bout de ma grand-mère. Elle avait même onze ans en 1909, quand il est mort. Remarque, elle gardait des vaches au fin fond des Landes à cette époque. Il n'y avait donc aucune chance qu'elle ait pu traverser l'Atlantique, mais je suis quand même émue. Oui. Harlyn a l'air d'attendre la fin de mes supputations. Je m'excuse et l'invite à continuer, j'ai hâte d'entendre la suite de son témoignage. Après m'avoir gratifiée d'un nouveau sourire, il reprend.

– La ville d'Omaha avait demandé à l'officier responsable du camp de Fort Sill l'autorisation d'inviter Geronimo comme « principale attraction » de l'Exposition internationale...

– Il avait accepté ?

– Oui...

– Et Geronimo aussi ?

– Contre de l'argent, il a fini par y aller, oui ! Au cours de l'évènement, il a en plus réalisé des bénéfices importants et s'est même montré très amical envers les gens qui se pressaient autour de lui. Poussé par sa grande curiosité, il observait tout, apprenait, posait des questions...

Nous arrivons à une bifurcation, Harlyn regarde le rétroviseur, relève doucement la commande du clignotant, dirige la voiture sur la petite route de gauche et reprend son explication. Son arrière-grand-père profitait aussi de ces expositions pour plaider en faveur d'un retour sur sa terre natale. À Omaha, par exemple, il a pu rencontrer le général Miles. C'était la première fois depuis Skeleton Canyon. Il avait pourtant de nombreuses fois sollicité cette rencontre, mais les autorités n'avaient pas donné suite. Là, il a pu dire au général ce qu'il pensait de lui. Il l'a accusé de l'avoir trompé et de lui avoir fait de fausses promesses pour le convaincre de se rendre. Miles, dans un grand sourire, a admis qu'il avait menti. Mais une seule fois. Alors que Geronimo, lui, n'avait cessé de mentir aux Mexicains comme aux Américains...

– Et pour son retour à la Gila River, Miles a pu faire quelque chose ?

– Geronimo lui a posé la question, mais il a répondu que les habitants de cette région n'étaient absolument pas désireux de le voir revenir. Ils pouvaient maintenant dormir en paix la nuit, sans craindre que Geronimo ne vienne les voler ou les tuer...

– Un producteur lui a même proposé de partir en tournée pendant plusieurs mois pour jouer dans un show, dit Harly Bear.

Le show sur le *Wild West*, oui, confirme Harlyn. Mais le Département de la Guerre n'a jamais accepté. Il autorisait juste Geronimo à se rendre aux expositions. En 1904, il est ainsi parti à Saint-Louis. On l'avait installé dans l'un des stands du Pavillon indien où on pouvait voir des membres de différentes tribus s'exercer à l'artisanat traditionnel. Lui fabriquait ses arcs, flèches et carquois. Dans les stands d'à côté, des Indiens Pueblos façonnaient des poteries et confectionnaient du pain. Sa fille, Lana, avait aussi été invitée. Mais comme elle vivait toujours sur la réserve mescalero, elle était dans le pavillon du Nouveau-Mexique, qui profitait ainsi de la célébrité de son père pour promouvoir le tourisme. Harlyn éclaircit sa voix.

– Lana m'a souvent parlé de cette exposition. Geronimo et elle y avaient vu des populations qu'ils ne connaissaient pas. Des Turcs, par exemple. Son père avait, semble-t-il, été très impressionné par leur façon de se battre avec des cimeterres. Elle se souvenait aussi d'une tribu des Philippines dont les hommes ne portaient pratiquement pas de vêtements. Geronimo avait été étonné qu'on les ait laissés se montrer presque nus...

– Et il a même fait une parade avec le Président Roosevelt, dit Harly Bear.

– Contre un chèque d'environ cent cinquante dollars, précise Harlyn, en me lançant un sourire.

Cette rencontre a eu lieu en 1905, continue-t-il, au cours de la parade d'investiture de Roosevelt à Washington. Geronimo, qui avait été choisi pour représenter les Apaches, avait défilé avec cinq autres Indiens de différentes tribus. D'après Lana, tous les regards étaient dirigés vers son père. Seul Roosevelt suscitait autant d'intérêt. Mais, grâce à cette parade, Geronimo avait enfin obtenu d'être reçu par le Président. Il savait que c'était sa seule et dernière occasion de plaider, devant la plus haute autorité du pays, son retour sur sa terre natale. La tête d'Harlyn dodeline un peu. Malheureusement Roosevelt lui a répondu que les gens de la région ne voulaient pas de lui. Il a quand même promis d'en parler au commissaire aux Affaires indiennes. Haussement d'épaules

– Évidemment les autorités militaires ont refusé. Mais l'été suivant, peut-être pour se faire pardonner, Roosevelt a autorisé Barrett...

– À écrire les mémoires de Geronimo, que j'ai pu lire ?

– Oui, Barrett a passé environ un an auprès de mon arrière-grand-père pour les recueillir. Comme il ne parlait pas anglais, c'est Asa Daklugie qui a servi d'interprète. Geronimo l'avait choisi parce que non seulement il était le fils de sa sœur Ishton et de Juh, le chef chiricahua qui avait lutté auprès de lui avec Mangas Coloradas et Cochise, mais Asa avait aussi passé huit ans à l'école indienne de Carlisle et maîtrisait parfaitement la langue des Blancs. Bref, dans la préface du livre, mon arrière-grand-père a tenu à remercier Roosevelt pour avoir autorisé Barrett à faire ce travail et à le publier. Évidemment son contenu a été contrôlé par les autorités militaires, si tu vois ce que je veux dire...

Oui je vois, mais je n'ai pas le temps de le dire, la grosse voix de Nia s'élève soudain, enfin sortie de sa bouderie.

– Tu crois que Geronimo, il a utilisé le rituel ?

Harlyn lui demande de quel rituel elle parle, mais Harly Bear répond à sa place, l'air d'avoir très bien compris l'allusion de sa cousine.

– Celui pour faire tomber amoureux !

Harlyn sourit, avant de réfléchir un instant.

– Lana ne m'en a jamais parlé, mais...

Un sourire malicieux commence à friser le coin de ses lèvres. Les trois paires d'oreilles se redressent...

– Quand Geronimo voulait séduire une femme, il attachait toujours un sachet de menthe autour de son cou...

– De la menthe ? reprend Harly Bear, l'air rêveur. Mais alors c'est pour ça ?

– Pour ça quoi ?

– Ben qu'il a eu tant de femmes ! répond Nia, genre, T'es long à la détente.

En retenant un éclat de rire, Harlyn lance un « peut-être ». Nia se tourne alors vers Harly Bear, les yeux pleins d'effroi.

– Tu vas le faire à Charly ?

Cette fois elle prend une claque sur la bouche. Nia s'apprête à la rendre, mais Harlyn, d'un ton très ferme, arrête net le déclenchement des hostilités. Harly Bear retourne en silence au fond de son siège, non sans jeter un nouveau regard meurtrier à sa petite cousine. Qui lui tire la langue, avant de se concentrer de nouveau sur ses fleurs brodées. Le calme enfin revenu, Harlyn pousse un soupir d'aise, content d'enfin pouvoir reprendre le fil de son histoire. Après son entretien avec le Président Roosevelt, Geronimo a été ramené à Fort Sill, où un évènement heureux allait un peu le consoler de cet échec. Sa fille Eva venait d'avoir seize ans et il avait obtenu l'autorisation d'organiser sa Cérémonie de la Puberté. Cette fois sans spectateurs...

CHANT POUR LA CÉRÉMONIE DE LA PUBERTÉ

K'eeshchí sahde 'ájílaa,
Chí sahde 'ájílaa,
Dleeshí sahde 'ájílaa,
Jígonaa'áí bitł'óle sahde 'ájílaa,
Bik'ehgózhóní,
Ts'is'ahnaagháíÁ Bik'ehgózhóní.
Bíká'ájił'įį.

K'eeshchíí yeenidleesh,
Bik'ehgózhóní.
Ts'is'ahnaagháíÁ Bik'ehgózhóní.

Chíí yeenichí,
Bik'ehgózhóní,
Ts'is'ahnaagháíÁ Bik'ehgózhóní.

Dleeshí yeenidleesh,
Bik'ehgózhóní,
Ts'is'ahnaagháíÁ Bik'ehgózhóní.

Jígonaa'áí tádídíń yiłdahdałndi,
Jígonaa'áí bitł'óle yiłdahdałndi;
Shá noóyáshį; ndiibik'izhį nkéńyá,
Goch'įįńyá.

Les mâts du tipi avaient été faits de galena (sulfate de plomb),
Les mâts du tipi avaient été faits d'argile rouge,
Les mâts du tipi avaient été faits d'argile blanche,

252

Les mâts du tipi avaient été faits de rayons de soleil,
Son pouvoir est bon,
Longue vie ! Son pouvoir est bon.
Et pour Elle, traditionnellement, ils le font de cette manière.

Il te peindra avec du pollen,
Son pouvoir est bon,
Longue vie ! Son pouvoir est bon.

Il te peindra avec de l'argile rouge,
Son pouvoir est bon,
Longue vie ! Son pouvoir est bon.

Il te peindra avec de l'argile blanche,
Son pouvoir est bon,
Longue vie ! Son pouvoir est bon.

Il tient en l'air ses mains peintes avec du pollen,
Il tient en l'air ses mains peintes avec le pollen de soleil,
Le soleil est descendu, il est descendu sur la terre,
Il est venu sur Elle.

La Cérémonie de la Puberté...

Le soleil n'était pas encore levé, Grand-père. Assis sur la marche en bois du perron de ta maison de Fort Sill, tu écoutais le silence de la nuit en pensant à la journée qui s'annonçait. Eva était tout excitée, et un peu inquiète aussi. Elle savait que les quatre jours de cette cérémonie pendant laquelle elle serait la représentation vivante de *Femme Peinte en Blanc*, la mère du peuple apache, seraient une véritable épreuve pour elle. Mais elle était courageuse et forte, tu savais qu'elle la passerait sans montrer le moindre signe de faiblesse. Comme elle avait surmonté la mort de sa mère, Ziyah, et de son frère, Fenton. Tu avais tellement peur qu'elle aussi succombe à cette maudite tuberculose. Eva était ton soleil, aussi gaie, aussi claire et vive que l'eau de la Gila. Reverrais-tu un jour avec elle cette terre de ton enfance ? Tu commençais sérieusement à en douter. Même le Président Roosevelt n'avait pu obtenir l'accord du Département de la Guerre. Tu devrais donc te faire à l'idée de mourir à Fort Sill, dans cette petite maison en bois, sur ce terrain clôturé de fils barbelés. Mais tu as vite chassé cette pensée en voyant les étoiles commencer à pâlir. Il était temps d'aller réveiller Eva. Au premier jour du rituel, elle devait avoir revêtu sa robe de cérémonie avant que la lumière du soleil n'ait touché sa peau. Ce vêtement était censé être une reproduction de celui que

254

portait *Femme Peinte en Blanc* lors de son passage sur terre. Pendant toute sa confection, tu avais prié pour qu'il gratifie Eva d'une longue vie et tu l'avais béni avec du pollen, dont le rôle, en se dispersant dans l'air, était de relier la Terre au Ciel.

C'est Nah-dos-the, ta sœur, qui formerait Eva à sa future vie de femme. Aucun homme ne pouvait assister à cette préparation. Avant la cérémonie, Eva lui avait apporté une plume d'aigle. Elle l'avait tendue quatre fois à ta sœur, une bien vieille dame alors, qui l'avait prise à son tour quatre fois. Depuis ce jour, Eva l'appelait « mère » et Nah-dos-the « ma fille ».

À peine levée, sans avoir pris la moindre nourriture, Eva s'est lavé les cheveux avec le savon à base de racines de yucca. Nah-dos-the lui a ensuite mis du pollen sur la tête, a tracé une ligne en travers de son nez, et a prié pour que sa vie de femme soit la meilleure possible. Il était temps de l'habiller. La tenue d'Eva, taillée dans cinq peaux colorées en jaune, la couleur du pollen, avait été décorée de perles représentant le soleil et un croissant de lune, les forces qui devraient agir en faveur d'Eva. Après l'avoir placée face à l'est, Nah-dos-the lui a enfilé, dans l'ordre, le mocassin droit, le gauche, la jupe puis la tunique frangées. Dans les franges de la jupe, du côté droit, elle a attaché une tige de carrizo avec laquelle Eva devrait boire pendant huit jours. Toucher de l'eau avec ses lèvres risquerait, en effet, d'apporter la pluie. Du côté gauche, Nah-dos-the a attaché un bâton pour qu'Eva puisse se gratter si besoin était. Parce que, pendant cette même période, le faire avec ses ongles laisserait des cicatrices. Elle lui a ensuite attaché deux plumes d'aigle dans les cheveux, à l'arrière de la tête. À partir de ce moment plus personne ne devrait s'adresser à ta fille en utilisant son prénom, mais l'appeler *Femme Peinte en Blanc*. Elle devrait aussi porter sa tenue pendant huit jours.

Nah-dos-the a ensuite dessiné une croix de pollen sur des fruits de yucca, les a soulevés dans les quatre directions, a tourné quatre fois autour d'Eva et mis les fruits dans sa bouche. Ainsi toute sa vie, elle aurait un bon appétit. Elle a aussi indiqué à ta fille le comportement à tenir pendant la cérémonie. Quoi qu'il arrive, elle devrait rester de bonne humeur, manger peu, parler peu, ne pas rire ni se moquer d'une personne, sans quoi elle aurait très vite beaucoup de rides. Pour ne pas effacer les marques de pollen, elle ne devrait pas non plus se laver pendant les huit jours où elle porterait sa tenue de *Femme Peinte en Blanc*. S'il pleuvait elle ne devrait pas sortir, sans quoi il pleuvrait comme jamais et la cérémonie serait gâchée. Elle ne devrait pas non plus regarder le ciel, sans quoi les nuages de pluie se rassembleraient pour provoquer une tempête. Nah-dos-the lui a également donné les conseils requis pour sa future vie de femme : ses devoirs d'épouse, comment satisfaire son mari et bien s'occuper de son foyer.

Pendant tout le temps de cette préparation, tes amis et toi, Grand-père, deviez dresser le grand tipi de cérémonie, symbolisant pour l'occasion la représentation de l'habitation de *Femme Peinte en Blanc*. Au lever du soleil, quatre troncs de jeunes épicéas fraîchement coupés, et élagués sur toute leur longueur sauf au sommet, ont été placés en croix dans la prairie devant ta maison. Ils constitueraient la structure du tipi. Après les avoir bénis avec du pollen, tu as lié leurs extrémités entre elles avec une lanière de peau, puis tu y as attaché deux plumes d'aigle. Tu as ensuite fait une prière et on t'a aidé à soulever ces perches de façon à placer leur extrémité dans les trous creusés à cet effet. Vous avez mis la première dans celui placé à l'est, la seconde au nord, la troisième à l'ouest et la dernière au sud. Ton neveu adoré, Asa Daklugie, a pu alors entonner le chant d'ouverture du rituel. Il devrait ainsi en accompagner tous les moments clés. Un véritable rôle de confiance que tu avais tenu à lui offrir pour lui prouver ton attachement familial. Ses parents, ta sœur Ishton et Juh étant morts, tu le considérais vraiment comme ton fils spirituel.

Quand la structure a été érigée, les femmes ont apporté des plats de haricots *mesquite,* de viande bouillie, de mescal et de fruits de yucca, qu'elles ont déposé à l'est du tipi. Le chanteur, Asa, a tracé une croix au pollen sur chaque plat et vous avez mangé.

Après le repas, des branchages de chêne ont été attachés entre les mâts de la structure et une toile a été posée pour la recouvrir, laissant une ouverture à l'est. À l'intérieur de ce tipi, au centre, vous avez creusé un foyer pour le feu. Les femmes ont apporté des aiguilles d'épicéa à l'entrée du tipi. Asa et ses aides les ont disposées sur tout le sol. La demeure de *Femme Peinte en Blanc* était prête.

Nah-dos-the, suivie d'Eva, sont sorties de la maison. Tu as regardé ta fille, admiratif. Elle était devenue une belle jeune femme. Si loin du bébé que tu berçais sous le regard surpris des touristes venus te voir à Fort Pickens. Tu aurais tellement voulu que Ziyah et Fenton soient là aussi pour assister à ce moment. Pourquoi le sort s'acharnait-il sur les membres de ta famille ? Pourquoi *Yusn* avait-il choisi la façon la plus cruelle de te faire souffrir ? Eva marchait maintenant la tête droite, le regard fier et le corps souple. Une véritable Apache. Sans un sourire, elle a traversé le chemin jusqu'au tipi. Le sérieux qu'elle mettait dans l'accomplissement de ce rituel t'a ému aux larmes. Tu t'es revu adolescent, le jour où, avec ce même sérieux, tu avais été admis dans le cercle des guerriers.

Au sud-ouest du tipi, ta sœur a étalé une peau de jeune cerf, sur laquelle elle a posé un panier rempli de sacs de pollen et de tous les objets nécessaires au rituel. Eva s'est agenouillée sur la peau. Après avoir lancé du pollen dans les quatre directions, ta sœur en a tracé une ligne sur le visage d'Eva, d'une joue à l'autre en passant sur le nez. La file des invités s'est alors placée au sud du tipi. Ils devaient tour à tour dessiner une ligne de pollen sur le visage d'Eva, qui devait en retour en dessiner une sur le leur. Pendant cette cérémonie, la jeune fille, transformée en *Femme Peinte en Blanc*, était supposée détenir des pouvoirs de guérison et ce geste était censé apporter chance, soigner ou éloigner les maladies. Après ce rituel, Eva a été allongée, face contre sol. En faisant des prières pour qu'elle vive longtemps et en bonne santé, ta sœur l'a frictionnée des pieds à la tête puis de droite à gauche.

Eva s'est relevée. Nah-dos-the a alors dessiné au pollen, sur la peau de jeune cerf, quatre empreintes de pas dans lesquelles Eva a dû marcher en commençant par le pied droit. Parcourir ce chemin lui apporterait chance et santé. Le panier contenant les sacs de pollen, de l'ocre, des épines du *grama grass cactus*, ou *papyracanthus*, une turquoise et un sabot de cerf, a ensuite été placé à l'est du tipi. Ta sœur a invité Eva à courir jusqu'à lui et à en faire le tour dans le sens de la course du soleil. Puis elle a soulevé et secoué le panier dans les quatre directions, pour disperser, dans chacune d'elles, toutes les maladies qui pourraient l'atteindre.

Pendant ce temps, les femmes de la famille ont vidé des paniers de fruits et de graines à l'arrière de la peau sur laquelle Eva s'était assise. En se mélangeant, les fruits ont ainsi succédé aux empreintes de pollen et le cycle des saisons a symboliquement été complété.

Il était midi, l'ouverture du rituel était terminée.

La nourriture a été distribuée aux participants et ta fille, *Femme Peinte en Blanc*, s'est mise à la disposition des mères qui désiraient lui présenter leurs enfants. En les soulevant dans les quatre directions, elle était censée leur apporter chance et santé.

À la fin de la journée, un grand feu a été allumé dans la prairie alentour. Asa a allumé celui dans le foyer au centre du grand tipi. Il ne devrait pas s'éteindre jusqu'à la fin des quatre jours de cérémonie.

Quand le soleil a commencé à décliner, les *gans*, les danseurs masqués symbolisant les *Esprits de la Montagne*, uniquement des hommes, ont commencé à se préparer. Tous les soirs pendant les quatre jours, ils devraient danser pour bénir le camp et en chasser les mauvais esprits. La cérémonie entière (chants, danses et prières) devait attirer la chance sur tous les invités. Avec des pigments de couleur jaune, blanc et noir, ils avaient peint leur visage et leur torse de motifs géométriques. Zigzag, étoiles à quatre branches ou triangles. Ils s'étaient vêtus de kilts en daim, portaient de hauts mocassins, et des lanières de peau ornées de plumes d'aigle étaient attachées au-dessus de leurs coudes. Pour accompagner cette préparation, toujours face à l'est, tu as allumé une cigarette de sauge, soufflé la fumée dans les quatre directions, puis joué du tambour en chantant des prières.

Une fois habillés, les *gans* ont craché quatre fois dans leur masque, une cagoule en peau percée de trois trous pour les yeux et la bouche, et surmontée de planchettes de bois en forme de candélabres articulés à trois branches, décorées de triangles noirs, jaunes et verts. Ils ont soulevé ce masque quatre fois au-dessus de leur tête avant de le mettre. Ainsi transformés en *Esprits de la Montagne*, aucun des invités ne devrait plus les toucher, les désigner du doigt, ou s'amuser à les reconnaître, sous peine de tomber malade ou de mourir. Les uns derrière les autres, arrivant par l'est, les *gans* sont allés se placer autour du grand feu. Quand leur chef a étendu les bras, ils ont commencé leur danse rituelle autour de lui, accompagnés par les tambours et les chants sacrés des musiciens.

> *Le chef des Esprits de la Montagne,*
> *La demeure au-dessus du ciel, la croix de turquoise,*
> *C'est là que la cérémonie a commencé.*
> *Cela me satisfait. Cela me satisfait.*
> *Les extrémités de ses cornes sont faites de la poussière jaune des*
> *Esprits de la Montagne.*

Grâce à elles, on peut voir dans toutes les directions.
Au sud, la demeure faite de nuages jaunes,
C'est là que vit l'Esprit de la Grande Montagne jaune.
Les nuages jaunes descendent vers moi, et la croix turquoise.
La cérémonie a commencé.
Cela me satisfait. Cela me satisfait.
Les êtres humains ont été créés.
L'Esprit de la Grande Montagne noire au nord est fait de nuages
    noirs,
Son corps est fait du mirage noir dans le ciel.
La cérémonie a commencé.
Il est satisfait à mon endroit. Je suis heureux.

Pendant ce temps, à l'arrière du grand tipi, Nah-dos-the a étendu une peau. Eva est entrée, a fait le tour du foyer en commençant par l'est puis est allée s'asseoir sur cette peau, le torse bien droit, les jambes repliées sous elle, un peu de côté. Asa, le chanteur, lui a tendu une plume d'aigle. Elle l'a prise avec sa main droite et lui a donné en échange une crécelle faite dans un sabot de cerf, qu'il a secouée, avant de marcher à reculons, en chantant, pour aller s'asseoir au sud du feu. Ta sœur s'est assise derrière lui, vos amis proches se sont installés à l'ouest et toi, Grand-père, tu t'es placé à l'entrée du tipi pour réciter les prières. Pendant ce temps, Asa a disposé aux endroits rituels les différents objets cérémoniels. Un morceau de bois de chêne symbolisant une longue vie, des épines de cactus *grama grass*, supposées balayer les influences diaboliques et une sorte de mèche faite de tiges de genévrier et de yucca, symbolisant le foyer et le feu. Avec cette mèche, Asa a allumé la sauge sacrée, roulée dans une feuille de tabac. Après en avoir fumé une partie en récitant des prières, il l'a passée à ta sœur. Puis, sur le rythme de la crécelle, il a entonné quatre chants, incarnant les quatre âges de la vie. L'enfance, l'adolescence, la maturité et la vieillesse. L'ensemble devait symboliser le voyage pendant lequel *Femme Peinte en Blanc*, au fil des saisons, était conduite dans sa demeure sacrée, puis au travers d'une vie longue et épanouie.

Pendant ces chants, Eva s'est levée pour danser. Les bras à l'horizontale, coudes pliés, mains sur les épaules, jambes et chevilles serrées, elle a fait pivoter ses pieds sur ses orteils puis sur ses talons, de droite à gauche et de gauche à droite, au rythme très rapide imposé par la crécelle. Les chants étaient longs et Eva ne devait pas s'arrêter de danser avant leur fin. Mais Asa l'observait, variant la durée de ses chants en fonction de l'endurance d'Eva. Le but étant moins de l'épuiser que d'éprouver sa force mentale. Toi, Grand-père, tu voyais les traits de ta fille se tendre au fur et à mesure de l'effort, mais rien dans son regard n'exprimait la moindre faiblesse. Quand enfin Asa arrêtait de chanter, juste le temps de fumer une cigarette sacrée et de chanter une prière, Eva retournait s'asseoir. Nah-dos-the lui massait les genoux, les chevilles et les pieds, gonflés par l'effort. Ce premier jour, Eva a seulement dansé une partie de la nuit. Mais elle a dû répéter cet exercice chaque jour un peu plus longtemps, et, la quatrième nuit, elle a dansé jusqu'au lever du soleil.

Dès l'apparition des premiers rayons, on l'a enfin agenouillée sur la peau de jeune cerf, le corps tourné vers l'est, face au soleil. Rien ni personne ne devait se placer entre elle et l'astre. Asa a entonné les douze chants de clôture du rituel, puis, après avoir saupoudré du pollen sur son visage et sa tête, il en a mis sur celle d'Eva. Nah-dos-the a mélangé de l'argile blanche avec de l'eau. Asa a tracé une ligne de cette argile sur le visage d'Eva, puis une autre avec de l'ocre rouge. Il s'est de nouveau tourné vers l'est pour entonner le chant de la peinture rouge et, avec un éclat de bois trempé dans du pollen et de la poudre de *galena*, ou sulfate de plomb, il a tracé un soleil et ses rayons dans la paume gauche d'Eva. En priant, il a posé la main d'Eva sur sa tête comme pour imprimer ce dessin juste à l'endroit où les rayons du soleil faisaient briller ses cheveux, puis avec de l'argile blanche il a peint son visage, ses bras, et ses jambes jusqu'au genou.

Nah-dos-the, pendant ce temps, a remis tous les objets cérémoniels dans le panier. Puis Asa a tracé quatre empreintes sur la peau de cerf et demandé à Eva de les parcourir en commençant par le pied droit. À la fin des quatre pas, et des quatre chants, elle s'est placée à l'avant de la peau pour permettre aux invités, chacun à leur tour, de mettre leurs pas dans les quatre empreintes. Ta sœur a ensuite placé le panier à quelques mètres du tipi. Après un signal d'Asa, Eva a couru jusqu'à lui pour en faire quatre fois le tour, le dernier devant lui donner de la force et de l'endurance à la course. Puis les *gans*, les *Esprits de la Montagne*, ont chanté la prière du dernier jour du rituel.

Je vais entonner ce chant qui est le tien
Le chant de longue vie.
Soleil, je me tiens debout sur la terre avec ton chant.
Lune, je suis venu avec ton chant.
Femme Peinte en Blanc, ton pouvoir apparaît.
Femme Peinte en Blanc porte cette jeune fille.
Elle la porte à travers une longue vie.
Elle la porte dans la bonne fortune.
Elle la porte jusqu'à la vieillesse.
Elle la porte jusqu'au sommeil paisible.
Tu t'es mise en marche sur la bonne terre.
Tu t'es mise en marche sur les bons mocassins.
Avec les mocassins de l'arc-en-ciel, tu t'es mise en marche.
Avec les mocassins du soleil, tu t'es mise en marche.
Au milieu de l'abondance, tu t'es mise en marche.

Ce cérémonial terminé, Eva s'est dirigée vers ta maison, Grand-père. Elle devrait encore porter sa tenue de *Femme Peinte en Blanc* pendant quatre jours, sans se laver.

Le huitième jour, son dernier travail a été d'aller offrir un cheval au chanteur. Les hommes ont alors commencé à démonter le tipi. Ses mâts ont été déposés en direction de l'est et abandonnés. Ce bois ne serait en aucun cas utilisé pour le feu.

Le neuvième jour, avant le lever du soleil, Nah-dos-the a mélangé des racines de yucca à de l'eau chaude, puis lavé les cheveux, le visage et le corps d'Eva, toujours peints à l'argile blanche et rouge.

Femme Peinte en Blanc a fait place à une jeune fille rayonnante.

11.

Le ronronnement du moteur est le seul son de l'habitacle. Les filles se sont de nouveau endormies et Harlyn, derrière ses lunettes, semble perdu dans ses pensés. La turquoise à son oreille reproduit bêtement le mouvement des amortisseurs. Elle oscille mollement. Si j'avais une ouïe de loup, j'entendrais peut-être son cliquetis. Quand je suis un loup, pendant une transe, j'ai l'impression d'entendre les pensées du corps en face de moi. De l'environnement aussi. Comme si soudain je n'étais plus « je », enfermée dans mon ego, mais de nouveau juste une parcelle d'eau dans un océan. Les vagues me traversent, je monte, je descends, l'information circule, rien de plus qu'un courant auquel enfin je ne suis plus hermétique. Tout parle, oui. Ce que nous appelons silence, ici, est en fait le son d'une grande conversation. Peut-être celle du monde des esprits dont parle Harlyn. Reste à savoir comment ces informations circulent, sur quel support. Atomes, électrons ou je ne sais quoi. Mais elles sont là, sous mon nez, de ça au moins je suis certaine, et mon cerveau a la capacité de les entendre. Ma tête dodeline. Mon cerveau suit son mouvement. Il fait Boing boiiing contre mon crâne. Boiiiing, boiing. Harlyn remonte ses lunettes de soleil sur son chapeau, plisse légèrement les yeux en observant les abords de la route et sourit comme s'il avait enfin trouvé ce qu'il cherchait. Il gare la voiture sur le bas-côté couvert de grandes herbes jaunes et me fait signe de descendre. L'arrêt du moteur ne réveille même pas les filles. Une fois dehors, il désigne du doigt un massif montagneux, loin au-dessus de la route, vers l'ouest. Les monts Mogollon, me dit-il d'une voix un peu voilée par l'émotion.

– Là où Geronimo a reçu son « pouvoir » ?

Il hoche la tête en souriant. En silence nous laissons notre regard caresser ces montagnes sacrées. Dans le soleil couchant, elles semblent recouvertes d'une douce fourrure vert foncé. J'imagine Geronimo, là-haut. Attendant un signe de Coyote. Je l'imagine à Fort Sill, assistant à la Cérémonie de la Puberté d'Eva. Rêvant du jour où enfin il pourrait l'emmener ici. La lumière du soleil, en train de décliner, donne un aspect rose à la terre autour de nous, aux collines toutes rondes, parsemées de pins, de genévriers, de yuccas. Un rose tirant sur l'ocre, chaud et profond. Le même que celui des pierres de l'abbaye du Thoronet, dans le sud de ma France. Un lieu magique englouti dans le silence d'une mer de chênes verts, contre les murs duquel j'ai passé des heures à tendre l'oreille, les yeux, le cœur. Juste pour ressentir le son des tailleurs de pierre, leur voix, leurs marteaux, restés imprimés depuis le XIe siècle dans ces murs roses, poreux comme des buvards. Je me dis que cette terre ocre de la Gila, comme les pierres de l'abbaye, doit porter en elle la mémoire de Geronimo. Elle a reçu ses pas, ses prières, ses colères. Ses paroles. Seule mémoire vivante de son temps, elle doit peut-être pouvoir me raconter les émotions qu'il y a inscrites ? Oui. Et j'ai soudain envie d'y coller mon oreille. D'écouter ses souvenirs. Ses regrets. Eva a-t-elle pu, comme Geronimo le souhaitait, venir sur cette terre de ses ancêtres ? Le cri strident d'un rapace vient traverser mes pensés. Comme s'il les avait percées à jour, Harlyn me dit qu'Eva n'a jamais connu ce lieu. Petit haussement d'épaules. Signe de regret. Ou d'impuissance. Hun, hun.

Il tourne les talons pour marcher jusqu'à une plante à grandes tiges, desquelles partent de fines et longues feuilles vert clair. Du *hia*, me dit-il, la plante dont Geronimo se servait pour cicatriser les blessures reçues au combat. Je suis émue de la voir là, comme si soudain elle avait sauté de la vie de Geronimo pour apparaître dans la mienne. Un petit clin d'œil pour réduire l'espace-temps entre nous. Harlyn en coupe quelques tiges. Je les approche de mes narines. Aucune odeur. Il fait quelques pas encore et s'accroupit devant une touffe de ce qui pourrait ressembler à du thym, mais dont les branches et les feuilles seraient plus souples et fines.

— Voilà le thé apache dont je t'ai parlé au motel !

Je m'approche. Les petites feuilles effilées, en forme d'éventail, sont douces au toucher.

— On les fait infuser, fraîches ou sèches, dans de l'eau. Tu peux en ramasser un peu...

J'en coupe une tige, la porte à mon nez. Les feuilles sentent un peu l'anis, mais de façon très subtile. Harlyn en cueille deux grosses poignées pour Karen, sa femme. Je retourne le bas de ma tunique bleu ciel pour y placer ma récolte. Harlyn en fait autant avec son tee-shirt noir puis nous retournons dans la voiture. Silence à bord. Les filles dorment toujours. Après avoir déposé le thé dans la boîte à gants, au-dessus de son téléphone portable, Harlyn redémarre. Il me dit qu'il a entamé des démarches auprès du gouvernement pour réaliser le vœu de son arrière-grand-père. Ramener les Chiricahuas sur leur territoire de la Gila River. Coup de frein. Il se tourne vers moi, l'air désolé.

— Mes lunettes ! Je les ai oubliées là-bas...

Je regarde le haut de son crâne.

— Elles sont sur ton chapeau...

Il sourit. Puis avoue en redémarrant, qu'il est décidément trop distrait. Mais Geronimo l'était aussi ! À la fin de sa vie, il pouvait chercher un couteau qui était juste dans sa main. Azul, sa dernière femme, se moquait tout le temps de lui et il disait en riant à ses amis : « Tu vois comment elle me traite ! » Froissement de papiers de bonbons, à l'arrière. Les filles se réveillent ? Même pas. Nia vient de rouler sur un paquet vide. Harlyn reprend son explication. Il y a quinze ans, quand il était membre du conseil tribal, sa mère lui avait reparlé des terres de la Gila River. Les Chiricahuas s'étaient battus pour les garder. Ils avaient versé leur sang, avaient connu la captivité et l'exil. Harlyn devait donc faire en sorte qu'elles leur soient rendues. Il me lance un coup d'œil.

– Le problème est qu'aujourd'hui toute cette zone est devenue un parc national. La procédure pour obtenir la restitution de ces terres n'est donc pas du tout simple. Mais j'y ai longtemps réfléchi et, il y a environ deux ans, j'ai enfin commencé, avec quelques Apaches de différents États, à élaborer une stratégie et à entamer des démarches auprès du Congrès des États-Unis...

– Et tous les Chiricahuas seraient intéressés par ce retour sur leurs terres ancestrales ?

– Environ deux cents le seraient, rien que sur ma réserve...

– Mais tu m'as dit que vous étiez quatre mille, alors deux cents, c'est vraiment peu ?

– Non, parce que les autres Apaches sont majoritairement des Mescaleros. Eux sont sur leur territoire. Pas les Chiricahuas, qui ne sont arrivés qu'en 1913...

– Pourquoi pas avant ?

– Parce que le Congrès a seulement voté en août 1912 la loi leur rendant leur liberté !

– 1912 ? Geronimo est donc mort en captivité ?

– Oui, en 1909. Pour lui, malheureusement, cette loi est arrivée trop tard. Mais quoi qu'il en soit, en 1913, le gouvernement a donné le choix aux deux cent cinquante anciens prisonniers chiricahuas de Fort Sill, de partir sur la réserve des Mescaleros ou de rester en Oklahoma. Les trois quarts ont ainsi choisi d'aller rejoindre les Apaches Mescaleros, qui ont bien voulu leur céder des terres. Mais symboliquement elles ne nous appartiennent pas. Rien n'a été donné aux Chiricahuas, ils étaient des renégats, ne l'oublie pas. D'ailleurs aujourd'hui on nous appelle « La tribu sans terres ». Tu peux donc comprendre pourquoi je me bats autant pour qu'on nous restitue celles de la Gila...

– Et vous avez une chance de les obtenir ?

– Des avocats nous aident quant aux démarches à effectuer. Pour l'instant sans beaucoup de succès...

– Mais si les démarches aboutissent, vous allez vivre de quoi ici ? il n'y a rien, pas de casino, de station de ski, de supermarché...

– Nous sommes assez déterminés pour contourner ce genre d'obstacles...

– On est où ? demande soudain une voix ensommeillée.

Je me retourne. Nia bâille en regardant sa cousine, qui vient aussi de se réveiller, un sourire aux lèvres. Les disputes semblent oubliées.

– On arrive ? demande Harly Bear.

Oui, dit Harlyn. Nous roulons sur la dernière partie du trajet, un plateau parsemé de cailloux ocre, de cactus et d'herbes sèches. Nia, un doigt dans la bouche, se met à faire des grimaces de douleur.

– J'ai mal à une dent ! finit-elle par geindre en regardant Harlyn.

– Si tu mangeais moins de sucreries, ça n'arriverait pas.

Air soucieux. Je dis à Nia qu'en Mongolie, autrefois, les chamanes avaient une façon un peu bizarre de soigner les caries. Air intéressé.

– C'est quoi ?

– Ils mettaient du beurre de yak chaud sur la carie, pour la ramollir, puis...

Les trois paires d'oreilles se redressent.

– Ils posaient des vers sur la dent pour qu'ils mangent la carie !

Explosion de beuuurrk à l'arrière. Harlyn éclate de rire. Je lui confirme que cette méthode a longtemps été utilisée et me tourne vers Nia...

– Elle était très efficace, tu sais ! Montre-moi la dent qui te fait mal...

En criant elle met une main devant sa bouche. Harlyn sourit, l'air satisfait. Ma méthode devrait au moins la dégoûter des bonbons pendant une heure...

– Grand-père a joué dans un film ! dit soudain Harly Bear.

Je ne vois pas le rapport avec les dents, mais je me tourne vers Harlyn. Qui acquiesce. Il a effectivement joué le rôle d'un chef cheyenne dans une série produite par Steven Spielberg, *Into the West*. Elle passe en ce moment à la télé sur la TNT et retrace toute cette période où les colons arrivaient dans l'Ouest, les négociations, les guerres et les traités avec les tribus, la mise en place des réserves. Mais pour la première fois, davantage du point de vue des Indiens...

– On y parle de ton arrière-grand-père ?

– Pas tellement, la série montre plutôt comment les choses se sont passées dans les Grandes Plaines, chez les Sioux et les Cheyennes.

Il s'arrête de parler. Semble réfléchir...

– Pour en revenir à Geronimo, finit-il par dire, après le rituel de puberté de sa fille Eva, pendant l'hiver 1905, il s'est remarié avec une veuve de 58 ans, du nom de Sousche. Mais ça n'a pas marché, ils se sont séparés l'année suivante...

– Il est resté seul ?

– Non ! Il a épousé Azul, une autre veuve...

Il me fait signe d'ouvrir la boîte à gants.

– Prends l'album, il y a une photo d'elle. Geronimo l'aimait bien...

J'ouvre la boîte à gants. Pas d'album. Je me tourne vers les filles. Harly Bear est en train de passer une main derrière le dos de Nia, qui râle.

– Mais tu es assise sur l'album ! lui explique Harly Bear.

Nia se pousse mollement. L'album est effectivement sous ses fesses. Harly Bear le prend, le feuillette et me le tend...

– C'est cette photo...

Je découvre Azul et Geronimo en train de poser, très droits, devant un mur. Ils ont les yeux plissés, sans doute à cause du soleil, mais bien dirigés vers l'objectif. Azul a des cheveux noirs et longs avec une raie au milieu, laissant apparaître un large front. Elle porte un corsage ajusté, noir à col blanc fermé par de petits boutons, et une jupe noire assez longue pour recouvrir ses pieds. Elle semble toute petite, Geronimo la dépasse de deux têtes. Lui, les mains dans les poches, porte un chapeau rond, une veste, un gilet, une chemise blanche et un foulard blanc, noué en nœud papillon autour du cou.

– Azul est restée auprès de Geronimo pendant les trois dernières années de sa vie, m'explique Harlyn.

Je la regarde encore une fois. Le bras gauche le long du corps, une main posée sur son bas-ventre, elle a une bouche tombante et le bout du nez tordu vers la droite. Une grimace au moment du cliché ? La bouche de Geronimo ressemble toujours à un grand « moins » mais son front vieilli est maintenant barré de trois rides profondes.

– Il n'est donc jamais revenu ici, à la Gila ?

– Non. Mais jusqu'à son dernier souffle, il s'est battu pour qu'on permette à son peuple d'y revenir...

– C'est donc aussi pour respecter sa dernière volonté que tu tiens autant à un retour des Chiricahuas sur leurs terres ?

Il acquiesce.

– Tu as un autre vœu ?

Il remonte ses lunettes de soleil sur son chapeau, comme si les avoir devant les yeux l'empêchait pour une fois de réfléchir, puis il bloque un instant sa respiration avant de commencer à parler. Sa voix surfe un instant sur son souffle.

– Je voudrais que notre tribu fonctionne en nation indépendante. Avec une véritable souveraineté, comme c'était le cas il y a deux cents ans. Aujourd'hui le gouvernement américain se mêle de tout, nous dicte quoi faire, comment le faire, sans nous considérer comme les égaux des Blancs et sans nous accorder les mêmes avantages. Je veux juste que cela cesse et qu'on laisse notre tribu vivre indépendamment, avec ses propres décisions quant au futur de la nation apache.

– Tous les Apaches partagent ton avis ?

– Ils savent que leurs terres leur ont été volées et, comme moi, ils acceptent mal que le gouvernement se mêle en plus de nos affaires...

– Mais comment peux-tu envisager une indépendance alors que le gouvernement finance toutes les infrastructures de la réserve et qu'il y a, comme tu me l'as dit, trente pour cent de chômeurs et trente-cinq pour cent d'alcooliques... ?

La tête d'Harlyn fait non. Comme si mon analyse de la situation était une erreur grossière. Pour lui, cette situation catastrophique changerait si les Apaches cessaient de se comporter en assistés et si le gouvernement arrêtait de les maintenir dans cette position. Noyés dans leur graisse, abreuvés de publicités pour des marques de bière ou de la nourriture de fast-food, ils n'ont plus l'énergie de lutter pour leur nation. Ni de trouver les solutions pour redevenir le peuple fort et fier qu'ils étaient. Petit raclement de gorge.

– Mais ces solutions existent. C'est pour elles que je me bats ! Nous devrons d'abord faire en sorte d'obtenir notre indépendance économique, qui nous assurerait un libre arbitre sur les décisions de gestion de la réserve. Nous en avons la capacité avec l'exploitation des casinos et de la station de ski, bien sûr, mais aussi avec le développement de notre commerce, de l'industrie de l'élevage et de nos ressources naturelles en eau. Puis, comme je te l'ai dit, il est indispensable de réenseigner les traditions.

– Mais combien d'entre vous sont prêts à prendre cette voie ? Vous vivez comme les autres Américains, vous mangez la même nourriture, regardez la même télé et même toi, tu t'habilles en cow-boy !

Son chapeau de nouveau pivote de droite à gauche.

– Pour la majorité d'entre nous, si notre apparence est celle d'Américains, notre esprit, lui, est toujours celui de nos ancêtres. Dès que nous le pouvons, nous montons nos chevaux, nous respirons l'air pur des montagnes de la réserve, nous retrouvons nos traditions, notre amour de la nature, des cerfs, des ours et de notre grande église, le ciel. Tu dois l'écrire dans le livre !

Il me regarde, l'air d'attendre ma confirmation, puis continue, la voix de plus en plus sonore.

– Notre apparence, je peux te l'affirmer, n'est qu'un leurre. C'est comme si nous jouions un rôle, comme si nous étions des acteurs. Alors d'accord, nous vivons dans deux mondes, mais, dans chacun d'eux, nous tâchons de respecter notre Mère, la Terre. Elle est sacrée. Et je me bats aussi pour qu'au moins on ne vienne pas la polluer chez nous. Il racle sa gorge. En 1991, par exemple, notre ancien président tribal, Wendell Chino, avait autorisé le gouvernement américain, moyennant de l'argent et la promesse de travaux d'équipements, à mener une étude en vue de stocker des déchets nucléaires sur nos terres…

– À Mescalero, des déchets nucléaires ? Mais ils sont où ?

Harlyn sourit devant mon inquiétude soudaine, puis me rassure. Ils ne se sont pas laissé faire, il n'y a donc aucun risque à se promener sur la réserve. En fait, précise-t-il, en termes de déchets toxiques, les autorités agissent souvent ainsi, préférant prendre pour cibles les terres des populations les plus pauvres, donc les plus vulnérables et les plus susceptibles d'accepter leur argent. Ce qui, malgré tout, n'a jamais empêché la majorité de ces populations de refuser leurs offres, ou d'au moins hésiter. Il pousse un long soupir, puis reprend :

272

— Mais Wendell Chino à l'époque, sans consulter aucun des habitants de notre réserve, s'est empressé d'accepter la proposition du Département de l'Énergie, donnant pour toute explication cette phrase, je cite : « Les Navajos font des tapis, les Pueblos de la poterie et les Mescaleros de l'argent »...

Harlyn me regarde.

— Tu vois le niveau ?

J'opine. Il continue.

— Heureusement, les membres de la tribu se sont massivement opposés à ce projet et m'ont rejoint dans l'opposition, dont je suis un des leaders. En 1995 nous avons ainsi obtenu l'organisation d'un référendum, qui a majoritairement repoussé l'offre des autorités nucléaires et refusé, du même coup, un horizon économique réduit au retraitement des déchets toxiques et à l'exploitation des casinos.

Sa voix baisse d'un ton, comme s'il allait me révéler un secret.

— Tu sais comment on appelle Wendell Chino, depuis ?

Ma tête fait non.

— Tchernobyl Chino !

Il éclate de rire. Moi aussi. Puis il reprend, l'air grave de nouveau :

— Mais l'affaire, tu penses bien, ne s'est pas arrêtée là. Des membres du conseil tribal, toujours « motivés » par les autorités nucléaires, ont fait une pétition pour organiser un nouveau référendum. Ils ont alors basé leur campagne sur la promesse que les déchets radioactifs pourraient rapporter 250 millions de dollars à la tribu et que chaque Apache toucherait 2 000 dollars si le nouveau vote était en faveur du projet. Cette fois ils ont réussi leur coup. Par presque 600 voix contre 350, la tribu a voté l'ouverture d'une nouvelle négociation...

— Mais tu m'as dit que les déchets n'avaient pas été enterrés sur vos terres ?

— Effectivement ! Je me suis battu dans l'opposition jusqu'en 1996 pour arrêter ce projet. Et nous avons bien fait, parce que les instances nucléaires, lassées de ces complications, ont fini par préférer jeter leur dévolu sur une autre réserve dans l'Utah. Ce qui n'était pas une raison pour arrêter notre combat. Comme tu peux le constater, leur politique de « diviser pour régner » est très efficace et elle a réussi à provoquer de graves dissensions au sein de notre communauté. Aujourd'hui, avec l'élection de notre nouveau président, Carleton Naiche-Palmer...

– Un descendant de Naiche, le fils de Cochise ?

– Oui, c'est l'arrière-petit-fils du chef et il parle apache. Avec son élection, tout cela va peut-être se calmer. Du moins je l'espère. Mais, dans le doute, je continue mon combat auprès des membres de notre tribu. Il faut absolument les convaincre de maintenir une forte détermination afin de ne pas nous laisser tenter par les sommes astronomiques, les promesses d'emploi et d'aides diverses, que les instances nucléaires et industrielles peuvent proposer pour polluer ou tirer parti de nos terres...

Harlyn me lance un coup d'œil, comme pour souligner l'importance de ses dernières phrases.

– C'est vraiment vital pour nous les Indiens. Sans cette solide détermination, le gouvernement, en invoquant je ne sais quel intérêt national, pourrait bien finir par décider de briser, comme il l'a si souvent fait pour les anciens traités, cette loi laissant encore aux tribus une entière autorité sur leur territoire. Et ce serait terrible, parce qu'alors nous n'aurions plus aucun recours...

Il déglutit, me lance un nouveau coup d'œil, mais cette fois pour savoir si j'ai bien mesuré la nécessité de son combat. Oui. Et je la soulignerai aussi dans le livre. L'air satisfait, il reprend.

– Pour en revenir à un aspect plus général, aujourd'hui, dans le mode de vie occidental, on détruit et on gaspille plus que nécessaire. Les forêts disparaissent, l'air est pollué, le trou dans la couche d'ozone s'agrandit, le climat se modifie, les produits chimiques déversés dans les rivières puis dans les océans sont en train de tuer tous les animaux marins, rompant l'équilibre biologique et la chaîne alimentaire. Le monde occidental est donc en train de creuser sa propre tombe. Ce que Geronimo avait prédit. Mais nous ne voulons pas, nous aussi, creuser la nôtre...

Il soulève un peu son chapeau, de la transpiration a perlé sur son front, il l'essuie de l'index, remet le chapeau en place, puis reprend...

– Comme la plupart des Indiens, les Apaches se sont toujours contentés de prendre ce dont ils avaient besoin, soit peu de choses, pour vivre en harmonie. Alors mon rêve pour le futur est de perpétuer ce respect des traditions et de gérer la réserve dans ce sens. Un premier pas, disons, pour rétablir une économie équilibrée, et ainsi amorcer notre indépendance...

La main droite d'Harly Bear apparaît entre mon épaule et celle d'Harlyn.

– Tu me repasses l'album ?

Je le lui tends. Elle bascule lourdement au fond de son siège. Nia, un peu secouée, lance un grognement, tout en regardant la route.

– Ouais, on arrive !

La voiture s'engage sur un parking goudronné entouré de pins, de genévriers et de yuccas. Je m'étonne. C'est vraiment là le but de ce voyage ? Nous passons devant un bâtiment rectangulaire blanc. Un centre d'accueil, me dit Harlyn, et un musée sur la préhistoire de la région. Nia, les bras en l'air, refait sa queue-de-cheval. Harly Bear place ses mèches rebelles derrière ses oreilles et tire le bas de son tee-shirt rose sur son jean. Elle n'aime pas qu'on voie son ventre, se moque Nia, en soulevant son tee-shirt pour bien montrer le sien. Mais Harly Bear ne réagit pas. D'un geste ample et lent, elle se contente de détacher sa ceinture. Harlyn gare la voiture devant le bâtiment. Des pelouses l'encadrent, parsemées de pins, de yuccas et de chollas, ces cactus en forme de bois de cerf. J'aime bien les reconnaître maintenant, comme s'ils m'avaient enfin livré un peu de leur histoire. Mais j'ai du mal à croire que l'endroit où

Geronimo est né soit devenu ce parking. Non. On va certainement prendre un petit chemin dans les pins, les yuccas et les genévriers. *La Gila fait une boucle à l'endroit où tu es né, Grand-père,* a dit Harlyn. Pas de boucle, pas de rivière ici. Les filles descendent. Harlyn me dit de les suivre, lui, doit se changer. Se changer ? Pourquoi ? Il se contente de sourire, en me faisant signe de les rejoindre. Je remballe donc ma déception et mes questions pour ouvrir la porte. Les filles sautillent déjà sur le goudron, semblant très bien savoir où elles vont. Je les suis. L'air sec de fin de journée sent la pinède, quand les aiguilles chauffées à blanc par le soleil, comme une ultime protection, ont libéré leur odeur de résine. J'inspire fort. Je m'imprègne. Je gonfle. Je dégonfle. Ma déception. Coup d'œil aux filles. Elles viennent de s'arrêter devant un petit monticule de gros cailloux ronds gris et roses, coulés dans une sorte de ciment, également rose. Sans doute un agglomérat de la terre d'ici. Elles regardent quelque chose que je ne vois pas. Je m'approche.

– Attends ! me lance Harlyn, qui sort de la voiture.

Je m'arrête net. Son Stetson blanc toujours sur la tête, il me rejoint en courant. Il porte maintenant une chemise en tissu brillant turquoise, ornée de rubans et de dessins géométriques blancs. Il a aussi échangé son jean contre un pantalon noir, avec une ceinture en cuir noir fermée par une grosse boucle ovale en métal argenté. Arrivé à mon niveau, il reprend son souffle. La turquoise à son oreille fait de grands cercles. Je lui demande si sa chemise est un vêtement apache traditionnel. Oui, c'est une *ribbon shirt,* ou chemise à rubans, m'explique-t-il. Les Apaches la revêtent lors de rassemblements ou de cérémonies. Avec le regard malicieux d'un enfant sur le point de faire une bonne surprise, il prend maintenant mon bras et me conduit devant le monticule…

Je retiens un sanglot en rencontrant ton regard au détour de ce mémorial, Geronimo. Le temps, la distance, soudain explosent entre nous. Comme si tu m'avais attendue là, caché dans cette photo célèbre où tu poses en guerrier, pour me faire une blague fomentée avec ton descendant. Pagne, tunique et hauts mocassins, un genou au sol, ton fusil tenu des deux mains, tu sembles m'observer. Cette fois une larme s'échappe de mes yeux. Je l'essuie d'un coup d'index. Et je sens la pression des doigts de ton arrière-petit-fils sur mon bras. Un petit geste pour me dire qu'il comprend mon émotion. Inspiration. Expiration. Reprise de contrôle. Voilà. Les filles semblent émues aussi. Pour une fois silencieuses, elles sont debout, main dans la main, devant la photo de leur ancêtre, à côté de laquelle on peut lire en lettres d'or sur fond noir :

« *Je suis né aux sources de la Gila* »
Geronimo
Chef apache chiricahua
1829-1909

C'est joli, de les voir là, toutes les deux, avec ce respect dans les yeux. Elles, c'est certain, ne laisseront pas s'échapper l'héritage de leurs traditions. Harlyn sort un petit sac en peau décoré de franges, d'une poche de son pantalon. Celui dont il s'était servi dans la vallée du Feu. En silence il l'ouvre, puis glisse son pouce et son index à l'intérieur pour en retirer une pincée de pollen. La main levée, face à la photo de son ancêtre, les yeux dans ses yeux, les jambes serrées, le corps très droit, il commence alors à réciter une prière apache. Dans le silence du soleil couchant, ses paroles prennent un relief irréel. Sur leur écho, Harlyn semble te faire sortir de sa mémoire, Geronimo, pour délicatement te déposer ici. D'ailleurs ton regard, soudain, a l'air de le remercier. La petite main de Nia vient se placer dans la mienne. Celle d'Harly Bear s'accroche à celle d'Harlyn. Silence. Silence. Silence. Je comprends maintenant le sens des mots d'Harlyn quant à notre destination. J'ai vraiment l'impression, oui, d'être à l'endroit où le passé rencontre le présent. Tous les quatre, les yeux dans

277

tes yeux, Geronimo, nous te faisons nos promesses. La mienne envers toi est de continuer ce voyage aux sources de la tradition apache, en emmenant un jour Harlyn en Mongolie. C'est bien ce que tu voulais en apparaissant dans mes visions ? Pour Harlyn c'est évident. Tu m'as choisie pour reconnecter la tradition apache à ses racines mongoles.

– Tu vas m'emmener en Mongolie, n'est-ce pas ? me demande Harlyn, comme si, une fois de plus, il avait capté mes pensés.

Je le lui promets. Mais soudain il a l'air ennuyé. Il fronce les sourcils...

– C'est dangereux comme voyage ?

– Non !

– Tu en es certaine ?

– Mais oui, pourquoi ?

– Tu fais la course ? lance Nia, en montrant un grand pin à sa cousine.

Elles partent à fond.

– Il y a des terroristes en Mongolie ? continue Harlyn.

– Non...

– Et la grippe aviaire, il y a la grippe aviaire ?

– Mais non ! Il n'y a même pas de poulets. Enkhetuya n'a jamais mangé un œuf...

Il opine doucement. L'air même pas étonné, mais toujours soucieux.

– On ira pas en hiver, hein ?

Cette fois j'éclate de rire. Pas lui. Alors je promets encore. L'inquiétude s'efface enfin de son visage et, la voix pleine d'émotion, il me demande de lui raconter la Mongolie.

– Les paysages, par exemple ?

Sa turquoise fait oui, oui.

– Eh bien... Il y a d'immenses plaines, parcourues de rivières, de lacs, de centaines de chevaux. Nous vivrons dans le tipi d'Enkhetuya. Le matin tu allumeras le feu dans le poêle, puis tu prendras ton cheval pour aller rassembler les troupeaux de yaks et de rennes. Parfois, avant le lever du soleil, tu partiras avec les hommes, à la chasse aux loups…

– Aux loups ?

– Oui, ils sont encore très nombreux et s'attaquent toujours aux plus jeunes bêtes des troupeaux…

– Et toi tu feras quoi ?

– Avec Enkhetuya, nous ramasserons du bois, nous irons chercher de l'eau au lac ou à la rivière, nous préparerons les pâtes mongoles…

– Des pâtes ? Ils savent faire des pâtes ?

– Les meilleures que j'aie jamais mangées ! Marco Polo en aurait même rapporté la recette en Italie après son passage en Asie.

– Et il y a des T-bone steaks aussi ?

– C'est son plat préféré ! dit Harly Bear, qui vient de nous rejoindre, encore rouge de transpiration.

Elle a battu Nia, qu'on voit se traîner au loin, les bras et les jambes absolument pas coordonnés…

J'explique qu'il n'y a pas de steak, là-bas. La viande et son gras sont coupés en lanières et séchés sur des cordelettes au-dessus du poêle.

– Ils vivent donc encore vraiment comme nos ancêtres, remarque Harlyn, l'air de plus en plus excité à l'idée de bientôt tenter cette expérience.

– Oui, et tu assisteras à des cérémonies chamaniques. Enkhetuya t'expliquera toutes les traditions, elle t'emmènera récolter des plantes médicinales, t'apprendra à les utiliser…

Un grand sourire apparaît maintenant sur son visage. Nia freine soudain devant nous, visiblement de mauvaise humeur. L'air très soucieux, elle fiche une claque sur le bras de sa cousine en lui lançant un « T'as triché ! » furieux. Harly Bear se contente de hausser les épaules.

– Tu sais, reprend Harlyn en faisant signe à Nia de baisser d'un ton, j'envisage ce voyage en Mongolie, aux sources de nos traditions apaches, comme un pas supplémentaire dans mon combat pour guérir mon peuple. Et je me ferai un devoir de lui rapporter cet enseignement...

Il s'arrête, réfléchit. Nia s'éloigne en boudant, pour aller triturer l'écorce d'un pin. Harly Bear retourne à la voiture, elle a faim. Mais Harlyn ne semble pas s'en apercevoir. Toujours concentré, il reprend :

— Geronimo nous a fait un beau cadeau en nous permettant de nous rencontrer, n'est-ce pas ?

J'approuve, émue.

— Mais s'il t'a choisie, c'est sans doute aussi pour une autre raison...

Mes sourcils remontent. Je l'invite à poursuivre.

— Mon arrière-grand-père a été enterré au cimetière militaire de Fort Sill en Oklahoma. Son vœu, comme le mien, a toujours été que sa dépouille soit un jour ramenée ici, sur son lieu de naissance. Mais il y a un peu plus d'un an, on m'a fait part d'une lettre dans laquelle il est dit que Prescott Bush, le Grand-père de notre président actuel, George W. Bush, aurait commis un acte extrêmement grave...

— Grave ? Lequel ?

— Je vais te le raconter, mais si ce fait est avéré, je voudrais d'abord que tu me promettes d'en parler dans notre livre.

— Bien sûr...

Il sourit. Comme soulagé.

— Ainsi nous ferons savoir en France ce qu'on a osé faire à mon arrière-grand-père. Et après seulement, je serai en paix, nous pourrons partir en Mongolie...

« *C'est ma terre, mon pays, la terre de mes pères sur laquelle je demande maintenant que l'on me permette de retourner. Je veux passer mes derniers jours là-bas et être enterré parmi ces montagnes. Si cela était, je pourrais mourir en paix, avec le sentiment que mon peuple, de nouveau sur sa terre natale, s'accroîtrait au lieu de diminuer comme à présent, et que notre nom ne s'éteindrait pas.*

Mais nous ne pouvons rien faire dans ce sens par nous-mêmes, nous devons attendre que les autorités agissent. Si cela ne peut se réaliser de mon vivant, si je dois mourir en captivité, je souhaite que les survivants de la tribu apache puissent, quand je ne serai plus là, être gratifiés du seul privilège qu'ils demandent, retourner dans cette région montagneuse en amont de la rivière Gila. »

GERONIMO

Ton dernier voyage...

En pleine saison de *Face de fantôme*, Grand-père, l'eau du torrent dans lequel tu venais de basculer était vraiment glacée. Par chance il n'était pas profond à l'endroit où tu gisais. Par chance, tout le whisky que tu avais bu pendant cette partie de poker continuait de te donner cette douce sensation d'être loin, inatteignable, hors de ce corps, de ces os, de cette mémoire, si fatigués par quatre-vingts ans de combat. Les prisonniers n'avaient pas le droit d'en boire, mais des bouteilles de contrebande circulaient sur la réserve et tu aimais bien, parfois, en abuser un peu, refusant jusqu'au bout de te soumettre à ces stupides interdits. Dans la nuit, tu as poussé sur tes bras et tes jambes. Un dernier effort pour sortir ton corps de l'eau et parcourir la petite distance jusqu'au sable de la rive. Voilà. La tête enfin posée sur la berge, tu as essayé de reprendre ton souffle. Mais déjà dans ta poitrine, tu sentais le froid de la mort commencer son travail. Alors tu n'as pu t'empêcher d'éclater de rire, Grand-père. Te faire succomber des suites d'une chute de cheval, toi le farouche guerrier, serait donc la dernière blague de *Yusn* ? L'écho de ton rire s'est noyé dans les remous du torrent. L'eau décidément, de la Gila à ici, aurait marqué toute ta vie.

Quand tes dents se sont mises à claquer de froid, tu as demandé à *Yusn* de t'accorder encore un peu de temps dans ce monde. Tu voulais pouvoir dire au revoir aux tiens. Ceux qui avaient survécu, du moins. Seulement Azul, ta femme, Eva et Lana, tes filles. Même ton petit-fils Thomas, à peine âgé de dix-huit ans, avait à son tour été emporté par la tuberculose. Tu avais pourtant fondé tous tes espoirs sur ce garçon brillant, intégré dans le meilleur pensionnat de la région. Onze lunes étaient passées depuis ce nouveau drame. Incapable de t'en remettre, tu avais commencé à suspecter un mauvais sort lancé contre ta famille. D'autant qu'Eva, ta fille adorée, semblait elle aussi développer les premiers symptômes de la maladie. Tu avais donc demandé à un *medicine-man* d'organiser une cérémonie pour voir qui avait lancé ce mauvais sort. Mais après trois ou quatre chants, il avait déclaré que c'était toi. Toi, Geronimo, qui était le responsable. Il t'accusait d'avoir demandé à ton « pouvoir » de t'accorder une longue vie en échange du sacrifice des tiens. Tu ne lui avais plus jamais adressé la parole. C'était tellement injuste. Tu aurais tout donné pour partir à leur place.

Et là dans la nuit, tu as été heureux, soudain, que *Yusn* t'accorde enfin ce droit de mourir. À moins que ce ne soit le dieu des chrétiens. Après la mort de Thomas, tu t'étais un peu tourné vers lui. Il faut dire qu'à Fort Sill, le pasteur Wright, de l'Église Réformée, faisait de plus en plus d'émules au sein des membres de la tribu. Tous tes amis ou presque avaient été convertis. Dont Naiche, le seul survivant de tes fidèles compagnons, car Nana et Chihuahua étaient morts eux aussi. Même ta femme Ziyah et Eva, alors bébé, avaient été baptisées. Mais toi, Grand-père, tu avais hésité. *Yusn* t'avait souvent protégé. Il t'avait aussi cruellement puni. Devais-tu pour autant l'abandonner ? Le pasteur en avait longuement discuté avec toi. Tu lui avais dit que la mort des tiens te donnait de plus en plus l'impression de marcher seul, dans le noir. Il t'avait finalement convaincu de venir assister à un office. Tu avais écouté le prêche avec beaucoup d'attention, les mains bien à plat sur tes cuisses. Persuadé, à la fin, que ce chemin vers Jésus et les principes enseignés dans sa religion seraient le seul moyen de soulager ta conscience. Le pasteur, par la suite, t'avait baptisé.

Tu as essayé de bouger tes doigts, mais le froid les avait complètement engourdis. Tu ne sentais même plus tes jambes, ni tes fesses, ni les muscles de ton dos. Les yeux tournés vers le ciel étoilé, tu as tendu l'oreille pour essayer de percevoir, au-delà du bruit de l'eau, la présence de ton cheval. Tu as fini par entendre son sabot racler le sol de cailloux. Il faisait toujours cela quand il était inquiet. Il était donc bien là, à t'attendre, ce vieux compagnon. Tu as essayé d'arrondir tes lèvres pour le siffler, il rappliquerait immédiatement. Tous tes chevaux étaient dressés à le faire, un geste qui t'avait de nombreuses fois sauvé la vie, au combat. Pas cette nuit. Tes lèvres complètement engourdies ne produisaient que des fffff, fffff, pas plus audibles qu'un petit souffle de vent. Le froid était-il donc la plus efficace des prisons ? Enfermé en lui, seuls tes yeux arrivaient encore à bouger. Si au moins ton cheval s'était rendu au village. Mais tu le savais, cet idiot ne t'abandonnerait pas. Tu l'avais dressé à t'attendre et c'est tout ce qu'il ferait. Azul, de toute façon, allait s'inquiéter, elle donnerait l'alerte. Jamais tu n'étais rentré après la tombée de la nuit, même pour des parties de poker. Elle ne pourrait malheureusement pas venir à ton secours de nuit. Parcourir ce chemin était trop dangereux. Il te faudrait donc attendre jusqu'au lever du jour. On repérerait alors ton cheval et on viendrait enfin te secourir.

Pour te donner la force de ne pas sombrer totalement dans l'engourdissement, tu as repensé aux sauts qu'on te faisait faire dans les ruisseaux recouverts de glace, lors de ta formation de guerrier. Cette endurance forgée à coups d'exercices de plus en plus difficiles, cette volonté, apprise dès le plus jeune âge, de dominer les souffrances de ton corps, devrait une fois de plus te permettre de passer cette épreuve. Pas question de te laisser mourir là. Non. Pas avant d'avoir dit tes dernières volontés. Ni d'avoir adressé tes prières à *Yusn*. Et à Jésus aussi. Après tout, les deux t'apportaient, chacun à leur façon, un certain réconfort. La religion et la fréquentation des chrétiens, disais-tu, avaient même amélioré ton caractère ! Mais ton « pouvoir », c'était évident, était beaucoup plus bavard que leur Jésus, qui n'avait jamais répondu à une seule de tes questions. Il ne te soufflait pas non plus les prières ou les gestes à faire, pour guérir les personnes qui continuaient de venir te consulter. Les missionnaires ne voyaient d'ailleurs pas d'un bon œil ces pratiques « païennes », comme ils les appelaient. Alors tu ne leur en parlais pas. Un guerrier averti savait s'adapter à un environnement pour en tirer le meilleur parti. Personne ne t'empêcherait donc de tirer le meilleur parti de chacune de ces pratiques. Jésus ou *Yusn*, leurs enseignements étaient un don, simplement destiné à enrichir tes croyances.

Tu étais encore bien vivant, quand on t'a retrouvé le lendemain après avoir repéré ton cheval. Comme dans chacun de tes combats, ta volonté avait dopé ta résistance physique. Cette fois encore, c'est toi qui déciderais du moment où il te faudrait quitter le combat. Trois jours. Il te fallait tenir trois jours encore. Juste le temps nécessaire à tes enfants pour faire le voyage jusqu'à Fort Sill. À condition bien sûr, de les prévenir par télégramme. Malheureusement le soldat responsable du camp s'était contenté de leur faire envoyer une lettre. Et quand Azul t'a rapporté son geste, tu as compris qu'ils ne pourraient arriver à temps. Tes forces déclinaient, il te serait impossible de lutter davantage. Une dernière fois, pourtant, tu as trouvé la force de te mettre en colère contre l'incapacité de cette armée à au moins faire venir tes enfants auprès de toi. Tu aurais tellement voulu leur dire à quel point tu étais fier d'eux. À quel point ils méritaient une belle et longue vie. Eva devait bientôt se marier. Une existence heureuse lui permettrait de résister à la maladie, dont les symptômes rôdaient déjà autour elle. Tu as senti la main d'Asa prendre la tienne, et la petite pression de son pouce dans ta paume. Si froide. Tu pourrais compter sur lui. Oui. Il t'avait promis de s'occuper d'Eva, encore jeune, comme de sa propre fille. Il t'avait aussi promis de lui rapporter tes dernières volontés. On ne t'avait pas accordé le privilège de mourir en homme libre, mais tu souhaitais qu'un jour on accorde aux survivants de ta tribu celui de retourner sur leurs terres de la Gila River. Lana et Eva pourraient ainsi découvrir ce lieu où, jadis, leur peuple vivait heureux et en harmonie avec la nature. Une fois là-bas, Asa devrait leur demander d'aller s'asseoir dans une de ces flaques de terres rouges qui faisaient comme des taches de sang au soleil. Juste à l'endroit où tout jeune, allongé sur le dos, les yeux dans le ciel, le nez dans l'odeur d'herbe sèche et de crottes de lapin, tu te sentais dans le moment exact où le passé et le présent, soudain libérés du temps, pouvaient se rencontrer et tous les mondes ainsi se connecter. C'est là, tu en étais maintenant presque certain, que la fenêtre entre celui des morts et celui des vivants devait s'ouvrir. Du coucher au lever du soleil, selon la croyance apache, ces deux mondes se superposaient. C'était donc le seul moment où les défunts pouvaient communiquer avec les vivants et là que tes filles devraient te retrouver...

Bien que tu ne saches plus très bien, Grand-père, dans quel monde tu allais passer. Celui des Apaches ou celui des chrétiens ? À la porte de la mort, tout s'embrouillait dans ta tête. Pour le pasteur, tu étais un assassin et son Dieu, si tu ne te repentais pas, allait te réserver le pire des accueils. Mais de quoi devais-tu te repentir ? Tu n'avais tué que tes ennemis et, chez les Chiricahuas, ce n'était pas un péché. D'ailleurs la nuit, quand les deux mondes se superposaient, aucun ennemi n'était jamais venu se venger de toi. C'était pourtant le seul moment où les morts pouvaient venir faire du mal à ceux qui les avaient tués. Cela voulait bien dire qu'ils ne t'en voulaient pas. Les tuer n'avait donc pas été un péché. Juste une règle de guerre. Tu l'avais

286

expliqué au pasteur, mais pour lui, tu restais un assassin. Ta poitrine s'est un peu soulevée. La remplir d'air te faisait de plus en plus mal. Tu as quand même trouvé la force de sourire. Un pâle sourire, à l'idée de bientôt avoir la réponse à tes questions. L'esprit. L'esprit de l'homme dont parlait le pasteur, par exemple, était resté pour toi une notion incompréhensible. Tu avais vu beaucoup d'hommes mourir, beaucoup de corps en décomposition aussi, mais tu n'avais jamais vu ce qu'ils appelaient l'esprit. Alors de quelle partie de l'homme pouvait-il bien s'agir ? Ta poitrine s'est encore un peu soulevée. Un peu moins. Aussi sûrement que le soleil brûlait les flancs des monts Mogollon, la pneumonie consumait tes poumons. Soudain tu t'es vu la bouche pleine d'eau, grimper ces montagnes de la Gila pour les fortifier et améliorer leur endurance. Combien de fois les avais-tu remplis d'air depuis ce temps ? Respirer était un geste indispensable, auquel pourtant tu ne pensais jamais. Sauf quand l'air venait à manquer. La vie était comme les poumons. On ne la sentait pas. On ne la voyait pas. Jusqu'à l'instant où elle s'échappait de vous. Ta poitrine a tenté de se soulever. Mais l'air cette fois n'a pu entrer, Grand-père. La grotte doucement s'était refermée. Dans un dernier réflexe, tu as serré la main d'Asa. C'est sur ta terre de la Gila, au pied du sumac dans lequel ton cordon ombilical avait été déposé, que ce voyage avait commencé. Près de lui qu'il devrait s'achever. Mais condamné à mourir à Fort Sill, comment allais-tu pouvoir boucler ce grand cycle de ta vie ? Tes lèvres ont un peu bougé. Peut-être dans une dernière prière pour accomplir ton vœu ? Comme un arc sur le point de décocher une flèche, tu as senti tout ton corps se tendre. En basculant en arrière, tes yeux ont vu la flèche de roseau partir vers la Gila. Tes forces accrochées à elle, vous avez rejoint ces rives où tous les deux vous étiez nés, et où décidément, poussaient les meilleurs et les plus solides roseaux.

12.

Harlyn finit de tracer une croix de pollen sur le visage de son arrière-grand-père, recule d'un pas, prononce une courte prière en apache, puis se tourne vers moi. Dont les larmes commencent à couler...

– À six heures du matin, ce 17 février 1909 il est parti pour son dernier raid...

Inspiration, expiration, d'un revers de main j'essuie mes yeux.

– Et ses filles, que sont-elles devenues ?

– Eva s'est mariée l'année suivante. Elle a eu une fille, qui est morte quelques mois plus tard...

– Eva a eu d'autres enfants ?

– Non, elle est morte en 1911, juste un an après le décès de sa fille...

– Tuberculose ?

– Oui. Elle a été enterrée à Fort Sill, près de la tombe de Geronimo.

Je regarde Harlyn, puis la photo du vieux chef.

– Lana, ta grand-mère, était donc la seule survivante de tous ses enfants ?

– Oui. Bien que certains livres présentent Robert, l'autre fils d'Iteeda, comme le fils de Geronimo. Mais, moi je dis que Robert était le fils de l'homme avec qui Iteeda s'était remariée peu après son arrivée à Mescalero. Pas celui de Geronimo.

Harlyn regarde le soleil en train de disparaître derrière les montagnes. Le parking est déjà dans l'ombre. Il me demande de le suivre. Nous dépassons la voiture dans laquelle les filles font un sort aux derniers bonbons. Harlyn leur demande si elles veulent nous accompagner. Non. Sans insister, il longe le parking puis tourne à gauche pour s'engager sur un petit chemin de terre. Je lui demande ce qu'Asa Daklugie est finalement devenu. Harlyn se tourne vers moi pour répondre, interrompant notre progression. Après sa libération de Fort Sill, commence-t-il en soulevant un peu l'avant de son chapeau, il fait encore chaud, Asa est devenu un très bon éleveur. Il a aussi écrit ses mémoires dans *The Odyssey Ends,* un livre signé avec Eve Ball, une historienne spécialiste des Apaches, née dans les années 1890. Toute sa vie, Asa est resté un fervent admirateur de Geronimo, dont il disait qu'il était l'incarnation même de l'esprit apache. Mais sa mort en 1955 a marqué la fin d'une ère. Après avoir combattu auprès des plus grands chefs, Asa était le dernier Apache, Naiche étant décédé en 1919 à Mescalero, à avoir connu le temps où son peuple vivait encore libre et heureux. Après un « hun, hun », Harlyn remet son chapeau en place et reprend la marche.

Quelques enjambées plus loin, j'aperçois une touffe de thé apache, à droite de son pied. Je m'accroupis pour en cueillir un peu, puis je le rejoins en brandissant fièrement mon butin. Il le regarde d'un air désolé.

– Tu risques d'avoir une sérieuse diarrhée, avec une infusion de cette plante...

– C'est pas du thé ?

Sa tête fait non. Il reprend la marche, sans m'adresser le moindre sourire. Je baisse la tête. L'apprentie apache n'est décidément pas au point. L'apprentie mongole non plus, d'ailleurs. Une fois, Enkhetuya m'a chargée de rapporter des feuilles d'une espèce de petit oignon sauvage. Ils les hachent sur leur nourriture, en guise d'assaisonnement.

Quand je lui ai rapporté ma récolte, elle a éclaté de rire. Toute la famille allait vomir avec mes feuilles ! Pour ma défense, je lui ai dit qu'elles ressemblaient quand même beaucoup aux vraies. Elle en est convenue, mais, depuis, mes velléités de botaniste ont toujours été « contrôlées ». Nous arrivons au sommet d'un petit monticule. Harlyn semble chercher quelque chose. Il touche un arbre, le contourne, regarde le sol, me fait signe de le suivre. Il avance maintenant face au soleil. Le quart de cercle qu'il en reste, du moins. Son corps fait une longue ombre derrière lui. Comme si elle le suivait. Je marche sur le bout de cette ombre, en essayant de ne pas me faire distancer, quand soudain j'entends un tout petit crac derrière moi. Une branche cassée ? Pivotement de tête à quatre-vingt-dix degrés...

Embusquées derrière un arbuste, j'aperçois les filles en train de nous pister. Harly Bear met un doigt sur sa bouche en signe de silence. Je fais oui de la tête, puis pivote de nouveau vers Harlyn, dont l'ombre est à déjà deux mètres de moi. Il marche vite. Petit trot, me revoilà au bout. Mais l'ombre s'arrête soudain de glisser sur les cailloux, pour s'immobiliser au milieu d'une tâche de terre ocre entourée de petits genévriers et parsemée de...

– Ce sont des crottes de quoi ?

Harlyn me regarde, l'air surpris de mon ignorance. Mais c'est pas ma faute, j'ai été élevée en Afrique ! Faisant quand même preuve de bonne volonté, je m'accroupis pour observer de plus près ces petites crottes en forme d'olives noires. Harlyn attend mon verdict en souriant. Je capitule.

– Désolée, mais je ne sais reconnaître que les crottes d'éléphant et celles-là me semblent bien trop petites pour en être...

Il éclate de son rire en forme de salve. Ta-ta-ta-ta-ta. Aussi haché que la langue apache, d'ailleurs. Une langue pourrait donc induire un rythme d'expression des émotions ? Bon. La dernière salve de rire enfin perchée sur l'un des genévriers, il me demande comment je peux bien être experte en crottes d'éléphants. Je lui raconte mon enfance à Ouagadougou, Burkina Faso, où mes parents m'ont initiée à ce genre de trucs, très utiles dans la vie. Toujours accroupie, je regarde une fois encore les petites olives...

– Alors ce sont des crottes de quoi ?

– De lapin ! hurle Nia, qui vient de sauter au milieu du cercle de terre comme un diable au bout de son ressort.

J'en bascule par terre. Harlyn place une main sur son cœur en signe de crise cardiaque imminente. Et Nia rit aux larmes, très contente de son effet. Sale bête. En plus je l'avais vue. Bon. Reprise de respiration, reprise de la position debout et estimation des dégâts. Nia regarde le fond de mon pantalon. C'est bon ? Pas de crotte écrasée ? Non. Alors époussetage. Harlyn, enfin remis de sa surprise, jette un regard au-dessus des genévriers. Il me montre le fond du vallon. La Gila. Émue, j'observe en silence le cours d'eau serpenter au milieu d'un fouillis d'arbustes et de roseaux. J'imagine Geronimo, jeune novice, en train de courir sur les flancs de ce canyon, la bouche pleine d'eau pour l'obliger à mieux contrôler sa respiration.

– C'est donc là qu'il est né ?

Harlyn opine.

– Sans doute sur un de ces larges terre-pleins surplombant la rivière, au confluent de la fourche ouest, par là-bas...

– Et son sumac, il est où ?

– Il y en a des dizaines de buissons dans cette région. Celui dans lequel son cordon ombilical a été déposé est malheureusement impossible à retrouver. Trop de temps s'est passé avant que les Chiricahuas n'aient eu le droit de revenir ici, et la parole du lieu de cet arbre s'est perdue...

– C'est grave ?

– Non. L'essentiel, pour que le cycle de la vie s'achève, est d'être enterré dans la zone où se trouve son arbre de naissance.

Son index droit désigne les alentours de la rivière, jusqu'à nous…

– En n'étant pas enterré ici, près de son sumac, mon arrière-grand-père n'a donc toujours pas pu terminer le grand cycle de sa vie…

– Mais si sa dépouille était ramenée là, il pourrait achever ?

Harlyn acquiesce. Il a même entamé les démarches auprès des autorités pour obtenir l'autorisation de la transférer ici.

– Mais les os de Geronimo ont été volés ! lance Nia, maintenant assise par terre à côté de sa cousine.

Mes sourcils remontent.

– Volés ?

Elle regarde Harlyn, comme si elle n'avait pas le droit d'en dire davantage. Harlyn hoche la tête lentement. Il s'agit effectivement de l'affaire dont il voulait que l'on parle dans ce livre. Une affaire liée à la société secrète des *Skull and Bones*, « Crâne et Ossements », dont le siège se trouve dans l'enceinte de l'université de Yale. Une société très puissante, autant en politique que dans le milieu des affaires et de l'industrie. Fondée en 1832, par William Huntington Russell et Alphonso Taft, on a compté parmi ses membres plusieurs présidents des États-Unis, dont William Howard Taft, le fils du fondateur, George Bush et George W. Bush, mais aussi le sénateur John Kerry, des financiers comme William H. Donaldson, de nombreux agents de la CIA, des membres du Congrès, deux chefs de la Cour Suprême et le fondateur de *Time Magazine*, Henry Luce. Harlyn s'arrête de parler. De l'index, il masse son front, juste entre les sourcils, puis reprend. Depuis longtemps, une histoire circule selon laquelle Prescott Bush, le Grand-père de l'actuel président et quelques-uns de ses amis de Yale, tous membres de la société secrète, auraient profané la tombe de Geronimo à Fort Sill et volé son crâne et ses fémurs[1]. Harlyn lance un coup d'œil à sa santiag droite,

---

1. Voir documents p. 305-312.

dont le bout vient buter dans un petit caillou, puis reprend, son regard de nouveau bien droit dans le mien.

– Les membres de la société secrète ont toujours démenti, affirmant qu'il ne s'agissait que d'une légende...

– Mais ce n'en est pas une ?

– En l'absence de preuve, personne n'avait jamais osé pousser l'enquête. Cette affaire, pourtant, a vraiment commencé à émerger en 1986, quand Ned Anderson, alors le président tribal de la réserve de San Carlos, en Arizona, a demandé à ce que les restes de Geronimo soient rapatriés sur sa terre natale, ici. Mais, peu après sa demande officielle, il a reçu une lettre d'une personne de la société des *Skull and Bones,* disant que l'organisation détenait le crâne de Geronimo et que ses membres étaient prêts à le restituer. Une photo était jointe, sur laquelle on pouvait voir un crâne, celui de Geronimo d'après la lettre, dans un caisson de verre. Quelque temps après, Anderson s'est donc rendu à New York, comme on le lui avait proposé, pour procéder à la restitution. Une fois sur place, un des fils de Prescott Bush, Jonathan Bush, et d'autres membres de la société lui ont effectivement présenté un caisson à l'intérieur duquel se trouvait un crâne. Mais d'après Ned Anderson, un crâne bien trop petit pour être celui d'un adulte. Il a donc refusé de le prendre, affirmant qu'il s'agissait d'un crâne d'enfant et en aucun cas de celui de la photo jointe à la lettre. Jonathan Bush lui aurait alors répondu que c'était le seul crâne dont leur société disposait et l'aurait pressé de signer un document établissant que *Skull and Bones* n'était donc pas en possession de celui de Geronimo. Anderson a refusé de signer, bien évidemment. Mais Endicott Peabody Davison, l'avocat de la société chargé de l'affaire l'aurait alors informé qu'une action en justice serait menée contre lui, s'il ne restituait pas la photo accompagnant la lettre. Et tout cela en continuant d'affirmer que l'organisation n'était en aucun cas en possession du crâne...

Harlyn me regarde, l'air de vérifier si j'ai bien tout compris.

– Mais il y a un peu plus d'un an, ajoute-t-il, l'air malicieux cette fois, Marc Wortman, un écrivain spécialiste de la Première Guerre mondiale, autrefois professeur de littérature à l'université de Princeton et éditeur du magazine des anciens de Yale, a découvert, lors de ses recherches aux archives de la bibliothèque de Yale, la *Yale's Sterling Memorial Library*, une lettre qui confirmerait la profanation de la tombe de Geronimo. Cette lettre, authentifiée par Judith Schiff, l'archiviste en chef de cette bibliothèque, a été écrite en 1918 par Winter Mead, un membre de la société, à Trubee Davidson, un autre de ses membres. Il y est clairement dit que Prescott Bush, aidé d'autres membres de la société des *Skull and Bones*, a profané la tombe de Geronimo au cours de leur service militaire à Fort Sill au cours de la même année. La lettre dit aussi que ses ossements sont en sécurité dans ce qu'ils appellent *The Tomb*, le tombeau construit par la société à New Haven, la ville où se trouve l'université de Yale...

– Ce serait donc bien la preuve que la légende n'en était pas une ?

La tête d'Harlyn se met à dodeliner.

– Un doute a quand même été émis, car l'auteur de cette lettre aurait peut-être pu inventer ses propos...

– Et c'est effectivement possible ?

– Judith Schiff, qui par ailleurs a publié l'*Histoire de Yale*, a penché pour la négative et a justifié son point de vue en soulignant que les membres de *Skull and Bones* juraient, pour tout ce qui concernait les affaires en rapport avec la société, d'être tout à fait honnêtes les uns envers les autres. Par respect de ce serment d'honnêteté, Winter Mead, l'auteur de la lettre, n'aurait donc pas pu inventer ces propos...

– Il reste quand même un doute ?

– Un infime, oui. Mais entre-temps, des chercheurs ont confirmé qu'il existait bien des indices suggérant, avec

294

une forte probabilité, que des membres de *Skull and Bones*, engagés volontaires à Fort Sill, aient effectivement profané la tombe d'un Indien, qu'ils pensaient être celle de Geronimo.

Je fronce les sourcils.

– Mais alors pour quel motif ?

– Cette société, selon Alexandra Robbins, l'auteur du livre *Secrets of the Tomb*, serait très focalisée sur la mort et utiliserait beaucoup de ses symboles, comme des représentations macabres, des crânes et des ossements, de préférence de personnages célèbres, pour pratiquer des rituels initiatiques...

Sa voix baisse d'un ton.

– Et même sataniques, selon d'autres sources.

Je regarde Harlyn, les sourcils en accent circonflexe, cette fois.

– Tu en es certain ?

Il soupire.

– C'est ce qu'on m'a dit. Malheureusement il est impossible de le prouver, les membres de cette société sont liés par le secret et aucun d'eux ne veut parler...

– Mais que disent-ils de la lettre authentifiée ?

– Aucun commentaire non plus.

L'air soudain inquiet, Harlyn cherche les filles du regard. C'est vrai qu'elles sont bien trop silencieuses pour ne pas fomenter une énorme bêtise. De concert, nous faisons un tour sur nous-mêmes. Mais tout va bien, sagement installées par terre, juste à quelques pas de nous, elles semblent complètement absorbées par la construction d'une pyramide de cailloux. Bon. Harlyn, l'air rassuré, reprend son explication.

– Alors il y a quelques mois, j'ai écrit au président Bush pour lui demander de m'aider à récupérer ces ossements. Si son Grand-père les avait bien volés, il était normal qu'il fasse le nécessaire pour qu'on me les restitue. Le contenu de cette lettre, je le connais par cœur, tu penses bien, était...

Harlyn ferme les yeux, comme pour mieux se souvenir, puis récite. « *Je fais appel à vous pour m'aider à obtenir la resti-tution, s'ils ont bien été volés, du crâne et des fémurs de mon arrière-grand-père. Selon nos traditions, les ossements d'un défunt, spécialement quand la tombe a été profanée, doivent nécessaire-ment être réenterrés selon les rituels appropriés. Cela afin de leur restituer leur dignité et de laisser l'esprit du défunt reposer en paix. C'est important dans notre tradition.* » Il ouvre les yeux. L'air satisfait. Je lui demande quelle a été la réponse du prési-dent, mais il hausse les épaules.

– Pour l'instant pas un mot. Rien...

– Et en attendant, tu ne peux même pas avoir accès à ces ossements, juste pour vérifier qu'ils sont bien ceux de Geronimo ?

– Non. Comme ils sont exposés dans ce tombeau, pro-priété de la société secrète, je n'ai pas le droit de m'y ren-dre sans autorisation...

– Mais qu'est-ce que tu comptes faire, alors ?

– J'ai alerté les médias. Au mois de juin, j'ai été invité par Fox News, ABC News, BBC News, le *Washington Post.* J'ai aussi constitué un groupe de personnes émues par cette affaire et je me suis entouré d'historiens, d'anthropo-logues, d'archéologues, de généticiens...

– De généticiens ?

– Oui. Pour prélever mon ADN et le comparer à celui des ossements exposés dans le tombeau de la société secrète. Si j'obtiens l'autorisation d'y accéder, bien sûr. Mais comme j'en doute, j'ai aussi contacté des avocats, dont l'ancien *Attorney general* des États-Unis. Pour eux, la meilleure stratégie serait de demander l'autorisation d'aller à Fort Sill pour ouvrir la tombe de Geronimo. Si on constatait que le crâne et les fémurs avaient effectivement disparu, on entamerait une procédure auprès de la Cour fédérale, contre la famille Bush, le gouvernement et l'armée des États-Unis...

– Et si les os sont toujours à leur place ?

Harlyn réfléchit un instant. Ouvre la bouche, la referme, comme s'il hésitait.

– Tu sais, finit-il par dire, j'ai fait un rêve dont je n'ai pas encore voulu te parler, mais dans lequel mon arrière-grand-père est venu me dire que son crâne et ses fémurs n'étaient plus dans sa tombe à Fort Sill. Je suis donc persuadé qu'effectivement, ils n'y sont plus. Mais si jamais, malgré tout, on les y trouvait, alors on ferait appliquer la *Native American Graves Protection and Repatriation Act*, une loi votée par le Congrès et mise en application en 1990. Son but est d'obliger les musées et institutions fédérales en possession d'ossements ou d'objets rituels indiens, qu'ils soient exposés ou découverts dans le sous-sol d'un territoire fédéral, à les restituer à leur tribu d'origine. Par ce biais, donc, nous devrions obtenir l'autorisation de transférer les restes de Geronimo sur le territoire de la Gila, où ils pourront enfin être enterrés selon la tradition chiricahua.

Harlyn me regarde, l'air de réfléchir encore.

– Tu sais, il y a encore quatorze mille crânes d'Indiens stockés dans les sous-sols du musée national d'Histoire naturelle, et dans l'attente d'une restitution à leur tribu d'origine.

Mes yeux s'arrondissent.

– Mais pourquoi ce musée est-il en possession d'autant de crânes ?

Sa bouche fait une moue de dépit.

– Figure-toi qu'en 1868 le Smithsonian Institute, une institution créée à Washington pour « l'accroissement et la diffusion du savoir », avait financé une étude dont le but était d'essayer de prouver, en mesurant leur boîte cranienne, que les Indiens étaient physiquement inférieurs aux Blancs. De l'argent avait donc été offert à tous ceux qui pourraient leur fournir ces ossements d'Indiens. Ironiquement, cet argent a juste permis de prouver qu'il n'y avait aucune différence de taille, mais les quatorze mille **crânes** ainsi achetés sont restés sur place...

Ma mâchoire doit pendre d'étonnement parce qu'Harlyn éclate de rire.

— Je t'avais dit que ce périple serait plein de surprises !

Ma pauvre tête fait oui, oui. Mais ce voyage m'apparaît soudain comme un microscope planté dans mon œil pour m'obliger à observer, jusque dans sa plus infime cellule, une réalité que mon égoïsme, toujours bien tranquille dans son coin, aurait évidemment préféré ne jamais apercevoir. Bon. Inspiration. Expiration.

— Et pour les ossements de Geronimo, tu as un espoir de pouvoir les récupérer un jour ?

— Je suis confiant parce que beaucoup de gens me soutiennent. Dont la communauté noire américaine…

Il se met à sourire en pointant le ciel en train de rougir.

— Et puis le vieux guerrier nous aide, lui aussi. Il est même allé te voir en France !

— Tu crois que c'est une des raisons de ma vision ?

— Qui sait ? En tout cas, c'est bien grâce à ton livre et à mon témoignage que cette affaire va pouvoir être divulguée jusqu'en Europe !

— On pourra aller avec toi en France ? demande soudain Harly Bear, toujours sagement assise par terre, à côté de sa cousine.

— Vous, pour l'instant, vous allez à l'école et c'est tout ! répond Harlyn, un peu sèchement.

Air froncé de Nia, qui triture une crotte de lapin.

— C'est pas drôle…

— Mais si, c'est drôle. Il n'y a qu'en travaillant beaucoup à l'école qu'on peut réaliser ses rêves !

— Non…

— Quoi, non ? Et lâche cette crotte, veux-tu !

Gloussement d'Harly Bear. Nia hausse les épaules, place délicatement la petite boule noire sur une ligne de six autres disposées en cercle autour de la pyramide de cailloux enfin terminée, puis contemple son œuvre, pas du tout pressée de répondre à son Grand-père. Il ne semble d'ailleurs pas en être énervé. Il a même l'air ému par la sculpture de sa petite fille ! Je souris. Peut-être y voit-il une forme de transmission de ses dons ? Il m'a avoué qu'il était sculpteur. Il me montrerait même ses œuvres dès notre retour à Ruidoso. Œuvres, avait-il précisé, qu'il vendait très bien, mais refusait d'exposer dans des galeries d'art. Ces « racketteurs », c'est bien le mot qu'il avait employé, voulaient lui prendre cinquante pour cent de commission sur les ventes ! Je m'étais dit que cette réaction était certainement la meilleure preuve de sa filiation. Geronimo aurait sans doute tenu le même discours. La tête toujours baissée sur sa pyramide, Nia donne enfin sa réponse à Harlyn.

– Toi, tu as beaucoup travaillé et tu n'as pas eu ton rêve...

Il fronce les sourcils en tournant légèrement la tête, comme pour placer son œil gauche en première ligne. Signe de méfiance, chez lui.

– Mais de quel rêve parles-tu ?

Nia relève la tête. Un grand sourire éclaire sa bouille toute ronde.

– Mais ton rêêêve, tu sais ? de chanter une chanson apache au centre du stade, le jour de la finale du *Super Bowl* !

Nous éclatons tous de rire. Celui d'Harlyn, le plus ample, envoie ses salves loin dans la vallée. Câ-câ-câ-câ-câââ. Et nous rions de plus belle quand soudain son écho, tel un appel de canard, nous revient dans le ciel...

– C'est vrai ! arrive finalement à prononcer Harlyn. Chanter lors de cette finale du championnat de football américain est un rêve que j'espère vraiment réaliser un jour. Mais nous devons d'abord terminer notre voyage...

Il se tait soudain. L'air d'attendre l'attention totale de notre assemblée. Voilà. Nos trois paires d'oreilles sont de nouveau en mode écoute. Il se tourne alors vers l'ouest. Le disque rouge du soleil est maintenant sur le point de disparaître derrière les monts Mogollon. Ses derniers rayons, comme des baguettes magiques, viennent toucher la terre à l'endroit où nous nous trouvons. Sa teinte, comme une vieille tache de sang, vire au rouge foncé. « C'est le moment, dit Harlyn. Allongez-vous sur le dos. » Les filles se mettent à rire. Il faut d'abord enlever les crottes de lapin ! Harlyn soupire, moi je trouve qu'elles ont raison. « Bon d'accord, mais vite », concède-t-il. Balayage intensif, même la sculpture de Nia s'envole. Ce qui ne semble pas l'émouvoir, déjà consciente, sans doute, de la notion d'œuvre éphémère. Voilà. Tout le monde peut s'installer. En sardines, bien serrés les uns à côté des autres, nous nous allongeons sur le dos. Seul le chant des insectes occupe maintenant notre espace sonore. Et là, les yeux enfin levés vers le ciel embrasé, dans le silence soudain lourd et profond, caractéristique du moment où le soleil disparaît, nous entendons la voix d'Harlyn s'élever.

« Au coucher du soleil, la terre de la Gila, par endroits, prenait la couleur d'une vieille tache de sang. Tout petit déjà, je venais m'asseoir dans ces flaques rougeâtres. La terre y sentait le chaud, l'herbe sèche, la crotte de lapin, elle avait un peu le goût des bourgeons de peuplier que nous mâchions pendant des heures. Dans ces sensations éternelles, allongé sur le dos, les yeux perchés dans le ciel, j'avais parfois l'impression d'être dans le moment exact où le passé et le présent, soudain libérés du temps, pouvaient se rencontrer. Et tous les mondes, ainsi se connecter... »

« *We must never consider ourselves apart from the environment and disturb it.* »
Nous ne devons jamais nous considérer à part de notre environnement.
« *Be brave, as your ancestors were brave, standing in front of the enemy.* »
Sois courageux, comme tes ancêtres le furent, debout face à l'ennemi.

Harlyn Geronimo: « Bi da a naka enda »
(guerrier d'une autre sorte)

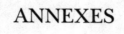

ANNEXES

Les Apaches

Avec les Navajos, les Apaches forment le groupe le plus méridional de la grande famille linguistique nadéné. Historiquement, ils ont été nommés et divisés de diverses façons. Au XVIIᵉ siècle, les Espagnols font référence aux Faroans, Llaneros, Palomas et autres. Plus tard, les Américains et les Mexicains désigneront de nombreux groupes : Kiowa-Apache (ou Apaches des Plaines), Lipan, Jicarilla, Pinal, Gila, Tonto, Mescalero, Arivaipa, Chiricahua, Coyotero, Mimbreno, San Carlos, Sierra Blanca et même Mohave-Apache et Yavaipa-Apache. Les anthropologues et les linguistes ont plus tard établi une distinction entre Apaches de l'Ouest et Apaches de l'Est. Les premiers sont ceux qui se sont installés dans l'État de l'Arizona. Tous les autres, qu'ils occupent des réserves au Nouveau-Mexique ou des terres allouées en Oklahoma, sont considérés comme étant des Apaches de l'Est.

On s'accorde aujourd'hui à penser que des peuplades des régions arctiques de l'ouest du Canada ont migré vers le sud-ouest des États-Unis, entre le XIIIᵉ siècle et le début du XVIᵉ siècle. De petits groupes autonomes se sont ensuite dispersés dans les plaines arides et les zones montagneuses, de l'Arizona au centre du Texas et du sud du Colorado jusqu'à la Sierra Madre, au Mexique.

Avant l'arrivée des Européens, les premiers furent des colons espagnols ; les Apaches ont subsisté grâce à la chasse, la cueillette et une petite agriculture, mais également grâce au troc et à l'échange avec des populations sédentaires, comme les Pueblos du rio Grande et les Pimas de la Gila River.

Lors des siècles de conflit qui les ont opposés aux Espagnols, aux Mexicains et aux Américains, les Apaches se sont forgé une solide réputation de combattants redoutables. Mais en 1872, ils ont été contraints de s'installer sur une demi-douzaine de réserves en Arizona et au Nouveau-Mexique. (Cependant, le gouvernement américain n'a pas alors acquis la propriété de leurs terres, que ce soit par traité ou par cession, ce qui ouvrira aux Apaches, dans les années 1960-1970, la possibilité de saisir les tribunaux fédéraux et de récupérer d'importants droits territoriaux.) Réticent, pour des raisons financières, à maintenir un grand nombre de réserves, le Bureau des Affaires indiennes décida en 1875 de réunir tous les Apaches sur deux réserves seulement : celle de San Carlos pour les Apaches de l'Arizona et celle de Mescalero pour ceux du Nouveau-Mexique. En réaction à cette concentration imprévue, plusieurs groupes apaches reprirent les armes avant la reddition définitive de Geronimo en 1886.

Les premières années de la vie sur les réserves, à la fin du XIXe siècle, ont été particulièrement difficiles pour les Apaches. Les Églises chrétiennes ont entrepris la destruction de la culture et de la religion traditionnelles, avec le soutien et la complicité des autorités. Les agents du gouvernement se sont souvent révélés incompétents et corrompus. Une alimentation insuffisante ou de mauvaise qualité, un habitat souvent insalubre ont entraîné l'apparition de maladies et d'épidémies. La tuberculose, la dysenterie, la pneumonie et la grippe ont décimé les populations des réserves comme les enfants apaches qui avaient été envoyés dans l'Est et placés dans des pensionnats, dont celui de Carlisle en Pennsylvanie.

Au XXe siècle, les évènements entraînèrent les communautés vers des modes de développement différents, selon les réserves. Après le vote en 1934 de l'Indian Reorganization Act (IRA), les gouvernements tribaux furent réorganisés et des conseils élus mis en place. À quelques détails près, ce sont toujours les mêmes aujourd'hui. L'IRA prévoyait l'attribution de prêts pour assurer le développement économique des réserves. Les Apaches ont ainsi développé l'élevage au travers de coopératives, avec un réel succès comme à San Carlos et Fort Apache. Dans les années 60-70, divers programmes tentèrent en vain d'attirer des industries sur les réserves, mais permirent de doter les communautés d'une infrastructure routière et d'un minimum de services. À la même époque, des améliorations notables furent apportées à l'habitat, au système scolaire et à la santé publique.

Le fait que les Apaches accordent beaucoup de prix à l'éducation est un facteur majeur dans le développement des réserves où plus de la moitié de la population a moins de 18 ans. Chaque communauté assure une scolarité de qualité à ses enfants et un système d'aides et de bourses permet d'envoyer les jeunes à l'université ou dans des écoles supérieures.

Les réserves apaches d'aujourd'hui sont demeurées des entités culturelles distinctes avec une vision du monde qui leur est propre, à la fois spirituelle et pragmatique.

Toutes les communautés ont récemment connu une résurgence de la culture traditionnelle. La langue apache est parlée par environ 75 % des habitants des réserves, à l'exception de Fort Sill et Jicarilla. Cette langue est enseignée dans les écoles, sous sa forme écrite.

Si les gouvernements tribaux se sont consolidés, les structures classiques et familiales ont connu un affaiblissement, alors qu'elles jouaient traditionnellement un rôle prépondérant dans la vie de chaque individu. La pauvreté, le chômage élevé et l'isolement ont entraîné l'apparition de fléaux : alcoolisme, toxicomanie, violence, suicide... Chaque communauté consacre efforts et moyens pour les combattre et venir en aide à ses membres. Parce qu'ils sont parvenus à conserver la propriété de leurs terres, les Apaches exploitent leurs ressources (industrie forestière) et assurent un développement économique lié au tourisme (casinos, sports d'hiver) ou à des activités d'extérieur (pêche, équitation, chasse).

Les pratiques culturelles traditionnelles ont pu être altérées, menacées, voire parfois délaissées, les concepts d'identité, d'espace et de communauté, propres aux Apaches, n'ont pratiquement pas changé.

Leur univers est vu comme un lieu où des forces sont en conflit (*diyin*) et où les individus doivent s'efforcer de trouver équilibre et force spirituelle. Une vision du monde qui est constamment renforcée par les contacts et les expériences que

Sur les pas de Geronimo

peuvent connaître les Apaches, au sein de la société américaine contemporaine.

(extrait de *Native America in the twentieth Century*, sous la direction de Mary B. Davis, Garland Publishing.)

Associated Press   Lundi 18 juin 2007

L'arrière-petit-fils de Geronimo veut que les restes du chef apache soient restitués aux siens.

SANTA FÉ, NOUVEAU-MEXIQUE

La rumeur et la légende veulent que la société secrète des *Skull and Bones* ait mis la main sur le crâne et les fémurs du célèbre chef indien, après que certains de ses membres eurent profané sa tombe en Oklahoma, il y a près d'un siècle.

Harlyn Geronimo (59 ans) veut savoir si les ossements conservés dans un lieu secret de l'université de Yale sont bel et bien ceux de son aïeul. Si tel était le cas, il veut leur donner une sépulture digne de ce nom, à proximité des sources de la Gila River, là où Geronimo a vu le jour, dans le sud du Nouveau-Mexique.

« Il est mort en tant que prisonnier de guerre et, à mes yeux, il est toujours prisonnier tant que ses os n'ont pas été rendus à sa terre natale », déclare Harlyn Geronimo qui a grandi avec les histoires et les récits du combat qu'ont mené les Apaches contre les armées américaine et mexicaine.

Après que leurs familles eurent été capturées et déportées en Floride, Geronimo et trente-cinq de ses guerriers se sont définitivement rendus au général Nelson A. Miles en 1886. Geronimo sera envoyé à Fort Sill, en Oklahoma, où il mourra d'une pneumonie en 1909.

Si les ossements qui se trouvent à Yale ne sont pas ceux de Geronimo, Harlyn est pratiquement certain qu'ils sont ceux d'un Apache mort en captivité à Fort Sill et qu'à ce titre ils devraient être rendus à son peuple.

Harlyn Geronimo a écrit au Président Bush en 2006, afin d'obtenir son soutien, puisque le Grand-père du Président, Prescott Bush, faisait partie des membres de la société secrète présents à Fort Sill en 1918, lesquels auraient profané la tombe du chef. Sa lettre est restée sans réponse. Contactée par nos soins pour donner un commentaire sur cette affaire, la Maison Blanche n'a pas répondu à nos différentes sollicitations.

Le Président George W. Bush et son père, l'ancien Président George H. Bush, sont tous deux allés à Yale où ils ont été admis, comme Prescott Bush avant eux, dans la société secrète des *Skull and Bones*. De nombreuses personnalités du monde de la politique et des affaires en sont également membres, comme le sénateur John Kerry. Tous les membres de la société sont liés par le secret et, selon Marc Wortman, historien et ancien éditeur du magazine de l'université, « leur loyauté les uns vis-à-vis des autres est telle qu'elle a raison de tous les clivages ».

Selon la porte-parole de l'université de Yale, Gila Reinstein, *Skull and Bones* n'est pas l'unique société secrète de l'université qui en compterait une douzaine. « Si c'est la vérité en ce qui concerne les ossements de Geronimo, c'est choquant et révoltant », a-t-elle déclaré.

Selon John Fryar, ancien agent du Bureau des Affaires indiennes et spécialiste du trafic d'antiquités amérindiennes, les ossements devraient être restitués aux Apaches, s'il s'avère que *Skull and Bones* les détient. « On ne peut ignorer une telle demande. Nous allons bien au Vietnam rechercher les restes de ceux d'entre nous qui y sont morts. C'est la même chose. »

Un Bush a-t-il subtilisé le crâne du chef apache Geronimo ?

WASHINGTON
CORRESPONDANCE

Mais où est donc le crâne de Geronimo ? Dans le cimetière de Fort Sill, dans l'Oklahoma, où le chef apache est mort en 1909 d'une pneumonie, après plus de vingt ans de captivité ? A-t-il été emporté vers une sépulture secrète dans les montagnes de l'Arizona, comme le raconte une légende, par des Apaches qui voulaient respecter les souhaits du vieux guerrier ? Est-il dans la « Tombe », une chapelle au milieu du campus de l'université Yale (Connecticut), siège de la très huppée et mystérieuse société *Skull and Bones* (Crâne et os) qui regroupe la fine fleur riche et bien née de l'université ? Cette dernière hypothèse suscite régulièrement, depuis une vingtaine d'années, la polémique. Parmi les jeunes universitaires soupçonnés d'avoir volé le crâne du chef indien, figure en effet Prescott Bush, père de George H. et Grand-père de George W., respectivement 41e et 43e président des États-Unis, tous deux membres du même club que leur ancêtre.

Un article paru dans le numéro de mai-juin de *Yale Alumni Magazine* relance le débat qui oppose deux des mythes américains les plus opposés : l'élite WASP (White Anglo-Saxon Protestant) de la côte Est et le dernier des combattants indiens. Le magazine des anciens élèves de l'université publie une lettre de 1918 – récemment découverte par un historien, Marc Wortman, entre deux « *Bonesmen* », comme on appelle les membres de la société : « *Le crâne de l'honorable Geronimo le Terrible a été exhumé de sa tombe à Fort Sill (…) et est désormais à l'abri à l'intérieur de la tombe, de même que ses fémurs bien usés.* » L'auteur de la missive, Winter Mead, n'est pas un témoin direct, mais il cite parmi les participants Charles Haffner, qui était bien à Fort Sill en 1918. Ce dernier était en bonne compagnie, puisque parmi les membres du club présents dans l'Oklahoma, dans ce qui était une école d'artillerie de l'armée américaine, il y avait aussi Prescott Bush.

Jusque-là, le récit de la profanation venait d'un document de juin 1933 écrit pour le centenaire de l'association, signé « *le petit diable du D 121* », généralement attribué au critique et historien F. O. Matthiessen : « *Une hache a permis d'ouvrir la porte de fer et Patriarche Bush est entré et a commencé à creuser.* » L'authenticité de ce document a souvent été contestée. La lettre de Winter Mead vient corroborer plusieurs éléments du récit.

Ned Anderson est à la recherche de ce crâne depuis vingt ans. En 1986, il était le responsable de la tribu apache de San Carlos (Arizona). Il voulait que Geronimo revienne dans son pays, près des montagnes Chiricahuas, en Arizona. Après avoir visité Fort Sill, il reçoit une lettre anonyme d'un membre de *Skull and Bones*. « *Il me disait que ce que je cherchais n'était pas ici, mais dans le Connecticut,* raconte Ned Anderson. *J'ai vu des photos d'un crâne avec d'autres ossements. Les membres de Skull and Bones prétendaient qu'ils n'avaient pas le crâne.* » Il va alors à New York, avec une délégation, pour rencontrer Jonathan Bush, banquier, oncle de George W. Bush (et frère de George H.) et membre du club de Yale. Celui-ci montre aux Indiens un petit crâne. « *C'était celui d'un enfant de dix ans, pas celui que j'avais vu sur les photos. Il nous a dit qu'il nous contacterait dans les deux jours. Nous n'avons eu aucune nouvelle de lui ensuite* », explique Ned Anderson.

« *J'ai toujours cru que c'étaient les reliques de Geronimo. Je suis content de voir que cette lettre le confirme* », conclut l'Apache. Mais un doute subsiste : les six militaires éduqués et profanateurs de tombe ont-ils bien pris les restes du chef indien ? Des historiens contestent cette version en indiquant que la tombe de Geronimo n'était pas identifiée en 1918.

ALAIN SALLES

Bibliographie choisie
en langue française

Barrett, S.M. ; Geronimo : *Mémoires de Geronimo*, La Découverte
Cochise, Nino : *Les cent premières années de la vie de Nino Cochise*,
    Le Seuil
Cole, Donald C. : *Les Apaches Chiricahuas, de la guerre à la réserve*,
    Le Rocher
Debo, Angie : *Histoire des Indiens des États-Unis*, Albin Michel
Debo, Angie : *Geronimo, l'Apache*, Le Rocher
Delanoé, Nelcya ; Rostkowski, Joëlle : *Voix indiennes, voix améri-*
    caines (Les deux visions de la conquête du Nouveau Monde),
    Albin Michel
Niethammer, Carolyn : *Filles de la terre* (Vie et légendes des
    femmes indiennes), Albin Michel
Ortiz, Alfonso ; Erdoes, Richard : *L'Oiseau-Tonnerre et autres his-*
    toires (Mythes et légendes des Indiens d'Amérique du Nord),
    Albin Michel
Rieupeyrout, Jean-Louis : *Histoire des Apaches*, Albin Michel
Roberts, David : *Nous étions libres comme le vent* (De Cochise, à
    Geronimo, une histoire des guerres apaches), Albin Michel
Sweeney, Edwin R. : *Cochise, chef des Chiricahuas*, Le Rocher
Wilson, James : *La terre pleurera* (Une histoire de l'Amérique
    indienne), Albin Michel

Bibliographie
en langue anglaise

Morris Edward Opler : *An Apache life-way, the economic, social, and religious institutions of the Chiricahua Indians,* University of Nebraska Press

Geronimo, His own Story as told to S.M. Barrett, Meridian

Georges Oxford Miller : *Native Plants of the Southwest,* Voyageur Press

OUVRAGES DE CORINE SOMBRUN

Aux Éditions Albin Michel

JOURNAL D'UNE APPRENTIE CHAMANE, 2002.

MON INITIATION CHEZ LES CHAMANES, une Parisienne en Mongolie, 2004.

LES TRIBULATIONS D'UNE CHAMANE À PARIS, 2007.

FRANÇOISE PERRIOT
La Dernière Frontière
Indiens et pionniers dans l'Ouest américain, 1880-1910
Chevaux en terre indienne

SUSAN POWER
Danseur d'herbe, roman

MAURICE REBEIX
Rêveurs-de-Tonnerre
À la rencontre des Sioux lakotas

JEAN-LOUIS RIEUPEYROUT
Histoire des Navajos

DAVID ROBERTS
Nous étions libres comme le vent
De Cochise à Geronimo, une histoire des guerres
apaches

JOËLLE ROSTKOWSKI
La Conversion inachevée
Les Indiens et le christianisme
Le Renouveau indien aux États-Unis
Un siècle de reconquêtes

JIL SILBERSTEIN
Innu
À la rencontre des Montagnais du Québec-Labrador
Kalia
Une famille indienne de Guyane française

LESLIE MARMON SILKO
Cérémonie, roman

JOE STARITA
Nous, les Dull Knife
Une famille sioux dans le siècle

R.M. UTLEY
Sitting Bull
Sa vie, son temps

R.M. UTLEY ET W.E. WASHBURN
Guerres indiennes
Du Mayflower à Wounded Knee

JACK WEATHERFORD
Ce que nous devons aux Indiens d'Amérique

JAMES WELCH
L'hiver dans le sang, roman
La Mort de Jim Loney, roman
Comme des ombres sur la terre, roman
L'Avocat indien, roman
C'est un beau jour pour mourir
L'Amérique de Custer contre les Indiens des Plaines

JAMES WILSON
La terre pleurera
Une histoire de l'Amérique indienne

Vous pourrez lire également
dans la collection «Terres d'Amérique»

SHERMAN ALEXIE
Indian Blues, roman
Indian Killer, roman
Phoenix, Arizona, nouvelles
La Vie aux trousses, nouvelles
Dix Petits Indiens, nouvelles

JOSEPH BOYDEN
Le chemin des âmes, roman
Là-haut vers le nord, nouvelles

DEBRA MAGPIE EARLING
Louise, roman

LOUISE ERDRICH
L'Épouse Antilope, roman
*Dernier rapport sur les miracles à Little No
Horse*, roman
La Chorale des maîtres bouchers, roman
Ce qui a dévoré nos cœurs, roman

THOMAS KING
Medicine Rives, roman
Monroe Swimmer est de retour, roman
L'Herbe verte, l'eau vive, roman

LOUIS OWENS
Le Joueur des ténèbres, roman
Le Canyon des ombres, roman

EDEN ROBINSON
Les Esprits de l'océan, roman

GREG SARRIS
Les Enfants d'Elba, roman

DAVID TREUER
Little, roman
Comme un frère, roman
Le manuscrit du Dr Apelle, roman

JAMES WELCH
À la grâce de Marseille, roman
Il y a des légendes silencieuses, poèmes

Composition Nord Compo
Impression : Bussière, avril 2008
Éditions Albin Michel
22, rue Huyghens, 75014 Paris
www.albin-michel.fr
ISBN 978-2-226-18651-5
ISSN 1159-7100
N° d'édition : 25540. – N° d'impression : 081258/4.
Dépôt légal : mai 2008.
Imprimé en France